ELIN HANSSON
ZWEIKLANG

ROMAN

Aus dem Norwegischen von
Meike Blatzheim und Sarah Onkels

Arctis

Liebe Leser:innen, dieses Buch enthält Elemente, die belastend oder triggernd sein können. Dazu gehören: Tod eines Elternteils, Depression, Erwähnungen eines Suizidversuchs, homophobe Beleidigungen und Gewalt. Bitte gebt beim Lesen auf euch acht.

Die Originalausgabe erschien 2023 unter dem Titel
Felefeber bei Cappelen Damm AS, Oslo.
Die Übersetzung wurde gefördert von NORLA,
Norwegian Literature Abroad.

Deutsche Erstausgabe
1. Auflage 2025
© Atrium Verlag AG, Imprint Arctis, Zürich 2025
Alle Rechte vorbehalten. Der Verlag untersagt ohne ausdrückliche schriftliche Zustimmung die Nutzung dieses Werkes im Sinne des § 44b UrhG für das Text- und Data-Mining.
Copyright © CAPPELEN DAMM AS 2023
Übersetzung: Meike Blatzheim und Sarah Onkels
Lektorat: Leonie Teckenburg
Umschlaggestaltung: Katharina Fuchs
Coverillustration © Rune Markhus 2023
Satz: Pinkuin Satz und Datentechnik, Berlin
Druck und Bindung: GGP Media GmbH, Pößneck
Printed in Germany
ISBN 978-3-03880-098-9
GPSR (General Product Safety Regulation)-Kontakt: W1-Verlage GmbH, Semperstrasse 24, 22303 Hamburg, gpsr@w1-verlage.de

www.arctis-verlag.de

 Folgt uns auf Instagram unter @arctis_verlag
und auf TikTok unter @arctisverlag

*Hier findest du eine Playlist
mit Songs aus dem Buch!*

Heute Abend heißt es Bingo und Booze. Kim und Rada hocken bereits über den Tafeln und haben die Filzstifte gezückt. Ich lächle vor mich hin. Es ist gewissermaßen zur Tradition geworden, mittwochs bei Kåre abzuhängen und dem Moderator dabei zuzusehen, wie er von Runde zu Runde beschwipster wird. Der Geruch von Waffeln, die sie früher am Tag hier in der Studikneipe servieren, hat sich mit dem Duft von Mango-IPA vermischt. Aus irgendeinem Grund kommt mir dabei eine Tanzmelodie, *Knepphalling*, in den Sinn. Denn es fühlt sich an, als hüpfe und knistere es in mir, wie eine prickelnde Vorahnung, dass etwas Gutes in der Luft liegt.

»Damit stehen unsere Pläne für die Herbstferien, oder?«, fragt Kim über den Tisch.

Ich nicke.

»Bis Donnerstag bleiben wir im Internat und am letzten Wochenende gibt es mit meiner Mum eine Runde Wellness im Spaorama?«

»*Ihr* bleibt im Internat«, erklärt Rada und verdreht die Augen. »Ich hab ein einwöchiges Date mit Philip.«

Philip ist ihr gigantischer Norwegischer Waldkater. An Ostern war er sogar noch größer als zu Weihnachten vor knapp zwei Jahren. Radas bosnische Großmutter, *Bako*, hat sich bei der Feier damals in einem fort über den Kater aufgeregt. Sie fand es absurd, dass er im Haus gefüttert und nicht draußen auf Mäusejagd geschickt wird wie ihre Katzen früher.

Die Lautsprecher knistern, und der Moderator, der heute ein ziemlich überzeugendes Elvis-Kostüm trägt, blickt in die Runde.

»Hallo«, sagt er mit gekünstelt tiefer Stimme.

Rada kichert.

Dann dreht er an der kleinen Trommel und präsentiert die rote Kugel, die herauskommt.

»Werte Damen und Herren, los geht's. B-12! B wie in *Blue Hawaii* und Zwölf.«

Rada und Kim fallen über ihre Bingo-Karten her.

Aus den Lautsprechern dringt die samtig weiche Stimme des echten Elvis. In der nächsten Sekunde springt mir die Zwölf unten links in der Ecke ins Auge und ich lasse den Filzstift dorthin schnellen. Vielleicht gewinne heute Abend ja ich? Dabei kommt mir jener Montag in den Herbstferien vor zwei Jahren in den Sinn. Plötzlich saßen nur noch wir in der Schulmensa. Wir sahen uns an und verzogen die Gesichter. Es war das erste Mal, dass ich wieder lachen konnte. Abends dann saßen wir in Kims Zimmer, futterten Chips und sahen uns auf Netflix eine Doku über Dolly Parton an, und ich weiß noch, dass ich mich fühlte, als hätte ich im Lotto gewonnen. Niemanden interessierte es, weshalb ich nicht nach Hause gefahren war. Und auch ich habe sie nie gefragt. Im Prinzip haben wir eine Art Pakt: Der Mist von früher kommt nicht auf den Tisch.

»Du Glückspilz«, sagt Rada und stößt mich mit dem Ellbogen an.

»B-63«, verkündet der Moderator, »B wie in *Blue Suede Shoes* und 63 für das Jahr, in dem ›ich‹ den Film *Viva Las Vegas* gedreht habe.«

Treffer, diesmal für Rada und mich. Kim rauft sich die roten Locken.

»Waaah. Ich gewinne bei diesem Scheißspiel einfach nie!«, ruft er.

Rada lacht laut auf und drückt ihn an sich.

»Denk an die Herbstferien. Stell dir vor, wie Torleif und du mit deiner Ma im Wellness-Hotel chillt. Mit ein bisschen Glück findest du noch einen Flirt auf Tinder und schon ist die Welt wieder in Ordnung.«

Das Letzte sagt sie mit einem Hauch von Ironie, den nur ich raushöre. Denn es gibt niemanden auf der Welt, der so oft sein Herz verliert wie Kim. In den zwei Jahren, die ich ihn kenne, war er in alles und jeden verschossen, von einem Kellner auf der Fähre nach Dänemark bis hin zu einem Gletscherguide im Jotunheimen-Nationalpark, der absolut eindeutig hetero war. Selbst in mich hat er sich mal verknallt. Aber wir haben relativ schnell festgestellt, dass das nicht passt.

»Danke, Rada«, sagt er und lächelt wieder.

»B-69, *Laaadies*«, sagt der Moderator mit lasziver Stimme und nimmt einen großen Schluck von seinem Schirmchendrink.

»Yes, endlich!«, ruft Kim und zieht mit dem Filzstift einen Kreis.

Der Moderator hebt daraufhin das Glas und prostet uns zu.

Kim zwinkert zurück und nimmt einen Schluck von seinem Bier.

»In der Pause geh ich rüber und frag ihn, ob er tanzen will«, sagt er grinsend.

Wenn ich etwas an Kim bewundere, dann ist es sein Selbstvertrauen. Er hat keine Scheu, sich zu blamieren. Hier in der Stadt würde ich es vielleicht noch hinkriegen, jemanden anzuquatschen, der mir gefällt – wenn es denn wen gäbe –, aber zu Hause ist es undenkbar. Bei dem Gedanken an mein Heimatdorf – ich will den Namen gar nicht in den Mund nehmen, nennen wir es einfach Alt-Säckingen – schüttelt es mich. Abgesehen von Opa, *Goffa*, wie ich ihn im Dialekt nenne, mit seiner Hardangerfiedelwerkstatt vermisse ich niemanden aus dem Dorf. Mein Herz bebt für einen Moment, als ich an ihn denke. Als hätte ich die Haare am Geigenbogen zu fest gespannt und die hölzerne Stange drohe zu brechen. Ich weiß nicht, wieso, aber in der letzten Woche ist sein Name immerzu aufgetaucht. Ich schüttle den Kopf und versuche, mich auf das Spiel zu konzentrieren. Aber dann kommt es, wie es kommen muss: Jemand am Nachbartisch ruft »Bingo«, lange bevor ich auch nur ein halbes Kästchen voll habe.

Anschließend geht Kim auf die Tanzfläche und fordert den Moderator auf, während Rada und ich zuschauen.

»Hängst du nur mit Philip rum oder leistet euch jemand Gesellschaft?«, frage ich.

Rada schüttelt den Kopf.

Ich weiß, dass sie im Sommer was mit irgendeinem Typen hatte, aber ich hab mich nicht getraut, allzu sehr nachzubohren.

»Und was ist mit dir?«, fragt sie und schaut mich an.

»Kleine Affäre mit einem Masseur gefällig? Na, wie wär's?«

Ich lache. Laut.

»Neeee, ist nicht so mein Ding.«
Wir sehen zu Kim, der die Arme um die Elvis-Kopie geschlungen hat und sich an uns vorbeiwiegt.
»Du wartest auf den Richtigen ...?«
»Ja, so etwas in der Richtung«, sage ich.
Sie nickt. Und nimmt einen Schluck Bier.
»Lass dir aber nicht zu viel Zeit«, meint sie und ext ihr Glas. »Du weißt doch, wie es heißt: Du darfst sein, wer du bist, wenn du nicht bist, wer du sein solltest!«
Sie dreht sich um und geht zur Bar. Heiaiei, jetzt hat sie ordentlich einen sitzen, denke ich. Das ist die einzige Erklärung dafür, weshalb sie ausgerechnet mit Lebensweisheiten aus alten Schlagern daherkommt. Und wieso sollte ich gerade jetzt etwas mit jemandem anfangen? Wir sind im letzten Jahr in der Oberstufe, ich hab unglaublich viel zu tun und ich MUSS es einfach an die Musikhochschule in Oslo schaffen, keine Diskussion. Ich habe schlichtweg keinen Kopf für etwas anderes als die Geige. Punkt.

In der Nacht träume ich, dass ich an einem Folkemusikk-Wettbewerb teilnehme. Der Klang der Geige jedoch ist neu. Die Töne strömen aus ihr heraus. Fallen. Stürzen. Donnern wie der Helvetesfossen, wenn er im Frühling Schmelzwasser trägt. Die Geige singt wie nie zuvor. Als ich fertig gespielt habe, schaue ich auf sie herab. Sofort erkenne ich, welche Geige ich in der Hand halte. Es ist die Meisterfiedel meines Ururgroßvaters. Die bei Goffa oben auf dem Sekretär liegt, für den Fall, dass er hohen Besuch bekommt.

Ich wache auf, weil mein Handy vibriert. Ich seufze. Gerne wäre ich länger in dem Traum geblieben. Doch das Telefon liegt auf dem Boden und brummt in einem fort.

Ich drehe mich um und greife danach.

Es ist Vater.

Scheiße.

Nicht dass wir nicht miteinander sprächen. Oh nein. Wir telefonieren jede Woche. Sonntags am Nachmittag. Vor den Nachrichten. Ganz gleich, ob er auf der Bohrinsel ist oder zu Hause. Um diese Zeit ruft er an. Punkt. Daher weiß ich, dass etwas gewaltig nicht stimmt, wenn er sich jetzt meldet.

»Ja?«, sage ich.

»'s geht um Goffa«, sagt er.

Schon sitze ich kerzengerade im Bett.
Mein Herz pocht wie wild.
»Oh.«
»Tallak hat'n Montag gefunn. Er wollt sich nur schnell die Krag schnappen.«

Montag, denke ich, warum zum Teufel haben sie sich nicht früher gemeldet? Aber ich sage nichts, lausche bloß Vaters monotoner Stimme.

»Zuerst dachten wir, er hätt einen zu viel gehoben. Weißte.«

Ich nicke.

Mein Herzschlag dröhnt.

»Aber er hat so 'nen kirren Eindruck gemacht. Gar nich richtig reagiert. Unn dann hat Tallak 'nen Krankenwagen gerufen.«

Ich schweige.

»War 'n Schlaganfall.«

»Oh«, wiederhole ich.

Mir fällt nichts Vernünftigeres ein, was ich sagen könnte, und ich bin damit beschäftigt, so normal wie möglich zu atmen.

»Zum Glück hamse'n noch rechtzeitig behandeln könn.«

Vater zieht am anderen Ende Schleim aus dem Hals hoch. Er klingt dabei wie ein alter Hahn, der seinen Muskelmagen reinigt. Wieso kann er das nicht machen, bevor er anruft? Echt ekelhaft. Und irgendwie kommt das Geräusch durch das Telefon noch näher, als wenn er am Morgen nach der ersten Kippe über der Küchenspüle steht.

»Und jetzt?«, frage ich.

Denn ich vermute, dass er noch etwas anderes will. Vater ruft nie an, ohne etwas zu wollen.

»Aber jetz will er nach Hause«, sagt er.
Ich warte.
»Nur isses so, am Samstag beginnt die Jagdsaison.« Er lacht verlegen.
Hätte ich mir denken können, als er die Krag, seine Flinte, erwähnt hat.
Vaters Welt dreht sich um die Jagd. Zuerst kommt die Rentierjagd oben auf den Hochebenen Anfang August. Und jetzt die Elchjagd in den Wäldern ums Dorf. Beinahe muss ich lachen. Aber ich reiße mich zusammen. Ich kapiere immer noch nicht, warum er mich angerufen hat.
Also frage ich freiheraus.
»Und was hat das mit mir zu tun?«
»Jemand muss 'n Auge auf'n ham«, sagt Vater. »Sie wollnen nich entlassen, bevor wir wen ham, der sich ummen kümmert, Tøllef.«
Ich zucke zusammen.
So nennt mich kaum mehr jemand, seit ich von dort weg bin. Hier nennen mich alle Torleif, Lehrer*innen wie Mitschüler*innen, mit deutlich hörbarem R und F. Genau wie damals, als ich klein war und sie in der Folkemusikk-Sendung im Radio eines von Goffas Stücken gespielt haben: »... in der Version von Torleif Nystøyl.« Und ich weiß noch, ich war so stolz, dass ich nach ihm benannt bin. Ich, nicht Tallak.
Ich seufze. Weiß, dass ich keine andere Wahl habe.
»'s geht'm schon wieder ganz gut«, redet Vater weiter. »Er ist nur 'n wenig holprig aufn Beinen. Aber sprechen kann er unn ist ganz der Alte. Er hat nach dir gefragt.«
Ich sehe Goffas große graublaue Augen vor mir.
»Wie lange?«, will ich wissen.

Um mich von all den Gedanken abzulenken, die plötzlich in meinem Kopf toben.

»Nur bis Ende der Herbstferien. Morgens unn abends kommt wer vom Pflegedienst. Unn 'ne Tante vonner Gemeinde, so 'ne Ergo-Physio-was-weiß-ich-was. Die kommt montags.«

»Okay«, sage ich. »Aber ich muss erst mit Vegard besprechen, ob ich einfach so abhauen kann. Ich stecke mitten in einem Projekt.«

Das ist gelogen.

Die Projektarbeit über mein Hauptinstrument habe ich gerade erst eingereicht. Auch die fachübergreifende Hausarbeit über Komposition, Musikgeschichte und die Tradition der Hardangerfiedel habe ich ihm gestern geschickt. Aber etwas sträubt sich in mir, das ist bei mir und Vater so. Ihm einfach so seinen Willen zu erfüllen, das bringe ich nicht über mich. Jedenfalls nicht ohne Widerstand. Vielleicht liegt es daran, dass auch ich nie etwas umsonst von ihm bekommen habe. Also nutze ich jeden noch so kleinen Gefallen, um es ihm heimzuzahlen.

»Schreib mir, wennde Bescheid weißt«, entgegnet er kurz.

»Ich geh 'ne Runde in'n Wald.«

»Okay«, sage ich. »Bis dann.«

Aber er hat schon aufgelegt.

Ich gehe duschen. Mache mir im Zimmer eine Schale Müsli, aber kriege nichts runter. Immer wieder taucht Goffa vor meinem geistigen Auge auf, wie er im Krankenhaus liegt. Goffa, wie er in ein kleines Metallbett gezwängt ist, die Bettdecke wie eine Zwangsjacke um ihn gewickelt. Goffa, wie er barfuß über den Linoleumboden schlurft. Goffa, der am Fenster sitzt und sich nach Hause sehnt. In seiner Werkstatt fühlt er sich am wohlsten. Die Brille auf der Nase, während er mit gekonnter Pinselführung eine Fiedel bemalt. Da gehört er hin.

Der Donnerstag beginnt wie immer mit Norwegisch bei Astrid. Kim macht offensichtlich blau, denn sein Platz ist leer. Ich versuche, mich zu konzentrieren, aber die Worte unserer Lehrerin zerlaufen in meinem Kopf zu einem einzigen Brei. Als der Gong endlich zur großen Pause läutet, renne ich in den Park am See, wo wir uns normalerweise treffen. Sie sitzen an der üblichen Stelle und ich lasse mich auf die Picknickdecke fallen.

»Uuuh«, mache ich und lege die Hände an die Schläfen.

»Was ist los?«, fragt Rada.

Kim stupst mich gegen die Schulter.

Ich strecke die Beine aus.

»Goffa hatte einen Schlaganfall«, erzähle ich.

»Oh nein!« Rada berührt mein Bein. »Ist er okay?«

»So weit ja«, sage ich und will mir ein Lächeln abringen. Aber das Ziehen im Bauch hindert mich daran. Es fühlt sich an, als hätte ich mir den Magen verdorben. »Aber mein Vater will, dass ich über die Ferien nach Hause komme und ihm helfe.«

»What?!«, entfährt es Kim und er schiebt die Sonnenbrille hoch. »Und unser Wellness-Wochenende?!«

Daraufhin wird er beinahe von Blicken aus zwei braunen Augen durchbohrt.

»Und du?«, fragt Rada. »Was willst du?«

Sie sieht mir direkt ins Gesicht.

»Keine Ahnung!«, sage ich und stehe auf. »Oder doch.

Eigentlich schon. Ich habe mir geschworen, nie wieder in dieses verdammte Drecksloch zurückzugehen.«

»Aber es geht um deinen Goffa«, sagt Kim.

Ich nicke und schaue aufs Wasser. Es liegt vollkommen still da. Nicht die kleinste Bewegung auf der Oberfläche.

»Niemand dort weiß davon«, sage ich leise.

»Hä?«, macht Kim.

Ich drehe mich wieder zu ihnen herum.

»Niemand im Dorf weiß, dass ich queer bin.«

»Oh«, sagt Rada.

»Ich weiß«, sage ich.

»Na, aber hallo!«, schreit Kim förmlich und springt von der Decke auf. »Dann ist das doch die perfekte Gelegenheit, diesen Hillbillys zu zeigen, wer du WIRKLICH bist. The fabulous Torleif Tjønnstaul, ladies and gentlemen.«

»Gentlemen findest du dort eher nicht«, sage ich und lache trocken.

»Mist«, sagt Rada und hält das Handy in die Höhe. »In fünf Minuten beginnt die vierte Stunde.«

Also machen wir uns auf den Weg zurück zur Schule.

Zum Glück sind die letzten beiden Stunden am Donnerstag Selbststudium im Hauptinstrument. Ich springe schnell rauf in mein Zimmer und schnappe mir den Geigenkoffer. Die besten Überäume sind belegt, war ja klar, also muss ich mit dem in der Ecke vorliebnehmen, in dem es immer nach Zwiebeln stinkt. Aber heute ist das egal. Ich denke an das, was Vater gesagt hat, als ich die Geige aus dem Koffer nehme. Der Drachenkopf sieht mich prüfend an. Ein Glück, dass Tallak die Flinte holen wollte.

Mein Blick wandert den Geigenhals entlang bis zu der

Stelle, wo die Saiten unter dem Drachenkopf befestigt sind. Das Einzige, was eine Hardangerfiedel und ein Gewehr gemeinsam haben, ist das kleine Loch oben in der Spitze. Es sieht dem eckigen Visier der Krag sehr ähnlich. Oder zumindest dem Visier von der, die Goffa im Waffenschrank hinter dem Plumpsklo aufbewahrt. Ich habe sie nur einmal ausprobiert. Tallak hatte Blechbüchsen am Feldrand aufgestellt. Dann habe ich abgedrückt. Ein Schuss. Und noch einer. Nichts, aber rein gar nichts hat mir daran gefallen. Weder der Geruch des Schießpulvers noch der nach feuchtem Lehmboden. Nicht der Ruck in der Schulter. Nicht das Geräusch einer Kugel, die ihr Ziel trifft. Metall auf Metall. Klack-klack. Klack-klack.

Tallak aber machte weiter. Huschte zwischen dem Feldrand und der Flinte hin und her.

Ich ging ins Haus.

Setzte mich an den Ofen. Und lauschte Goffas Spiel. Das leise Klicken von Tallak und der Krag wurde Teil des Stücks.

Jetzt stimme ich meine Fiedel, aber die richtigen Töne lassen sich heute nur schwer einfangen. Ich sehe Goffas große graublaue Augen vor mir. Seine warmen Hände. Ach, verdammt. Es geht um Goffa. Ich fische das Handy aus der Jackentasche und suche die Verbindung zum Dorf heraus. In einer halben Stunde geht ein Expressbus.

Ich schlucke.

Lege die Geige in den Koffer zurück.

Laufe aufs Zimmer.

Stopfe alles, was ich an sauberen Klamotten finden kann, in eine Tasche, werfe mir den Geigenkoffer auf den Rücken und spurte mit großen Schritten zur Haltestelle.

V ater antworte ich erst, als ich mit dem Instrumentenkoffer zwischen den Beinen im Bus sitze. *Komme um 18.00 Uhr an*, schreibe ich. *OK. Kann dich um 18.30 Uhr an der Fernfahrerkneipe einsammeln*, kommt zurück. Ich schlucke. Lehne mich im Sitz zurück. Fasse an die Ablage über mir, um sicherzugehen, dass die Tasche sicher verstaut ist. Ich rolle meinen Mantel zu einer Kugel zusammen und lege ihn gegen die Scheibe. Der Regen rinnt wie dicke Adern über die Außenseite.

Es vibriert in meiner Tasche. Kim und Rada haben einen Snap in den Gruppenchat geschickt. *Wo bist du?* Ich erkenne, dass sie auf Kims Bett sitzen, denn oben auf dem Foto ist ein kleines Stück von Whitney Houstons Bein zu sehen. Und in der linken Ecke schimmert eine goldene Locke von Dolly Parton. Ich lehne den Kopf ans Fenster und mache ein Selfie. *On my way back to the dark ages*, schreibe ich. *Sei einfach du selbst, dann wirst du die Sache schon rocken*, schreibt Rada. Kim antwortet mit einem GIF von Patrick Swayze, der sagt: »*Nobody puts baby in the corner!*« Ich grinse. *Danke*, schreib ich zurück. Das werde ich brauchen, füge ich gedanklich hinzu, bevor ich die Bon-Iver-Playlist anmache.

Der letzte Teil der Busfahrt ist der schönste. Als wir endlich aus dem Kiefernwald heraus sind, ist der Ausblick bombastisch. Von hier oben im Bus hat man eine geniale Sicht. Der Gråfjell vor uns liefert einen richtigen Kitsch-Moment. Leuchtendes Gelb, Rot, Blau. Die Farben sind heftig. Nationalromantik auf Speed. Als wir an Geirs Fernfahrerkneipe einbiegen, fühlt es sich beinahe gut an. Der beißende senfgelbe Anstrich und die weißen Schilder mit roter Aufschrift sind ein Gruß aus der Realität. Tja, willkommen in Alt-Säckingen. Hier ist alles so, wie es immer gewesen ist.

Ich lasse meinen Blick kurz über den Parkplatz schweifen. Vaters Nissan ist nirgends zu sehen. Welch Überraschung. Er schlägt nie zu früh auf. Ich kicke einige Steinchen weg, die sich auf dem Asphalt bei der Bushaltestelle angesammelt haben. Wenn der Regen nicht wäre, würde ich einfach hier draußen warten.

Ich werfe mir die Tasche über die Schulter und gehe in die Kneipe.

»Na, wen hamma denn da?«

Stig-Runes Vater sitzt am selben Tisch, an dem er und die anderen Sozialhilfeschnorrer schon immer gesessen haben. Ich weiß nicht recht, was ich sagen soll. Also nicke ich ihnen nur zu. Dann gehe ich zur Theke und bestelle schwarzen Kaffee, obwohl ich eigentlich lieber einen Cappuccino hätte. Die ganze Zeit über spüre ich Arvids Blick auf mir. Ich weiß, dass ich irgendetwas sagen sollte. Das erwarten die Leute, wenn sie einen zwei Jahre nicht gesehen haben.

»Danke«, sage ich, als Geir mir das dampfende Getränk bringt.

»Macht zweiundzwanzig.« Ich bezahle und nehme die Tasse mit beiden Händen.

Wenn man etwas in der Hand hält, spricht es sich viel leichter.

»Geht's für dich auch wieder auf die Jagd, Arvid?«, frage ich und drehe mich um.

Er schüttelt den Kopf und packt sich an die Lendenwirbelsäule.

»Hab's mi'm Rücken, weißte?«, sagt er.

Zustimmendes Gemurmel von den anderen am Tisch. Während sie ein Klagelied über all ihre Wehwehchen singen, nutze ich die Zeit, um mich an einen Fenstertisch ein Stück weiter hinten zu setzen. Noch immer keine Spur vom Nissan. Fuck! Jetzt muss ich mich mit diesen Grützköpfen unterhalten.

»Biste jetz doch gekomm, um die Fiedel gegen die Flinte zu tauschen?«, fragt Arvid mit einem verräterischen Funkeln in den Augen.

Wie der Vater, so der Sohn, denke ich. Stig-Rune kann seine Sticheleien ebenfalls nicht lassen. Genau wie eine Wespe hat er ein Gespür dafür, wann er den Stachel in sein Opfer bohren muss.

»Nein«, sage ich. »Goffa hatte einen Schlaganfall.«

Das Wort »Schlaganfall« schmerzt im Ohr wie eine verstimmte Geigensaite. Ich habe mich noch nicht daran gewöhnt, es laut auszusprechen. *Schlaaag-annn-fall.* Es bleibt mir fast wie Kaugummi im Mund kleben.

»Näää, was sagste?« Seine Augen werden groß. Seine Kumpanen hören auf zu palavern.

Ich nicke wieder.

»Ist am Montag passiert«, sage ich. »Vater und ich fahren gleich zum Krankenhaus. Goffa will unbedingt nach Hause.«

»Versteh ich«, sagt Arvid und erntet zustimmendes Nicken vom Rest.

Er kommt rüber und klopft mir auf die Schulter, wie die Kerle das hier so machen.

»Immerhin biste noch ganz der Alte, Tøllef, issoch schön. Unnich zu so 'nem Fatzke verkomm, der nur noch *Schwuchtelkaffee* mit Schaumhaube trinkt, wie die inner Stadt.«

Ich beiße mir auf die Innenseite der Wange. Ich schmecke Blut. *Schwuchtelkaffee.* Das Wort ätzt sich in meine Gehörgänge. Ich bin heilfroh, dass Kim nicht da ist. Er wäre ausgetickt. Da sehe ich endlich Vaters roten Nissan auf den Parkplatz einbiegen. Ich kippe den Rest Kaffee runter. Schmeckt nach Schuhsohle. Ich muss mich echt anstrengen, nicht zu kotzen, aber ich verziehe keine Miene.

»Grüß Stiger'n von mir«, sage ich, als ich aufstehe.

Der Spitzname klingt erstaunlich fremd.

Arvid schnaubt abfällig.

Als ich gerade zur Tür hinaus will, ruft er mir hinterher: »Kannst'n Bengel ja mitnehm, wennde inne Stadt zurückfährst! Ich glaub, der könnt mal wieder 'n Weibchen vertragen!«

Die anderen Schnorrer wiehern. Und einer, ich glaube, er heißt Jan-Magne, antwortet, bevor ich etwas sagen kann: »Rednich, Arvid, bestell'm doch einfach 'ne Thailänderin. Guck dir Geir an, seitdem Tran hergezogen ist, hat er manchmal fast so etwas wie'n Lächeln im Gesicht.«

Ich nutze das schallende Gelächter, um mich zu verdrücken.

Vater lässt den Motor laufen. Keine Ahnung eigentlich, was ich erwartet hatte. Nicht gerade, dass er das Orchester anheuert, eine Fanfare zu spielen, aber vielleicht, dass er immerhin aussteigen würde? Oder sich wenigstens die Mühe macht, den Kofferraum von innen zu öffnen? Aber hey. Vater ist eben Vater. Er sitzt da in seinem Flanellhemd, die Packung Kippen in der linken Brusttasche, und lauscht gebannt den Radio-Nachrichten. Ich werfe Tasche und Geigenkoffer auf die Rückbank, den Mantel obendrauf. Und setze mich nach vorn.

»Hallo«, sage ich.

»'n Abend«, sagt Vater und zieht die Selbstgedrehte hinterm Ohr hervor. Er steckt sie an, bevor er rückwärts vom Parkplatz rollt.

Das Auto stinkt nach altem Qualm, Motorsägenöl und Harz.

»Wie war's im Wald?«, frage ich.

»Aaach«, sagt Vater. »Kaum der Rede wert.«

»Oh«, sage ich.

»Birke wirft grad 'ne schöne Stange Geld ab, jetz wo der Strom so teuer ist unn alle plötzlich scharf auf Brennholz sinn. Die Preise für Kiefer sinn im Keller, alle verramschen's Holz, um die verfluchten Viecher loszuwern.«

Mir fällt ein, dass ich über den Borkenkäferbefall im Sommer einen Artikel gelesen hatte, aktuell sind Kiefernbestände in ganz Nordeuropa betroffen. Aber ich weiß es besser, als ihn zu unterbrechen, wenn er über Brennholz predigt.

Seit zweieinhalb Jahren bin ich nicht mehr hier gewesen. Ich habe einen Knoten im Bauch. Das Blut pocht in meinen Schläfen und Vaters Stimme wird eins mit dem rauschenden Radio.

Ich darf jetzt nicht anfangen zu heulen.
Bloß. Nicht. Heulen.
Nicht jetzt.
Nicht jetzt, wo ich das erste Mal nach zwei Jahren neben Vater im Auto sitze.
Also blinzele ich die Tränen weg. Wir fahren am Schild nach Elgfaret vorbei. Und ich sehe die Spitze von Stig-Runes Haus. Das braune Haus mit dem orangefarbenen Teppichboden im Keller. Auf den ich mich an seinem neunten Geburtstag übergeben habe. Nachdem Magnus mich herausgefordert hatte, den kompletten Geburtstagszug aus Wackelpudding aufzuessen. Das Bild des grünen Haufens auf dem orangefarbenen Teppich hat sich mir eingebrannt.
Mich schüttelt's, wenn ich dran denke.

Ehe ich michs versehe, sind wir auch schon am Krankenhaus. Wie alles in unserem Ort ist es klein und runtergekommen. Es liegt versteckt in einem Waldstück und klammert sich am Hang fest, als wolle es unbedingt verhindern, auf das restliche Dorf am Fuße des Bergs zuzurutschen. Goffa versinkt fast in dem großen Bett. Er atmet schwer. Ein krummer großer Zeh ragt am Fußende unter der Bettdecke hervor. Er wippt langsam auf und ab. Auf und ab. Auf und ab. Seine großen Hände liegen gefaltet auf der Decke, und wo sich die Adern unter der dünnen Haut entlangschlängeln, wirken sie wie Wurzeln auf einem Waldweg. Er muss eingedöst sein, während er auf uns gewartet hat. Sanft berühre ich seine Hand. Sie ist warm, so als hätte er zu Hause gerade erst den Ofen entfacht.

»Hm«, macht Goffa und sieht sich benommen um. Eine Hälfte seines Gesichts ist schlaff.

»Hallo«, sage ich.

Die graublauen Augen bleiben fest auf mir haften.

»Tøllef«, sagt er.

Und dann nimmt er meine Hand. Ich habe das Gefühl, dass die Kraft, die mich als Kind immer beeindruckt hat, noch da ist. Er drückt zu, wie es nur Goffa kann. Und dann ist es, als rumpele ein Steinschlag in meinem Inneren in die Tiefe.

Ich schaue zu Boden.

»Willst du was trinken?«, frage ich und räuspere mich. Ich stehe auf, bevor er antworten kann, und eile auf den Gang. Dort steht ein Wagen mit Sirupwasser und Pappbechern. Ich befülle zwei Stück, während ich schlucke und schlucke. Dann atme ich tief durch, bevor ich wieder zu ihm reingehe. Im ersten Moment sieht es so aus, als würde er schlafen. Vielleicht ist er tot, denke ich plötzlich. Vielleicht ist er gestorben, während ich die Getränke geholt habe! Aber dann zuckt sein Auge. Ich kann sehen, dass er Mühe hat, das rechte Lid zu öffnen.

»Na, na«, sagt er. »Hattest du solchen Durst?«

Er lächelt verschmitzt.

»Äh, nein«, sage ich.

Ich stelle einen Becher auf den Nachttisch.

»Aber ich dachte, du vielleicht.«

Dann wird sein Blick strange.

»Du kommst ganz nach deiner Mutter, Jung«, sagt er. »Du denkst und fühlst mehr als die meisten Menschen.«

Ich bin wie versteinert.

So hat Goffa noch nie gesprochen, ein derart sentimentales Zeug von sich gegeben.

»Das darfst du niemals aufgeben. So zu sein, wie du bist.«

Ich klammere mich an meinem Becher fest, trinke viel zu schnell. Dann gehe ich raus und besorge Nachschub. Vater hat auf dem Flur an einem Tisch Platz genommen und blättert in einem Stapel Zeitungen. Wie durch Zauberhand ist ihm dabei tatsächlich ein Jagd- und Fischereimagazin in die Hände gefallen. Irgendetwas sagt mir, dass er das aus dem Auto mit reingeschmuggelt hat. Der Fernseher an der Wand läuft, aber der Ton ist stumm geschaltet. Vater liest, ohne aufzuschauen.

Ich räuspere mich.

»Ja also«, sage ich. »Nehmen wir ihn einfach mit? Oder müssen wir das erst mit jemandem abklären?«

Vater legt den Zeigefinger auf eine Zeile, bevor er die Zeitschrift zuklappt.

»Da wollt so 'ne Tante vorbeikomm...«

Der Satz bleibt unvollendet. Denn in diesem Moment kommt ein Mann auf uns zugeeilt. Er ist fast so groß wie Vater und stellt sich als Andrea vor.

»Sie sind die Angehörigen von Torleif Nystøyl, richtig?«

Die spanischen S wirken deutlich relaxter als der Typ selbst.

»Wir haben uns mit den zuständigen Stellen in Verbindung gesetzt. Im ersten Monat wird zweimal täglich jemand vom Pflegedienst und einmal pro Woche eine Haushaltshilfe vorbeikommen«, sagt er. »Das Wichtigste, was Sie als Angehörige tun können, ist, Herrn Nystøyl darin zu unterstützen, langsam, aber sicher wieder alltägliche Aufgaben ohne fremde Hilfe verrichten zu können. Alles Weitere wird Frau Løvli Ihnen erklären.«

Er redet so schnell, dass ich ganz nervös werde. Vielleicht wäre es gut, mitzuschreiben, wie in der Schule. Instinktiv fasse ich mir an die Hosentasche, aber darin befinden sich bloß mein Handy und das Portemonnaie. Ich glaube, Andrea sieht die Panik, die sich auf meinem Gesicht breitmacht, denn Sekunden später hält er mir eine Broschüre unter die Nase, auf der steht: *Nach dem Schlaganfall zurück nach Hause.*

»D-danke«, stottere ich. »Und Frau Løvli ist...?«

»Die Ergotherapeutin«, erklärt Andrea. Dann gehen wir zu dritt wieder zu Goffa hinein. Er sieht uns fragend an.

»So, jetzt geht es endlich nach Hause«, verkündet Andrea. Das lässt sich Goffa nicht zweimal sagen. Er springt förmlich aus dem Bett und steht mit seiner Jacke über der Schulter parat, ehe ich die erste Seite der Broschüre lesen kann. Ein bisschen windschief, wie er dasteht, aber laufen kann er aus eigener Kraft.

Auf dem Heimweg herrscht Stillschweigen im Auto. Draußen ist es so finster, wie es das nur im Herbst ist, bevor der Schnee fällt. Das Einzige, was entlang des Wegs ein wenig Licht spendet, ist die Fahrbahnmarkierung auf der Straße. Die weißen Streifen leuchten wie übergroße Perlmuttstücke, die eine schwarz lackierte Hardangerfiedel säumen.

Als ich zu Hause zur Tür hereinkomme, schlägt mir der Geruch von Eintopf und frisch geduschtem großen Bruder entgegen. Und von etwas anderem Süßlichen, das mich an Mama erinnert. Die Hustenbonbons, die sie früher immer gelutscht hat, denke ich. Bis jetzt habe ich mir noch nie Gedanken darüber gemacht, wie es bei uns zu Hause riecht. Als ich klein war, hat es normal gerochen, nach Zuhause halt, bei allen anderen müffelte es komisch. Bei Stig-Rune und seiner Familie zum Beispiel stank es nach altem Filterkaffee. Bei Affe und seiner Mutter hing stets ein lieblicher Geruch nach Katzenpisse und Duftkerzen in der Luft.

Und bei Anne daheim roch es immer leicht nach alten Büchern und Weihnachtstee.

Aber ich weiß es besser, als den Mund aufzumachen. Genau solche Geschichten lassen Vater immer den Blick senken, weil es ihm peinlich ist, einen Sohn zu haben, der nicht so ist wie die anderen Jungs im Dorf.

»Tach«, sagt Tallak.

Er sitzt am Holzofen in der Küche und sieht kaum vom Handy auf. Auf seinem weißen verwaschenen T-Shirt sind Spritzer und seine Haare sind noch nass.

»War ruhig aufm Hochsitz?«, fragt Vater.

Tallak nickt geistesabwesend.

Goffa schlurft zum Herd und hebt den Deckel vom Zehn-Liter-Topf mit dem Eintopf darin.

»Die letzten Reste Elch vom vorigen Jahr?«, fragt er.

»Och, 'n paar Kilo sinnoch im Eisschrank«, sagt Vater und öffnet die Spülmaschine. Er holt vier tiefe Teller heraus. Zusammen mit vier Löffeln und vier Gläsern.

Dann essen wir.

Es ist so still, dass ich das Ticken der Wanduhr in der Stube hören kann.

Nach dem zweiten Nachschlag sagt Goffa: »Ach, zu Hause ist's doch am schönsten.«

Ich verstehe es als Wink, dass ich, der Krankenpfleger, mich fertig machen soll, und schlucke den letzten Bissen herunter, bevor ich mir im Flur die Schuhe anziehe.

»Kann ja sein, dass ihr an eurer fancy Schule inner Stadt Kellner habt«, ruft Tallak halb aus der Küche. »Aber hier wandert das Geschirr nich von selbst inne Spülmaschine.«

Ich seufze.

Schlüpfe wieder aus den Schuhen und gehe zurück.

Stelle Schüssel, Löffel und Glas in die Maschine.

»Danke«, sagt Tallak eisern.

Er steht mit dem Rücken zu mir und sieht aufs Handy-Display.

Es ist herrlich, an die frische Luft zu kommen. Die Nacht hat sich über den Himmel gelegt. Die Luft ist kristallklar. Ich hatte ganz vergessen, wie viel heller die Sterne hier in den Bergen leuchten als in der Stadt.

»Ja, ja«, sagt Goffa. »Das war ein Tag, was?«

Er macht ein paar unsichere Schritte, dann ergreife ich seinen Arm. Und so gehen wir wie ein altes Ehepaar den Feldweg entlang. Schweigend. Doch die Stille zwischen Goffa und mir ist eine andere als die zwischen Vater, Tallak und mir. Sie hat etwas von dem Samtbezug in einem Geigenkoffer. Es tut gut, dass sie da ist. Zwischen Vater, Tallak und mir klingt sie dagegen wie eine höher gestimmte E-Saite. Immerzu am Kipppunkt.

»Ich hoffe, du musst nicht gleich wieder zurück«, sagt Goffa, während seine Hand auf der Türklinke ruht.

»Nein«, sage ich. »Ich hatte nicht vor, zu gehen, bevor der Pflegedienst da ist.«

Und dann betreten wir das niedrige, holzverkleidete Wohnzimmer.

Die Wärmepumpe gibt einen dumpfen Seufzer von sich, als wir die Küche betreten. Es herrscht tropische Hitze, trotzdem besteht Goffa darauf, dass ich den Ofen einheize. Er schlurft umher und reißt Türen auf. Ich greife nach dem Schürhaken, den er immer im Korb neben dem Blasebalg liegen hat.

Ein Knarzen der Dielen über mir lässt mich vermuten, dass er sich die Treppe bis zum Schlafzimmer im Obergeschoss hochgekämpft haben muss.

Vielleicht sollte ich es ihm hier unten auf dem Sofa gemütlich machen?

So wie er es immer für mich gemacht hat, als ich klein war. Aber wo zur Hölle hat er das Bettzeug und so verstaut?!

Keine Ahnung. Also sitze ich einfach nur da und schaue zu, wie die Flammen nach dem Schürhaken und dem Anmachholz greifen, bis Goffa wieder herunterkommt.

»Soll ich das Sofa ausziehen und es dir herrichten?«, frage ich.

Er winkt mit einer Handbewegung ab.

»Das können doch die vom Pflegedienst erledigen.« Ich lege ein Scheit in den Ofen.

»Kannst du heute Abend nicht etwas für mich spielen, Tøllef? Es kommt mir wie der perfekte Tag dafür vor.«

Mit seinen graublauen Augen schaut er mich bittend an. Und abermals habe ich das Gefühl, dass eine Lawine in mir hinunterkracht. Ich kann ihn nicht direkt ansehen. Dann würde ich losheulen wie ein Schlosshund. Also stehe ich auf und gehe zur Tür.

»Nein, du brauchst keine Fiedel aus der Werkstatt holen.«

Und da sehe ich, dass er den Koffer mit der Hardangerfiedel meines Ururgroßvaters hochhält. Die Meisterfiedel. Die, mit der mein Ururgroßvater 1890 bei der landesweiten Folkemusikk- und Tanz-Meisterschaft eine Goldmedaille gewonnen hat. Eine Sekunde lang fühlt es sich an, als hätte mein Herz vergessen, dass es schlagen muss, um mich am Leben zu halten. Doch dann fängt es wieder an zu hämmern und mir wird heiß bis zu den Ohrläppchen.

»Aber ...«, ist das Einzige, was ich rausbekomme.

Goffa hat sie mich noch nie spielen lassen.

»Jetzt ist es so weit«, brummt er.

Meine Hände zittern, als ich nach der Geige greife. Das Perlmutt am Deckenrand fühlt sich kühl an. Und bereits beim Stimmen der Saiten merke ich, dass diese Geige ein ganz besonderes Instrument ist.

Dann lege ich sie mir an den Hals.
Den Bogen an die Saiten.
Und schließe die Augen.

Kaum zu glauben, dass es Leute auf dieser Welt gibt, die sich lieber eine Büchse an die Schulter legen als eine Hardangerfiedel.

Unser Haus prangt weiß auf der Spitze des steilen Hügels, als ich von Goffa komme. Das Außenlicht der Scheune lässt das alte Haus im Chalet-Stil erstrahlen und wirft Schatten auf die gläserne Veranda und die verschnörkelten Ornamente unter dem Dachfirst. Ich kann Tallak und Vater im Wohnzimmer hören. Aber ich habe keine Energie mehr, mit ihnen zu reden, also gehe ich direkt nach oben in mein Zimmer. Es fühlt sich kleiner an als bei meiner Abreise. Dunkler. Ich ziehe das Handy aus der Tasche. Es ist halb zehn, ich habe zwei Snaps von Kim und einen von Rada. Aber anstatt sie zu beantworten, facetime ich mit Kim.

»Was gibt's?«, fragt er.

Die roten Locken hüpfen auf seinem Kopf auf und ab, als er sich im Bett aufsetzt.

»Wissen in deiner Familie eigentlich alle, dass du ...?«

Er reißt die Augen vielsagend auf.

»Oh Lord, fünf Stunden zu Hause and you're back in the closet?«

Ich schüttle den Kopf und lache.

»... queer bist. Wissen in deiner Familie alle, dass du's bist?«, frage ich. Leise.

Denn auch wenn ich weiß, dass Vater und Tallak bis zu den Elf-Uhr-Nachrichten unten sitzen werden, habe ich irgendwie das Gefühl, dass sie bestimmte Wörter hören, selbst wenn ich sie nur flüstere.

Diesmal lacht Kim. »Ja«, sagt er. »Ich glaube, das war sogar mein erstes Wort. So von wegen: Kim queer! Einhorn kaufen!«

Ich lache wieder. Diesmal ein wenig lauter. Ich kann's mir irgendwie vorstellen. Wie Kims Mutter und seine ältere Schwester ein Buch ansehen. Seine Oma sitzt in der Ecke und strickt, während Kim vor ihnen auf dem Teppich kniet und mit Einhörnern spielt. Ich war letztes Weihnachten da. Bei Kim zu Hause in Drammen, auch wenn ich Vater vorgelogen habe, ich wäre wieder bei Rada.

»Ich weiß, dass deine engste Familie eingeweiht ist«, sage ich. »Aber was ist mit deinem Vater?«

Ein Schatten fällt auf sein Gesicht.

»Er hat es nicht verdient, es zu wissen. Wenn man seine Frau mit zwei kleinen Kindern und 'nem Job im Altersheim hängen lässt, ist man ein ziemlicher Arsch.«

Er legt den Kopf in den Nacken.

»Und für solche Leute ist in meinem Rudel kein Platz. Capito?«

Ich nicke. Ich wünschte, mein Rudel wäre mehr wie Kims. In meinem Rudel sind wir alle einsame Wölfe.

»Hey«, sagt Kim ein wenig leiser. »Ist irgendwas passiert?«

Ich schüttle den Kopf.

»Nein«, sage ich. »Mir brummt der Schädel. Irgendwas an diesem Dorf ist komisch. An den Menschen. Dem Haus.«

Kim wird ernst.

»Du weißt, was Dolly über Regenbögen sagt, oder? *If you want the rainbow, you gotta put up with the rain.*«

Ich ringe mich zu einem Lächeln durch.
»Ja, doch«, sage ich. »Aber wir reden hier von einem konstanten Monsun seit 2004.«
Kim lacht.
»Dann ist es ja gut, dass wir dich im Internat sicher ins Trockene geholt haben.«
Nun wird mir warm ums Herz.
»Danke, Kumpel«, sage ich. »Das war genau das, was ich heute Abend hören musste.«
»Anytime«, sagt er. »Ich bin gern dein Homorakel.«
Jetzt muss ich lachen, so richtig.

Denn selbst wenn ich mit meiner Familie nicht das beste Los gezogen habe, im Freundschaftslotto habe ich haushoch abgeräumt.

In der Nacht träume ich von Mamas Beerdigung. Goffa, Vater, Tallak und ich sitzen im Nissan. Wir haben schwarze Anzüge an, nur deshalb weiß ich überhaupt, dass es die Beerdigung sein muss. Vater entschuldigt sich, dass er seit Mamas Tod kein besonders toller Vater gewesen sei. Er sagt, er wolle versuchen, eine Arbeit im Ort zu finden, damit wir mehr Zeit miteinander verbringen können.

Ist schon in Ordnung, sagen Tallak und ich.

Goffa sagt, dass der ganze Mist mit der Sauferei jetzt ein Ende habe.

Ist schon in Ordnung, sagen wir.

Vater parkt an dem Strand, wo Mama am Neujahrstag immer ein Loch ins Eis gehackt und ein Eisbad genommen hat. Wir stemmen uns gegen den Wind, als wir zum Wasser hinabstapfen. Vater voran mit der Urne. Ich lese das Gedicht vor, das sie immer zum Weinen brachte, wenn wir *Vier Hochzeiten und ein Todesfall* geguckt haben. Aber anstelle von »he« sage ich »she«. Ich weiß, dass das Mama verärgert hätte, also schicke ich innerlich eine Entschuldigung hinterher.

Die Asche zittert und scheint ungeduldig zu werden, also nimmt Vater den Deckel von der Urne und heult in den Wind hinein: »ICH LIEBE DICH!«

Und heraus fliegt die Asche, in einer Wolke, einer dünnen Wolke, mit Flügeln, kleinen Ascheflügeln, über die Wasseroberfläche, die schimmert wie Öl, und über die weißen Schaumkronen. Und dann ist sie verschwunden.

Da schreien Tallak und ich wie aus einem Mund: »ICH HAB DICH LIEB, MAMA, ICH HAB DICH LIEB!« So hätte die Beerdigung sein sollen, denke ich, als ich aufwache. Schön. Wild. Genau wie Mama. Aber so was ist in Alt-Säckingen keine Option. Städter und andere Hippies können sich so was leisten. Aber hier werden alle in derselben Kirche getauft, konfirmiert und beerdigt. Und selbst wenn Mama über die Hochebene hätte fliegen wollen, ist Vater immer noch Vater. Unter keinen verdammten Umständen durfte er aus der Reihe tanzen. Unter keinen verdammten Umständen durfte seine Frau verbrannt werden. Unter keinen verdammten Umständen durfte sie auch in diesem Streit das letzte Wort haben.

Ich seufze.

Ich schaue auf.

Das Poster vom Bon-Iver-Konzert hängt immer noch über dem Bett. Ich spüre einen Stich in meiner Brust. Und denke an jene Nacht im Vega zurück. Wie stolz ich war, so eine coole Mutter zu haben, die ihre Söhne nach Kopenhagen zu einem Konzert mitnimmt. Tallak hat genörgelt, dass wir nicht wie der Rest seiner Clique auf dem Country-Konzert in Treungen waren. Wie immer raffte er gar nichts.

Ich sehe mich um und betrachte das Zimmer im grauen Morgenlicht. Die verstaubten Pokale von meinen vielen Wettbewerben. Der alte Laptop. Die Spiele aus der Grundschule. All die Fotos, die Mama mit der Spiegelreflexkamera von uns gemacht hat, hängen noch immer an der Pinnwand. Das Zimmer fühlt sich noch kleiner an.

Dann entdecke ich die Zeichnung, die ich von Bob Dylan angefertigt habe und die Mama hat rahmen lassen, weil sie fand, sie sei wunderschön. Jetzt lehnt sie auf dem Boden hinter einigen Kartons. Vater muss sie abgenommen und hier abgestellt haben. Und dann fällt es mir wie Schuppen von den Augen: Unser Haus ist eine Art lebendige Enzyklopädie aus allem, was nicht mehr ihres ist.

Plötzlich ist es, als würde Mama erneut sterben.

Ich darf jetzt nicht anfangen zu heulen. Ich kann nicht zum ersten Frühstück nach über zwei Jahren mit rot geweinten Augen erscheinen. Also stehe ich auf. Auf dem Weg ins Bad ziehe ich ein sauberes T-Shirt und eine Boxershorts aus meiner Tasche. Natürlich gibt es wieder mal kein heißes Wasser. Big surprise. Aber was muss, das muss. Ich lasse Wasser über mein Gesicht laufen, bis es rot vor Kälte ist. Danach gehe ich runter zu Vater und Tallak.

»Hallo«, sage ich.

»Morgn«, sagt Vater.

»Morgn«, sagt Tallak.

Sie sitzen da wie immer. Vater mit der Nase in der Tageszeitung. Tallak mit der Nase überm Display. Zwei dampfende Kaffeetassen stehen vor ihnen und ein Brettchen mit Aufschnitt. Den Krümeln auf ihren Tellern nach zu urteilen, haben sie ihre Brote bereits gegessen. Trotzdem weiß ich ziemlich genau, womit sie belegt waren. Vater hatte ein Brot mit Schinken und Krabbensalat und eines mit Jarlsberg-Käse und Paprika. Tallak hingegen eine Scheibe mit Erdnussbutter und eine mit Banane.

So ist es immer gewesen.

Und so wird es immer sein.

Doch plötzlich fängt etwas in mir Feuer. Etwas, das geschwelt hat. Seit Langem schon. Denn die beiden tun das, was sie schon immer getan haben. An ihrem Leben hat sich nichts geändert. Dennoch haben sie die Zeichnung, die ich gemacht habe, abgenommen. Haben sie in mein Zimmer gestellt. Mir schießt die Frage in den Kopf, wie viel sie seit meinem Umzug noch entfernt haben. Statt mich hinzusetzen, haste ich geradewegs durch Küche, Wohnzimmer und Stube, bis ich vor Mamas Arbeitszimmer stehe. Ich sperre die Tür auf. Die Bücher sind weg. Die LP-Sammlung. Poster. Fotos. ALLES. Bis auf die Stereoanlage, die einsam in dem riesigen Bücherregal steht, wie ein Einkaufswagen, den jemand freitagabends vor dem Coop vergessen hat. Und dort, wo früher ihr Schreibtisch stand, prangt jetzt irgendein Fitnessgerät mit riesigen Gewichten dran. Und drüben in der Ecke steht ein Heimtrainer.

Jetzt glimmt es nicht nur leicht in mir. Jetzt ist es, als hätte mir jemand einen Molotowcocktail in die Brust geschleudert.

Ich knalle die Tür zu und eile in die Küche zurück.

»Was soll das?«, frage ich.

Vater faltet die Zeitung zusammen. Er sieht mich nicht direkt an, das tut er nie. Aber wenigstens schaut er auf.

»Tøllef«, sagt er.

»Was ist denn schon wieder?«, fragt Tallak zurück und legt das Handy weg.

Er sieht mich an, als hätte ich verkündet, ich hätte mein Schnuffeltuch verloren oder so.

»Wo sind all ihre Sachen?«, frage ich. »Die Platten? Die Bücher? Die Bilder?« Mein Herz trommelt wie der Schlagzeuger in einer Metal-Band.

»Aufm Scheunenboden«, murmelt Vater.

»Auf dem Scheunenboden«, wiederhole ich.

Meine Stimme überschlägt sich am Ende, genau wie damals, als ich im Stimmbruch war. Tallak rollt mit den Augen. Vater rückt sich zurecht.

»Ja, ich wolltse eigentlich 'm Orchester spenden. Aber dann ist der Flohmarkt im Frühling ausgefallen ...«

Jetzt ist der Molotowcocktail in mir zur Atombombe mutiert.

»FLOHMARKT?!«, schreie ich. »Hast du irgendeine Ahnung davon, wie wertvoll die Sammlung ist? Wir reden da nicht von irgendwelchen alten CDs. Und die Bücher. Die Bücher sollte *ich* bekommen!«

»Haste aber nie abgeholt«, wirft Tallak ein. »Der Hof ist nich dein privates Lager.«

Ich spare mir eine Antwort.

»Und was willst du überhaupt mit einem Heimtrainer?«, frage ich. »Hast du nicht ein Fatbike in der Scheune stehen?«

Tallak springt auf.

»Das ist für die Arbeit. Manche in diesem Land müssen nämlich zusehen, dasse zur Arbeit komm!«

Er knallt seinen Teller in die Spülmaschine, das Messer landet neben dem Besteckkorb. Er flucht und rüttelt an dem Gestell, in dem die Teller einsortiert sind, klaubt das Messer hervor und steckt es an seinen Platz.

»Nu iss, Tøllef«, sagt Vater.

Er nickt in Richtung meines Sitzplatzes.

»Nein danke«, sage ich. »Ich bin bei Goffa.«

Ich dränge mich an Tallak vorbei und stürme in den Flur. Ich ziehe mir die Schuhe an, nehme den Mantel vom Haken und schlage die Tür hinter mir zu. Fest. Ich bin noch nicht einmal am Feldweg angekommen, da fließen schon die Tränen. Doch jetzt schere ich mich nicht mehr darum, sie zurückzuhalten. Ich lege den Kopf weit in den Nacken und lasse sie vom Regen fortspülen. Das einzig Schöne am Regen ist, dass niemand sehen kann, dass man heult.

Goffa schlurft in dem kleinen Wohnzimmer auf und ab. Sein linker Arm baumelt an der Seite, als gehöre er nicht zu seinem Körper. Als hätte der ganze alte Mann Schlagseite. Vielleicht spricht man deshalb von einem Schlaganfall? Weil Menschen, die davon betroffen sind, an Boote erinnern, deren Ladung verrutscht ist. Völlig aus dem Gleichgewicht geraten.

»Hallo«, sage ich.

»Hmm«, sagt Goffa.

Er setzt sich und kratzt sich am Bart.

»Was ist passiert?«

Seine Aussprache ist schon ein bisschen klarer als zuvor. Ein Funken der Hitze von vorhin schwelt noch in mir. Aber Goffa ist in seiner eigenen Welt.

»Ich wollte irgendetwas tun, aber ich weiß nicht mehr, was.«

Er lächelt mit einer Gesichtshälfte. Die andere sieht aus wie König Harald. Das werden lange Herbstferien, denke ich und versuche, so ruhig wie möglich zum Küchentisch zu gehen.

Ich will nicht, dass Goffa merkt, dass etwas nicht stimmt. Er steht vom Sofa auf. Die vom Pflegedienst haben versucht, das Bett zu machen, aber er hat Decke und Laken wieder durcheinandergebracht.

»Tja, ich glaube, du solltest mit mir in die Werkstatt kommen.«

Ich zucke zusammen. Goffas Werkstatt ist das Einzige, was ich seit meinem Fortgang vermisst habe. Der Geruch von frisch gehobelter Schwarz-Erle. Von Lack. Harz. Das grelle Licht der Arbeitslampe, die wie ein Suchscheinwerfer auf das Projekt gerichtet ist, an dem er gerade arbeitet. Seit ich denken kann, ist Goffas Geigenbauerwerkstatt einer der magischsten Orte, die ich kenne. Doch langsam mache ich mir Sorgen. Denn wie soll er die feinen Handgriffe an den Geigen ausführen, wenn er so herumschludert wie eben? Was, wenn er immerzu welche kaputt macht und es ihn nur noch traurig macht?

»Ähm«, sage ich. »Wollen wir nicht mit etwas Leichterem anfangen? Die Teller aus der Spülmaschine räumen, zum Beispiel?«

Da fängt Goffa an zu lachen.

»Keine Angst, ich hatte jetzt nicht vor, Fiedeln zu bauen, Tøllef.«

Ich habe keine Ahnung, was er stattdessen meinen könnte. Das hat er offensichtlich bemerkt, denn er sagt: »Ich dachte nur, ich werfe mal einen Blick in den Kalender. Vielleicht habe ich darin ja etwas notiert, was ich heute machen wollte. Dann könnte ich anrufen und absagen.«

Er schaut mich sanft an. Und dann muss auch ich lachen.

»Sorry«, sage ich. »Das ist natürlich eine gute Idee. Dann los.«

Goffas Gesicht leuchtet auf. Und dann stapft er mit seinem vollkommen windschiefen Körper zur Tür. Ich stehe auf und folge ihm. Schließlich muss ich ihn im Auge behalten, ich kann nicht riskieren, dass er plötzlich umkippt, wenn er sich nach einem Schuhlöffel streckt. Das wäre gar nicht gut. Doch Goffa schafft es, sich beide Schuhe anzuziehen. Die Jacke hingegen bereitet ihm größere Schwierigkeiten, sein linker Arm ist unkooperativ und ich muss ihn letztendlich in den Jackenärmel schieben und wieder herausziehen. Es ist strange, seinen eigenen Großvater anzuziehen. Aber ich sage nichts. Sondern ziehe einfach den Reißverschluss bis unters Kinn.

»So«, sagt Goffa und setzt sich die Mütze mit den Ohrenklappen auf.

Und dann schlurfen wir über den Innenhof zur Werkstatt.

Drinnen ist die Temperatur genau richtig und es riecht leicht nach frisch poliertem Holz. Von der Decke hängen drei Geigen. Ich sehe sofort, dass eine davon eine Helland-Fiedel ist, und die Venaas-Fiedel erkenne ich an dem charakteristischen Griffbrett mit den runden Rosen, bei der dritten bin ich mir nicht sicher. Goffa macht das Licht an und mitten im gleißenden Spotlight sehe ich eine fast fertige Geige. Darauf steht in großen Lettern *Torleif Nystøyl*. Goffa hat über dreißig Jahre damit verbracht, eine unverwechselbare Farbgebung zu entwickeln. Ein Teil des Geheimnisses ist, dass er für die Lackierung des Bodens Tee statt Kaffee verwendet. Und Gommas, also Omas, alte »Höhensonne« aus den 1970ern. Es fehlen nur noch die Saiten, schon wäre die Geige einsatzbereit. Wer sie wohl bestellt hat?

»Hmmf«, macht Goffa. »Ich wusste doch, dass ich etwas vergessen hatte.«

Er wühlt in dem Stapel Papiere auf dem Schreibtisch.

Ich kann nicht widerstehen. Ich muss die neue Geige einfach genauer ansehen. Der Lack ist dunkel, wie frisch gebrühter Espresso, dennoch kommt die Rosenbemalung deutlich zur Geltung, wie es sich gehört. Und der Perlmuttrand glitzert mir entgegen. Ich löse die Geige von der Werkbank und halte sie gegen das Licht. Dann schließe ich die Finger sanft ums Griffbrett. Sie liegt ausgezeichnet in der Hand.

»Meinst du, du kannst sie für mich bespannen?«

Goffas Stimme durchbricht die Stille. In ihr liegt ein Schmerz, den ich vorher nicht bemerkt habe. Für einen kurzen Augenblick treffen sich unsere Blicke, bevor ich wieder auf die Geige hinabschaue.

»Öööh ...«

Ich zucke mit den Schultern. An meiner eigenen Fiedel wechsele ich die Saiten, seit ich zwölf war. Ein nagelneues Instrument fertigzustellen ist jedoch etwas ganz anderes. Der Steg muss im Verhältnis zum Stimmstock richtig eingepasst werden. Und die unteren Saiten, also die Resonanzsaiten, die unter dem Griffbrett verlaufen und Hardangerfiedeln von klassischen Geigen unterscheiden, müssen alle auf den richtigen Wirbel aufgedreht werden. Natürlich weiß Goffa das. Wenn beide Arme funktionsfähig wären, könnte er das im Schlaf. Andererseits will ich ihn nicht enttäuschen.

»Wenn du mir ein paar Tage Zeit gibst, krieg ich's vielleicht hin.«

»I wo«, sagt er. »Das erledigen wir zwei im Laufe des Vormittags.«

Er kommt zu mir herüber und legt die Mütze auf die Werkbank.

»Aber«, wende ich ein. »Warum hast du es so eilig?«

»Weißt du, eigentlich hatte ich Anne die Fiedel schon vor einem Monat versprochen. Sie ist für einen Gastdozenten, der sie sich ausleihen und für mich einspielen wollte. Ein Japaner. Und gerade habe ich gesehen, dass ich für heute notiert hatte: *14 Uhr: Fiedel bei Anne in der Akademie abliefern.*«

»Oh«, sage ich.

Als er Anne erwähnt, habe ich sofort ein schlechtes Gewissen. Ich like zwar ständig ihre Posts auf Instagram, aber ich habe auf keine ihrer Nachrichten reagiert. Keine einzige.

»Du schaffst das schon, Tøllef«, sagt Goffa.

Seine Stimme ist jetzt leiser, konzentrierter. Ich bin nicht sicher, ob er mit sich selbst oder mit mir redet. Ich nicke einfach. Goffa bricht nie ein Versprechen. Also habe ich wohl keine andere Wahl.

Ich lege die Geige vorsichtig auf die Werkbank zurück. Setze mich auf einen Stuhl und schaue durch das F-Loch ins Instrument. Zum Glück hat Goffa den Stimmstock bereits eingesetzt, und trotzdem erscheint mir die Aufgabe, die neun Saiten richtig zu platzieren, als schier unmöglich. Ganz zu schweigen vom Steg und dem Saitenhalter. Dennoch versuche ich, so zu tun, als sei alles easy. Ich will Goffa nicht noch mehr Sorgen bereiten, als er ohnehin schon hat.

»Fangen wir hiermit an«, sagt er und bringt mir die Tüte mit den Stimmwirbeln. »Weißt du noch, wie man sie einsetzt?«

Er sieht mich fragend an.

»Alzheimer hab ich in den zwei Jahren zum Glück nicht bekommen«, sage ich lachend. Ich gehe hinüber zu seinem Apothekerschrank, hole die Rasierseife aus der üblichen Schublade und greife auch die Tüte mit dem Kreidepulver.

Das habe ich immer gemacht, wenn Mama und Vater

Streit hatten oder Tallak besonders fies war. Dann bin ich hergekommen und habe Goffa geholfen. Sei es, den Leim umzurühren, damit er nicht aushärtet, oder die Wirbel mit Seife und Kreide einzusetzen. Kleinere Arbeiten halt. Einmal durfte ich mich sogar an der Bemalung versuchen. Das Ergebnis war so lala.

»Gut, gut«, brummt Goffa und lässt sich auf den Stuhl mir gegenüber fallen.

Ich reibe die Wirbel mit der Mixtur ein. Es ist gar nicht so einfach, es hinzubekommen, dass das Zeug daran kleben bleibt, aber nach und nach haftet bei allen ein klein wenig auf der Spitze.

»Jetzt die Saiten«, fährt er fort. »Die oberen Saiten zuerst.«

Er kramt in einer anderen Schublade und holt einen kleinen weißen Umschlag heraus, in dem sich die silberumsponnene G-Saite aus Darm befindet. Die legt er vor mir auf den Tisch. Ich schlucke. Platziere die Geige so, wie ich es schon tausendmal gesehen habe, drücke die Krone des Drachenkopfes gegen meine Brust.

»Nicht zu fest, sonst lockert sich der Stimmstock!«

Ich habe schwitzige Hände, aber ich befestige die Saite am Halter, ziehe sie zur Schnecke hinauf und drehe sie auf den ersten Wirbel. »One down«, hätte Kim wahrscheinlich gesagt, eine geschafft.

»Wusstest du, dass die Franzosen dasselbe Wort für den Stimmstock verwenden wie für die Seele?«, fragt Goffa. Er lehnt sich in seinem alten Stuhl zurück, es quietscht. Ich schüttle den Kopf und nehme die D-Saite, die er als Nächstes für mich bereitgelegt hat.

»L'âme«, sagt er.

»Ich dachte, das wären diese japanischen Cartoons«, sage ich.

»Kann gut sein, dass es auf Japanisch etwas anderes heißt«, sagt Goffa. »Ich finde es jedenfalls schön, dass es Seele bedeutet, denn ohne den Stimmstock hätte die Fiedel keine Seele.«

Ich nehme die Geige hoch und ziehe die beiden Saiten fest. Goffa hat einen Holzklotz am Arbeitstisch befestigt, um das Instrument zu stützen. Ich beiße mir auf die Innenseite der Wange, während ich immer weiter festziehe. »Komm schon, komm schon, komm schon«, sage ich mir immer wieder in Gedanken.

»Manchmal muss man die Henkelsaite hier aufwärmen«, sagt Goffa und kommt zu mir herüber. Er nimmt den Saitenhalter in seine gute Hand und hält ihn eine Weile fest.

»Jetzt probier noch mal«, sagt er.

Und da rastet der Saitenhalter ein.

Ich atme erleichtert auf. Doch dann fällt mir ein, dass als Nächstes der Steg angebracht werden muss, und das ist noch schlimmer. Aber Goffa ist die Ruhe selbst und erklärt mir alles Schritt für Schritt.

Als ich die A- und die E-Saite befestigt habe, verkündet Goffa, es sei Zeit, den Klang zu testen. Ich stimme die Geige sorgfältig, denn ich weiß, wie empfindlich sie zu diesem Zeitpunkt noch ist, bevor ich mir das Instrument an die Brust lege. Als der Bogen die tiefste Saite berührt, entsteht ein warmer Ton. Er erinnert mich an die kiefernbewachsenen Berghänge rund ums Dorf im Frühling.

Goffa runzelt die Stirn.

Dann lasse ich den Bogen über die anderen Saiten gleiten.

»Ich glaube, der Steg muss noch ein klitzekleines bisschen weiter nach vorn, mein Jung«, sagt Goffa. »Nur einen halben Millimeter oder so.«

Ich lockere die Saiten so weit, dass sich der Steg minimal verschieben lässt.

»Langsam«, sagt Goffa. »Nur nicht zu viel.«

Ich atme schwer. Es gibt einen Grund, warum ich in der Oberstufe Musik und nicht Kunst oder Handwerken gewählt habe – für so etwas fehlt mir die Geduld. Ich ziehe die Saiten wieder fest und lasse den Bogen darübergleiten. Der Klang ist jetzt schärfer. Klarer.

»Sieh mal einer an! Du hast das Zeug, selbst einmal Geigenbauer zu werden.«

Ich schüttle den Kopf. Goffa hat mich nie unter Druck gesetzt, obwohl ich weiß, dass er das Geigenbauerhandwerk von seinem Vater gelernt hat, der es wiederum von seinem erlernt hatte. Und so reicht die Tradition in unserer Familie zurück, so lange wir denken können. Mama war die Erste, die mit ihr gebrochen hat. Allerdings ist Goffa auch der Erste in der Familie, der nur ein Kind hat.

»So, jetzt kommen die Resonanzsaiten ...«

Goffa schlurft wieder zum Apothekerschrank. Er pfeift ein Stück von Torgeir Augundsson. Da schweift mein Blick zu den drei Geigen, die zum Trocknen aufgehängt sind.

»Von wem ist die dritte da?«, frage ich.

Goffa sieht zuerst mich an, dann die Geigen.

»Meinst du die Røstad-Fiedel?«

»Wow«, sage ich. »Eine Geige von Gunnar Røstad?«

Es ist das erste Mal seit Langem, dass ich eine von ihm gebaute Fiedel zu Gesicht bekomme.

»Oh ja«, schmunzelt Goffa und streicht über ihren Boden. »Diese Fiedel hat zwei Weltkriege überlebt, und noch einiges mehr.«

Er stapft zu mir rüber und legt das Tütchen mit den fünf Resonanzsaiten auf die Werkbank. Ich konzentriere mich wieder auf das Instrument vor mir.

Da lacht Goffa plötzlich laut auf.

»Was ist denn?«, frage ich.

»Nein, mir ist nur gerade eine lustige Geschichte über den guten Gunnar Røstad eingefallen. Wie du wahrscheinlich weißt, hat er gern mal einen gehoben. Und eines Abends wollte er feiern, dass er endlich fünf Fiedeln fertiggestellt hatte. Sie lagen auf seinem Bett und warteten darauf, von ihren Besitzern abgeholt zu werden. Aber i wo, stell dir vor, er hat es geschafft, sich aufs Bett zu werfen und sie alle zu zerdrücken, als er aus der Stadt nach Hause kam.«

Ich starre ihn entsetzt an. Das ist eine schreckliche Geschichte. Fünf zerstörte Instrumente, nur weil ein Alki sich nicht zusammenreißen konnte. Goffa lacht, hält aber inne, als er meinen Gesichtsausdruck bemerkt.

»Am nächsten Morgen musste er sich dransetzen, kannst du dir ja denken. Und wieder von vorn anfangen, um sie zu reparieren.«

Ich atme erleichtert auf.

»Also waren sie nicht vollkommen hinüber?«

»I wo«, sagte Goffa. »Der Legende nach wurde die eine oder andere sogar noch besser dadurch. Røstad war einer der besten Geigendoktoren, die dieses Land je gesehen hat, weißt du? Keiner konnte ihm das Wasser reichen, weder vor noch nach seiner Zeit.«

Ich nehme die nächste Saite auf und denke über das nach, was Goffa erzählt hat. Dass die Geigen besser geworden sein sollen, nachdem sie zerstört worden waren. Das kann doch nicht sein. Also sage ich es. Da kichert Goffa. »›Aus Fallobst kocht man die süßeste Marmelade‹, heißt es.«

Ich lächle. Wenn ich genau überlege, weiß ich nicht, was mir mehr gefehlt hat: Goffas Werkstatt oder seine Geschichten.

Als ich vom alten Hof weggehe, klart es auf. Ich kann bis zur »Akademie« sehen, wie sie im Dorf von allen genannt wird. Eigentlich ist es eine Folkehøyskole, an der man nach dem Schulabschluss noch weitere Kurse besuchen kann. Das Betongebäude mit den großen Fenstern und den roten Eingangstüren erstrahlt wie eine akademische Straßenlaterne mitten im Niemandsland. Sie ragt über die Grundschule und die stillgelegte Molkerei dahinter hinweg. Als Kind habe ich auf den Tag hingefiebert, an dem ich mich dort würde anmelden können. Ich wollte auf eine Schule gehen, an der ich jeden Tag Hardangerfiedel spielen und trotzdem zu Hause wohnen konnte. Das erschien mir wie das Paradies. Jetzt kommt es mir nicht mehr so verlockend vor. Ich hoffe, dass ich nach meinem Abschluss nächstes Jahr an der Osloer Musikhochschule angenommen werde, obwohl ich weiß, dass Anne enttäuscht sein wird, wenn ich mich nicht an der Akademie bewerbe.

Auf dem Weg bergab poltert der Geigenkoffer gegen meinen Rücken. Kleine Sträucher und Gestrüpp sind über den Pfad gewuchert. Ich kann mir kaum vorstellen, dass die Natur in nur zwei Jahren so schnell wachsen kann. Es ist, als wäre die ganze Welt erpicht darauf, weiterzumachen. So schnell wie möglich. Selbst wenn ich stillstehe.

Ich frage mich, wie es wohl sein wird, Anne wiederzutreffen. Sie hat inzwischen ihren Doktor gemacht. Ich habe nichts vorzuweisen als das, was ich von Vegard und den anderen Lehrer*innen an der Schule gelernt habe. Ich hab's nicht über mich gebracht, an Wettbewerben teilzunehmen. Das ist bloß eines der schwarzen Löcher, die mein Gehirn nur schwer schließen kann. Mama hat immer im Saal gesessen und zugehört. Mama und Goffa. Deswegen ging es nicht.

Ich hoffe nur, sie wird nicht enttäuscht sein, also, Anne, meine ich. Wenn Anne enttäuscht ist, schmerzt es mich überall, und ich schäme mich, wie ich mich seit meiner Kindheit nicht mehr geschämt habe. Das war wahrscheinlich der Hauptgrund, warum ich für die Oberstufe mit Musikschwerpunkt in die Stadt gegangen bin. Aus Angst, sie zu enttäuschen. Ich trete gegen einen lästigen Wacholderbusch, der sich erdreistet, mitten auf meinem Weg zu wachsen.

Verdammt noch mal.

Ich hätte nie gedacht, dass ich nervös sein würde, meine alte Lehrmeisterin zu treffen, aber ich bin's.

Als ich hinter dem Coop endlich aus dem Wald herauskomme, sind beide Hosenbeine klatschnass. Ich richte meinen Mantel, während ich die Schnellstraße zur Akademie überquere. Die große Tesla-Invasion steht erst noch bevor. Ab morgen, wenn die Herbstferien anfangen, werden lauter Stadtmenschen über die Supermärkte herfallen. An den Ladestationen auf den Parkplätzen werden sich Schlangen bilden. Und zum ersten Mal kann ich ein wenig nachvollziehen, warum Vater und Tallak zur Elchjagd weiter nach Süden flüchten. Denn für die nächste Woche ist es aus mit der Ruhe hier. Das ist das Einzige, was man mit absoluter Sicherheit sagen kann.

Ich stoße eine der schweren roten Holztüren am Haupteingang auf. Im Foyer ist es still. Gerade sind wahrscheinlich alle im Unterricht. Und dann überkommt mich plötzlich eine tiefe Ruhe. Vielleicht hat Anne zu tun? Dann kann ich mich einfach in ihr Büro schleichen und ihr die Geige mit einem kleinen gelben Zettel auf den Schreibtisch legen. »Hier ist die Fiedel, wie vereinbart. Grüße, Torleif.« Ob es der alte oder der junge Torleif ist, spielt keine Rolle. Leichten Schrittes gehe ich den Gang entlang. Den Weg würde ich mit verbundenen Augen finden. Und als ich sehe, dass die Tür angelehnt ist, aber der Bürostuhl leer, schlägt mein Herz besonders schnell. Ich schlüpfe hinein und lege die Geige auf den Schreibtisch. Er ist schon fürs Wochenende aufgeräumt. Einzig der dunkle Abdruck einer Kaffeetasse verleiht ihm einen Hauch von Unordnung. Aber wo bewahrt sie verdammt noch mal ihre Post-its auf? Ich suche verzweifelt in den Regalen und oben auf dem kleinen Aktenschrank. Ihre Schubladen muss ich hoffentlich nicht durchwühlen.

Dann höre ich plötzlich ein Lachen auf dem Flur.

Ich würde dieses Lachen auch in einem Raum mit tausend Menschen wiedererkennen.

Niemand lacht wie Anne.

Einen Moment lang wäge ich allen Ernstes ab, ob ich es schaffen kann, ungesehen aus dem Fenster zu klettern, aber das kommt mir dann doch ein wenig zu paranoid vor. Stattdessen drehe ich mich zur Tür und versuche ein Lächeln aufzusetzen, so gut es eben geht.

»Torleif!«

Ihr Gesicht erstrahlt. Und in der nächsten Sekunde hat sie auch schon die Arme um mich geschlungen. Anne umarmt mich, wie nur Anne es kann. Die kleinen Fältchen um ihre Augen lassen ihr Lächeln noch größer wirken und plötzlich sind alle Sorgen verschwunden.

»Hallo«, sage ich. »Alles klar bei dir?‹

»Bestens«, sagt Anne und lacht weiter. »Aber wie läuft es bei dir? Du bist ganz schön gewachsen in den letzten Jahren. Oje, jetzt klinge ich schon wie eine alte Oma, sorry.«

Sie misst mich mit ihren Augen.

»Ja, ganz gut so weit«, sage ich und räuspere mich.

Lieber würde ich über was anderes reden, also schiebe ich schnell hinterher: »Goffa hat's ein bisschen schlimmer erwischt.«

»Oh«, sagt Anne, und ihre großen Augen hinter der Brille nehmen einen besorgten Ausdruck an. »Ist was mit Torleif?«

Es wundert mich nicht, dass sie es noch nicht mitbekommen hat, denn wenn nicht einmal Arvid und die Saufköpfe in Geirs Fernfahrerkneipe Wind davon bekommen haben, wäre es echt komisch, wenn Anne es wüsste.

Ich räuspere mich erneut.

»Ja, er hat am Montag einen Schlaganfall gehabt. Bis gestern war er noch im Krankenhaus. Aber dann wollte er nach Hause, und deshalb bin ich hier, um mich um ihn zu kümmern. Also, nur über die Herbstferien.«

Die Worte bleiben mir im Halse stecken. Sie kommen unbeholfen und stockend heraus. Ich sehe zu Boden.

»Oh nein, wirklich?«

Anne legt mir die Hand auf den Arm. Und obwohl ich einen dicken Wollmantel trage, spüre ich die Wärme, die von ihr ausgeht. Die gute Anne. Die herzensgute Anne. Anne, die immer da war, als Mama krank war. Anne, die immer zugehört hat, was ich zu sagen hatte. All die Dinge, die ich mich nie getraut habe Mama oder Vater zu erzählen. Oder sonst irgendwem.

Ich starre weiter zu Boden.

»Es ist noch mal gut gegangen«, sage ich. »Sie haben ihn eingeliefert, bevor es zu spät war. Er kann sprechen und ist ganz der Alte. Läuft ein bisschen windschief, aber am Montag kommt wer für die Ergotherapie, um mit ihm zu üben.«

Ich versuche zu lachen, um die Stimmung aufzulockern.

»Das freut mich zu hören«, sagt Anne und drückt meinen Arm erneut.

»Ja, eigentlich bin ich wegen ihm hier«, sage ich und wende mich dem Geigenkoffer zu.

Anne hat ein riesengroßes Fragezeichen im Gesicht.

»Irgendein Gastdozent wollte sich Goffas neue Geige ausleihen?«

Annes Augen werden noch größer als zuvor, dann schlägt sie die Hände an die Wangen.

»Ach herrje. Stimmt ja. Oh Mann, klar. Horimyo wollte sie borgen. Das hatte ich ja ganz vergessen. Ich war gerade auf dem Sprung. Ich muss den Expresszug nach Oslo bekommen. Wir wollen heute Abend mit ein paar Leuten ins Theater und ...«

Sie wirft einen kurzen Blick auf die Uhr an der Wand.

»Nur keinen Stress«, sage ich und klopfe leicht auf den Geigenkoffer. »Ich kann sofort wieder abhauen. Wollte sie nur eben abliefern.«

Doch dann lächelt Anne plötzlich. Oh nein, denke ich. Dieses Lächeln kenne ich. Wegen diesem Lächeln war ich

Juror bei zig Wettbewerben, bei denen die Kinder der Musikschule für Schokolade um die Wette getanzt und gesungen und gefiedelt haben. Und das so schief, dass es sich anfühlte, als würde uns jemand mit einem Pflug durch die Gehörgänge fräsen.

»Warum bringst du ihm nicht die Fiedel?«

»Ich?!«

Und mit einem Mal wird mir mit dem Wollmantel hier drinnen sehr warm.

»Ja«, sagte Anne. »Dann kannst du ihm von Goffa erzählen und wie weit die Geigenbauertradition in eurer Familie zurückreicht. Vielleicht spielst du ihm auch was vor?«

»Öööäh«, mache ich.

»Aber das wäre doch perfekt!«

Sie nimmt den Geigenkoffer und drückt ihn mir in die Hand, bugsiert mich dann zur Tür hinaus und den Flur entlang. Ich komme nicht einmal dazu, zu protestieren. Wir bleiben vor einer weiteren roten Tür stehen, an der ein weißer Zettel mit der Aufschrift *Guest teacher in residence, Horimyo Ueda* hängt. Anne klopft entschlossen, während ich den Geigenkoffer umklammert halte. Mir rinnt ein Schweißtropfen den Rücken hinab. Er hält nicht an, bis er den Rand meiner Boxershorts erreicht. Fuck! Ich bin nicht in der Stimmung, so eine Art Folkemusikk-Maskottchen für irgendeinen komischen Gastdozenten zu sein. Alles, was ich machen sollte, war, die Geige abzuliefern und wieder zu verschwinden. Das war der Deal.

»Hallo!«, antwortet eine Stimme von drinnen.

Anne verpasst mir einen kleinen Stubs in den Rücken. Und schon stehe ich vor einem Typen mit strubbeligem Haar und Augen von so dunklem Braun, dass sie beinahe schwarz wirken. Er trägt eine grüne Baumwollhose und ein weißes T-Shirt. An einem seiner Arme schlängelt sich ein schwarzes Tattoo entlang, das der Rosenmalerei auf der alten Kiste unter der Treppe bei uns zu Hause zum Verwechseln ähnlich sieht. Nur dass die Rosen auf seiner Haut schwarz und grau sind, nicht rot, gelb und grün. Jetzt erst bemerke ich, dass ich ihn gerade auffällig anstarre. Schnell gucke ich weg. Meine Ohren werden heiß.

»Horimyo«, sagt Anne. »Jetzt bekommst du endlich die Fiedel, die ich dir versprochen habe. Und gleichzeitig dachte ich, du könntest einen meiner ehemaligen Schüler kennenlernen, Torleif Tjønnstaul. Er ist der Enkel des Geigenbauers.«

Der Mann geht vorsichtig um den Schreibtisch herum, aber die Hand, die meine ergreift, ist entschlossen und warm.

»Horimyo«, sagt er.

Er riecht frisch wie der Kiefernwald an den Hängen unterhalb von Goffas Hof im Frühling.

»T-Torleif«, stammele ich.

»Tolreif?«

Er lacht.

»Die Ls bereiten mir ein wenig Probleme! Und die Rs, die ihr im Norwegischen habt.«

»Horimyo hat an der Universität von Nagasaki seinen Bachelor in Skandinavistik gemacht. Außerdem spielt er, seit er siebzehn war, in den Sommerferien Hardangerfiedel in einer Formation unter der Leitung von Rio Yamase in Tokyo«, erklärt Anne.

Vorsichtig schaue ich auf. Er lächelt mit den Augen. Ich kann mich nicht gerade damit rühmen, zuvor schon viele japanische Gastdozenten getroffen zu haben. Aber er hier ist das Letzte, was ich erwartet hätte. Er ist echt jung.

»Cool«, sage ich, aber es klingt dämlich.

»Ihr habt sicher viel zu quatschen«, sagt Anne und gibt jedem von uns einen Klaps auf die Schulter, »aber ich muss jetzt los zum Zug.«

Als sie weg ist, wird es unangenehm still. Ich habe das Gefühl, dass ich etwas tun muss, also nehme ich den Geigenkoffer und lege ihn auf Horimyos Schreibtisch.

»Wir haben sie heute erst bespannt«, sage ich.

Es ist wahnsinnig heiß hier drin, und ich muss den Mantel ausziehen, wenn ich mich nicht zu Tode schwitzen will. Zuerst aber öffne ich den Koffer, damit er die Geige in Augenschein nehmen kann. Meinen Mantel lege ich auf der Lehne eines roten Sessels ab.

Horimyo nimmt die Fiedel auf, als wäre sie ein Vogel mit gebrochenem Flügel. Er betrachtet sie gründlich. Lässt die Finger über den Lack gleiten und den Blick entlang des Stegs bis unter das Griffbrett wandern. Zupft leicht an den Saiten. Ich kann sofort hören, dass die A-Saite verstimmt ist.

»Ich kann sie gern für dich stimmen«, sage ich.

»Schon gut«, sagt er, ohne den Blick von der Geige zu nehmen, und zieht ein kleines schwarzes Dingsbums aus der Tasche. Das klemmt er an den Drachenkopf.

»Was glaubst du, wo ist diese Fiedel zu Hause?«

Plötzlich sehen mich die braunen Augen direkt an und ich muss schlucken.

»Wa-was meinst du damit?«, stottere ich.

»Soll ich auf C oder auf H stimmen?«

Er spricht schnell. Natürlich ist es die Tonart, die er meint. Meine Wangen glühen dermaßen, dass man Spiegeleier darauf braten könnte. Mein Gott, er muss mich für einen Banausen halten. Genauso träge im Geiste wie der Rest von Alt-Säckingen.

»Ja, ach so, ja«, sage ich und räuspere mich.

Er drückt einen kleinen Knopf auf dem Gerät und eine Skala erscheint. Jetzt gerade ist es ein B, wie ich sehe. Aber Horimyo stellt sie schnell richtig ein. Und nach und nach überprüft er auch die anderen Saiten. Er ist erfahren und schnell. Wie ich sehe, stimmt er die Saiten wie bei einer klassischen Geige. Kurz darauf schaltet er das kleine runde Ding aus und lässt es zurück in die Hosentasche gleiten. Dann legt er die Geige unters Kinn. Er hält sie wie eine Violine, mit geradem Handgelenk und nicht geknickt unterm Griffbrett, wie man das normalerweise macht. Ich glaube, Sigvart sagt erste Lage dazu. Horimyo schließt die Augen und stimmt ein Stück an. Sobald er den Bogen ansetzt, weiß ich, dass er gut ist. Denn es klingt genauso schön, wie wenn Anne oder jemand aus der höchsten Wettbewerbsklasse spielt. Zuerst begreife ich nicht, was er spielt. Bis die Melodie wie ein Blitz in mich einschlägt. *Felefeber*. Es ist *Felefeber*, was er spielt. Eine Welle der Übelkeit walzt durch mich hindurch. Ich habe dieses Lied nicht mehr gehört, seit … seit Tallak, Vater und ich Mamas Sarg aus der Kapelle getragen haben, während Anne gespielt hat. Und bevor ich die Tränen hinunterschlucken kann, schluchze ich auf. Ganz leise. Aber Horimyo hört es. Ich weiß, dass er es gehört hat, denn er hört auf zu spielen. Er sieht mich fragend an.

Scheiße.
Scheiße!
SCHEISSE!
Ich schnappe mir meinen Mantel.

»Äh, ich muss weg«, sage ich und sprinte los. Ich renne. Rase wie ein Verrückter. Den Flur hinab. Aus den gewaltigen Holztüren. Auf dem Parkplatz krache ich fast in ein Auto. Aber ich halte nicht an. Ich laufe einfach weiter. In den Wald hinein. Bis ich nur noch Blut im Mund schmecke und mir die Äste ins Gesicht peitschen. Dann höre ich das Rauschen des Helvetesfossen. Und ich weiß, dass ich nicht weit vom Felsvorsprung entfernt bin. Der Fluss zieht mich zu sich und wenige Momente später bin ich auch schon dort. Der Wasserfall ist vom Schmelzwasser angeschwollen. Die Leute vom Kraftwerk lassen ihn nur bei Wasserüberschuss derart volllaufen. Ich bleibe stehen und verschnaufe. Die Tropfen des tosenden Wasserfalls legen sich wie ein Film auf mein Gesicht.

Was war das gerade?

Da vibriert es in meiner Tasche. Einen Moment lang habe ich Schiss, es ist Anne. Dass Horimyo sie angerufen hat und ihr erzählt hat, was geschehen ist. Dass ich angefangen habe zu flennen und wie eine Drama-Queen weggelaufen bin. Aber als ich aufs Display blicke, blinkt Tallaks Name auf.

»Ja«, sage ich.

»Wo biste, verflucht?«, ruft er.

»Unten am Fluss«, antworte ich. »Und du?«

»Bei Goffa«, ruft er. »Ich wollt schnell 'n paar Kugeln für die Krag holen, und da finn ich'n im Badezimmer aufm Fußboden. Er ist gestürzt, nachdem er aufm Klo war!«

Sofort kriege ich Bauchschmerzen.

»Komme«, sage ich.

Und lege auf, bevor er noch etwas sagen kann.

An der Korkwand zu Hause hängen Bilder von uns, wie wir mit Rindenbooten im Bach weiter oben in den Bergen spielen. Wir halten Fische in die Höhe, die wir im Fagervann geangelt haben. Brüder. Seite an Seite. Ich weiß nicht mehr, wann Tallak und ich aufgehört haben, Freunde zu sein. Das kam wahrscheinlich irgendwann, nachdem er mit Hallingdans aufgehört hatte und bevor ich umgezogen bin. Aber wann genau, kann ich nicht sagen. Jetzt klingt jedes Gespräch, das wir führen, wie eine verstimmte Geige.

Zum zweiten Mal heute rase ich durch den Wald. Dieses Mal allerdings nicht ohne Ziel und Verstand. Ich habe Goffa vor Augen, wie er auf dem Boden des winzigen Badezimmers mit rosa Tapete liegt. Ich beiße die Zähne zusammen und hechte so schnell ich kann den Hang hinauf. Tallak ist das Erste, was ich sehe, als ich den Hof erreiche. Er späht aus dem Fenster des niedrigen holzverkleideten Wohnzimmers. Sein Kiefer verkrampft, als er mich sieht, aber ich gehe ins Haus.

»Sorry«, sage ich.

Ich lasse den Mantel auf die Holztruhe fallen.

»Du hattest EINE Aufgabe«, donnert Tallak.

Er öffnet und schließt die Fäuste.

»Es ist nicht Tøllefs Schuld«, sagt Goffa.

Er sitzt im Stressless-Sessel, hat die Beine hochgelegt und eine Decke darüber ausgebreitet.

»Ich hab ihn mit der Fiedel zu Anne geschickt.«

Aber Tallak dreht sich nicht einmal zu ihm um. Er stellt sich dicht neben mich.

»Soweit ich weiß, wohnt Anne nich unten am Fluss«, knurrt er.

Ich senke den Blick. Schaue auf meine nassen Socken. Sie haben auf dem blau gestrichenen Fußboden Spuren hinterlassen, den ganzen Weg von der Tür bis zu dem Fleck, an dem ich stehe. Unter mir bildet sich eine kleine Pfütze. Tallak steht so nah, dass ich sein After Shave riechen kann. Das, das Silje ihm vor fast drei Jahren zu Weihnachten geschenkt hat. Die Beziehung hat nur wenige Monate gehalten, aber der Duft haftet ihm seitdem an.

»Tut mir leid«, sage ich.

Diesmal ein bisschen leiser.

Aber Tallak grunzt nur, stößt mich zur Seite und greift nach dem Gewehr, das an der Küchenarbeitsplatte lehnt. Erst als die Haustür hinter ihm zuknallt, wage ich es, zu Goffa zu schauen. Er hat einen besorgten Ausdruck auf dem Teil des Gesichts, der nicht herunterhängt.

»Du warst also unten am Fluss«, sagt er nach einer Weile.

Ich nicke.

»Du denkst doch nicht immer noch an …?«

Ich schüttle schnell den Kopf. Ich weiß, dass ich mich erklären muss, ringe um die richtigen Worte, denn wenn ich nichts sage, wird es ihm keine Ruhe lassen.

»Ich habe letzte Nacht von Mama geträumt«, sage ich. »Und dann hat unten in der Akademie jemand *Felefeber* gespielt. Und da …«

Weiter komme ich nicht. Denn jetzt fluten all die Dinge meinen Kopf, über die ich die letzten Tage nachgedacht habe. Und als hätte jemand die Schleusen zum Wasserfall geöffnet, strömt es aus mir heraus. Doch Goffa sagt nichts. Er streichelt mir mit der guten Hand bloß sanft über den Rücken.

Und so sitzen wir da.

Vollkommen still.

»Ich glaube, ich weiß, was du brauchst, Jung«, sagt Goffa nach einer Weile.

Sein Gesicht strahlt und auch sein König-Harald-Kinn hängt nicht mehr so weit herab. Er schlurft zur Anrichte und holt den Koffer mit der Meisterfiedel heraus.

»Als deine Gommo gestorben ist«, fährt er fort, »hat mir deine Mutter empfohlen, einer Trauergruppe beizutreten.«

Ich schaue zu ihm auf.

Das hat er mir noch nie erzählt.

»Zuerst fand ich den Gedanken peinlich«, sagt er und kichert. »Du weißt schon, was würden die Leute sagen? Und dann war ich auch noch der einzige alte Mann und so.«

Er schmunzelt und streicht sanft über den Koffer.

»Aber ich habe tatsächlich etwas gelernt, das ganz nützlich war.«

Ich versuche, nicht zu skeptisch zu wirken. Denn das erinnert mich echt an die Gespräche, die ich in jenem Frühjahr mit der Vertrauenslehrerin geführt habe. Und an die, die ich später dann mit dem Schulpsychologen führen durfte, nach dem Vorfall am Fluss.

»Oh«, sage ich.

»Du musst deine Trauer akzeptieren, Tøllef.«

Goffas Augen bohren sich in meine.

»Ich weiß, das klingt vielleicht seltsam. Aber solange du nicht in der Lage bist, zu akzeptieren, dass es sie gibt, kannst du nicht weitermachen.«

Ich winde mich in meinem Stuhl.

»Und dann musst du dir *Felefeber* zurückholen!«

Jetzt kann ich mich nicht länger zusammenreißen.

»*Felefeber* zurückholen?«, frage ich.

»Ja, du kannst nicht jedes Mal zum Wasserfall rennen, wenn jemand das Stück spielt. Herrgott. Was machst du denn im Auto, wenn du fährst und das Stück im Radio läuft? Fährst du dann gegen einen Baum?!«

Goffa weiß nicht, dass ich den Führerschein nicht gemacht habe. Ist jetzt auch egal. Ich weiß, was er meint.

»Aber wie mach ich das?«

»Spiel das Stück. Spiel es so oft wie nötig, bis du das Gefühl hast, dass es dich loslässt. Und wenn du bis zwei Uhr nachts hier sitzt.«

Er klopft dreimal mit der Faust auf den Geigenkoffer, bevor er ihn mir reicht.

Ich atme tief ein, dann klappe ich ihn auf. Die Fiedel ist von gestern noch perfekt gestimmt. Ich muss einzig die G-Saite und die zweite Resonanzsaite tiefer stimmen. Meine Hand zittert, als ich den Bogen ergreife und ihn an die Saiten lege. Dann setze ich den zweiten und dritten Finger auf die D-Saite. Düsternis und Schmerz sprudeln wieder hervor, aber ich mache weiter. Lasse meine Finger die Saiten drücken, eine nach der anderen, während das Stück Gestalt annimmt. Es tut weh. Ich kann es nicht verbergen. Besonders beim ersten Mal. Beim zweiten Mal hingegen sträubt es sich nicht mehr so sehr in mir. Mit jeder Note, die ich spiele, ist es, als ob ein Teil des Schmerzes aus mir rausgeschwemmt würde. Die Musik ist wie Strahlung. Sie findet all die miesen kleinen Tumore, die sich in meinem Inneren festgesetzt haben. Jene, die kein Skalpell je hätte entfernen können. Doch die Töne finden sie, zermalmen sie. Und langsam, langsam löst sich alles in mir.

Ich weiß nicht, wie lange ich dasitze und spiele. Draußen wird es dunkel und Goffa ist im Stressless-Sessel eingenickt. Die Flammen im Ofen sind längst erloschen, doch in mir brennt es. Sachte lege ich die Meisterfiedel beiseite. Gehe in den Flur und die Treppe in den Kartoffelkeller hinab, um über etwas anderes nachzudenken. Als ich die Tür öffne, springt das Licht an. Jetzt, wo der Sommer vorüber ist, stehen hier hauptsächlich Fertigmahlzeiten und Konserven, so, wie ich Goffa kenne. Aber ich sehe, dass er die Pflanzkartoffeln ausgegraben und in die Kiste unter der Treppe gelegt hat. Oben im Regal liegen ein paar Kohlköpfe und warten darauf, dass die Fårikålsaison losgeht. Ich schnappe mir zwei Fertiggerichte mit schwedischen Fleischbällchen, bevor ich die Tür hinter mir zumache und wieder hinaufgehe.

Goffa blinzelt, als ich die Küche betrete.

»Ich muss eingenickt sein«, murmelt er und rekelt sich im Sessel.

»Kein Ding«, sage ich lächelnd. »Ich dachte nur, ich mache uns was zu essen, bevor die vom Pflegedienst kommen.«

»Danke, Tøllef. Ich müsste nur mal austreten.«

Goffa steht vorsichtig auf.

Ich lege die Fleischbällchen auf die Küchenarbeitsplatte und gehe zu ihm rüber.

»Brauchst du Hilfe?«

Mit der guten Hand winkt er ab.

»Nein«, sagt er. »Ich muss mich nur hinsetzen, wie eine Frau, dann klappt es schon. Das war es, was ich vorhin falsch gemacht habe.«

Er lacht trocken und verschwindet im Flur.

Ich setze einen Kessel Wasser auf den Herd. Die ganze Zeit lausche ich auf Geräusche aus dem Badezimmer. Geräusche, die mir sagen, dass etwas nicht stimmt. Dass Goffa Hilfe benötigt. Doch alles, was ich höre, ist das leise Rauschen der Spülung und das Aufdrehen des Wasserhahns. Goffa kommt in die Küche zurückgestapft. Es dauert hundert Jahre, bis das Wasser im Kessel kocht. Aber das scheint ihn nicht zu stören. Stattdessen fragt er nach Horimyo.

»Wie war es, einen Japaner Hardangerfiedel spielen zu hören?«

Ein kleiner Teil von mir erschrickt, als er das sagt. Weil ich weiß, dass Goffa nicht gerade *woke* ist, wie Rada es ausdrücken würde. Es wird wohl noch fünf Jahre dauern, bis das Wort in Alt-Säckingen ankommt, und wenn es so weit ist, wird es von Leuten wie Arvid wahrscheinlich nur ironisch verwendet werden. Goffa jedoch ist kein Rassist. Er weiß es einfach nicht besser.

»Er war gut«, sage ich. Die Handhaltung erwähne ich lieber nicht, denn ich weiß, dass Goffa ernsthafte Zweifel hegen würde, dass Horimyo ein waschechter Hardangerfiedler ist, wenn er davon erführe.

Er nickt anerkennend.

Und dann fällt mir wieder ein, was Anne erzählt hat.

»Er spricht sehr gut Norwegisch«, berichte ich weiter. »Er hat wohl einen Bachelor in Skandinavistik und spielt Hardangerfiedel, seit er siebzehn war, mit einer ganzen Gruppe von Musiker*innen.«

»Meine Güte«, sagt Goffa.

Seine Augen werden noch größer, als sie es ohnehin schon sind.

»So was haben die da unten auch?«

Ich nicke und ziehe mein Handy aus der Gesäßtasche. Zehn Snaps von Rada und Kim. Es juckt mir in den Fingern, sie zu öffnen, aber ich warte lieber, bis ich am Abend bei Goffa fertig bin. Dann gehe ich auf YouTube und suche nach »hardangerfiddle« und »Tokyo«. Es erscheint ein Video mit zwei Frauen. Eine von ihnen hält einen dieser billigen Trolle in der Hand, die man in sämtlichen Souvenirshops von Arendal bis Alta kaufen kann, die andere hingegen scheint die Sache ernst zu nehmen. Sie trägt die typische Hardanger-Tracht und hält eine Fiedel im Arm. »17. Mai – Grüße aus Tokyo« lautet der Titel.

»Guck«, sage ich und halte ihm das Handy hin.

Die Frau in der Hardanger-Tracht sagt »Alles Gute« und noch etwas anderes auf Japanisch, bevor sie eine studioperfekte Version von *Fanitullen* spielt. Goffa starrt mit großen Augen aufs Display.

»Ja, laus' mich doch der Affe«, sagt er.

Dann kocht das Wasser auf dem Herd endlich und ich werfe die Schälchen mit der Fertigmahlzeit hinein. Goffa klickt sich zum nächsten Video durch, in dem die Frau in der Hardanger-Tracht *Auf der Reise zur Heimat* von Grieg zum Besten gibt.

Wir sind gerade erst mit dem Abendessen fertig, als die Pflegerin vom Abenddienst eintrifft. Sie bugsiert einen großen weißen Stuhl aus dem Kofferraum des Autos, und es dauert ein Weilchen, bis ich begreife, wofür der gedacht ist.

Ich laufe hinaus und frage, ob sie Hilfe braucht.

»Du bist Tallak?«, fragt sie.

»Nein, das ist mein Bruder«, sage ich.

»Aber der hier ist für euch, oder? Er kam gerade an, als ich zur Visite aufbrechen wolle.«

Es steht ihr ins Gesicht geschrieben, dass sie nicht gerade

happy ist, Goffas Toilettenstuhl durch die Welt kutschieren zu müssen.

»Ja, das stimmt«, sage ich. »Sind Sie sicher, dass ich ihn nicht nehmen soll?«

»Geht schon«, entgegnet sie keuchend. »Zeig mir einfach, wo er hinsoll!«

Ich eile voraus und öffne die Haustür, führe sie durch Küche und Flur, drücke dann die Tür zu dem kleinen rosafarbenen Badezimmer auf.

Sie marschiert hinein und platziert den Stuhl gekonnt über der Kloschüssel.

»So«, sagt sie und wischt sich über die Stirn. »Wo ist der Patient?«

Ich nicke in Richtung Küche. Ohne sich vorzustellen, krempelt sie Goffas Hemdsärmel hoch und legt los. Ich drehe mich um. Versuche, nicht an Blut und Nadeln und all den anderen Krankenhausmist zu denken. Stattdessen räume ich den Tisch ab und schalte die Spülmaschine ein. Wische die Arbeitsplatte ab.

»Kannst ruhig gehen, mein Jung«, brummt Goffa. »Ich werde sowieso langsam müde.«

Ich verabschiede mich, ohne mich umzudrehen. Ziehe die Schuhe an, sie sind klatschnass und eiskalt. Mein Mantel auch. Ich schaudere, als ich draußen auf der steinernen Treppe stehe. Aber ich habe keine andere Wahl, als nach Hause zu gehen. Ich nehme mir alle Zeit der Welt. Schaue mir die Snaps von Rada und Kim an. Es ist gut, daran erinnert zu werden, dass es eine Welt außerhalb des Dorfes gibt, einen Ort, an dem ich ich selbst sein kann, ohne dass sich jemand daran stört.

Mir graut es davor, Vater und Tallak wiederzusehen.

Ich weiß nicht, was ich sagen soll.

Aber dann trudelt plötzlich eine Vipps-Überweisung von Vater über eintausend Kronen ein. *Wir bleiben noch bis Sonntag*, schreibt er dazu. Abrupt bleibe ich am Waldrand stehen. Unsicher, ob ich einen Siegestanz aufführen oder einfach laut loslachen soll. Wie konnte ich das vergessen? Vater, Tallak und der Rest der Jagdtruppe starten stets oben an den Almen und pirschen sich dann nach und nach die Hänge hinab. Doch anstatt zu tanzen, renne ich dem Hof entgegen. Stürze durch die Tür zur Waschküche. Schleudere meinen Mantel in den Trockenschrank und drehe ihn voll auf. Dann hänge ich meine Hose über das Ausgusswaschbecken, bevor ich barfuß die Treppe zum Bad hinaufstolpere und etwas tue, das ich seit meiner Kindheit nicht mehr getan habe: Ich lasse Wasser in die Badewanne ein. Anschließend greife ich zum Handy. Ich mache ein kitschiges Foto von der Wanne, schreibe *Das Einzige, wofür es sich lohnt, nach Hause zu kommen!* dazu und füge ein Wal-Emoji hinzu. Dann schicke ich den Snap an Kim und Rada.

Bevor ich mich hinlege, muss ich noch einmal *Felefeber* spielen.

Nur für Mama.

Nur für den Fall, dass ein kleiner Teil von ihr noch im Haus ist.

Ich wache vom Schrei einer Elster im Garten auf. Es dauert einige Sekunden, bis ich wieder weiß, wo ich bin. Und bis mir wieder einfällt, was gestern passiert ist. Die Begegnung mit dem japanischen Gastdozenten. Horimyo Ueda. Ich wälze mich im Bett hin und her. Oh Mann, er muss denken, dass ich den Verstand verloren habe. Dass ich vollkommen durchgeknallt bin. Die Scham walzt durch mich hindurch wie eine Fieberwelle. Ein Glück, dass ich ihn nie wiedersehen werde. Ich ziehe mir die Bettdecke über den Kopf. Ich habe absolut keinen Grund, heute aufzustehen, denke ich. Bis mir wieder einfällt, dass Goffa auf dem alten Hof in seinem Sessel sitzt und sicherlich Hunger hat.

Kacke.

Im Brotkasten in der Küche liegt noch ein halbes Graubrot. Ich durchsuche den Kühlschrank nach Aufschnitt und stapele einige Scheiben auf einen Teller, um sie mit runter zu Goffa zu nehmen. Kaffee wird er dahaben, vermute ich. Anschließend springe ich in die Waschküche. Die Hose ist trocken, der Mantel ebenfalls. Die Schuhe sind innen immer noch feucht, aber nach ein paar Stunden vor Goffas Holzofen werden sie so gut wie neu sein.

Goffa ist gut drauf, als ich bei ihm ankomme. Er hat es

geschafft, den Ofen heute selbst einzuheizen. Und aus dem Kessel auf dem Herd duftet es verheißungsvoll nach Kaffee.

»Ich hab Frühstück dabei«, sage ich und stelle das große Fresspaket auf dem Küchentisch ab.

»Das trifft sich ausgezeichnet, denn ich habe das letzte Stückchen Brot gestern Abend gegessen«, antwortet Goffa.

Mit der guten Hand nimmt er den Kessel vom Herd.

»Ich kann später einkaufen gehen«, sage ich. »Zuerst muss ich allerdings meine Schuhe trocknen.«

Goffa winkt ab.

»I wo, das eilt nicht. Jetzt sehen wir erst einmal, dass wir etwas in den Bauch bekommen, und danach bin ich neugierig, was du in der Prima alles gelernt hast.«

»In der Prima?!«, frage ich. »Das heißt seit zig Jahren schon Oberstufe.«

»Schule bleibt Schule«, brummt Goffa und nimmt sich eine Scheibe Karamellkäse vom Teller.

Dann essen wir schweigend.

Ich hatte fast vergessen, wie schön es ist, bei Goffa in der Küche zu sitzen und zu frühstücken, während das Radio in der Ecke dudelt und es im Ofen knistert. Schon seltsam, dass etwas so Gewöhnliches und Alltägliches plötzlich so herrlich, fast heilig wird, wenn man lange genug weg war. Ich verschränke die Beine unterm Stuhl und spüre, wie sich die Wärme über meinen Rücken ausbreitet.

Nachdem ich mein komplettes neues Repertoire vorgespielt habe, ist Goffa erschöpft. Er lehnt sich zurück und legt die Beine hoch. Die Uhr über der Küchenspüle zeigt ein Uhr an. Wenn ich es vor Ladenschluss noch zum Coop schaffen will, muss ich los.

Ich nehme meine Schuhe vor dem Ofen weg.

»Bringst du mir ein Glas Hering mit?«, murmelt Goffa. »Und ein Mehrkornbrot?«

»Klar«, sage ich und lege ihm eine Wolldecke über die Beine. »Wie könnte ich denn deinen Hering vergessen!?«

Dann gehe ich in den Flur, schlüpfe in die warmen Schuhe, werfe mir den Mantel über und breche auf.

Mit jedem Schritt wird der Stein in meinem Magen schwerer. Was, wenn dieser Horimyo im Laden ist? Ich sehe bildlich vor mir, wie sich unsere Blicke durch das Regal mit den Konserven treffen. Peinliches Stillschweigen und dann ich: »Hi, schön, dich wiederzusehen. Du hast ja schon mitbekommen, dass ich ein Vollpfosten bin. Ballaballa, Banane, vollkommen durchgeknallt. Man hätte sicher was davon, mich in 'ne Zwangsjacke zu stecken und unterm Mikroskop zu untersuchen. Und bei dir so?«

Ich atme durch die Nase aus und halte inne.

Hocke mich hin und betrachte das Moos.

An Tagen wie diesen vermisse ich sie am meisten. Wenn ich mich dermaßen zum Trottel gemacht habe, wie nur Tøllef aus Alt-Säckingen es kann. Dann wünschte ich, Mama wäre da. Dass sie ihre Hand auf meinen Unterarm legt, ihn sanft drückt und sagt: »Entweder es geht gut oder es geht vorbei.« Ich spüre es im Bauch. Doch der Stein, der mich eben noch nach unten gezogen hat, ist merkbar geschrumpft. Jetzt hat er nicht mehr die Größe des Felsens am Helvetesfossen. Er ist eher so groß wie einer der Steine, die auf dem Friedhof die Beete säumen.

Ich stehe auf.

Nehme einen tiefen Atemzug.

Warum sollte es mich kümmern, was irgendein random

Typ aus Nagasaki von mir hält? Die Chancen sind relativ gering, dass wir uns noch einmal über den Weg laufen.

Und so gehe ich weiter in Richtung Coop.

Die Glocke bimmelt, als ich eintrete. Gunn sitzt wie immer hinter der Kasse und blättert in einer Zeitschrift. Ich schnappe mir einen Einkaufswagen und nicke ihr zu, aber sie sieht mich nicht. Flüchtig scanne ich den Raum nach Leuten von der Akademie. Normalerweise findet man sie beim Regal für Bio-Obst und -Gemüse. Aber es ist niemand zu sehen außer einem Rentnerpaar, das mit der Brotmaschine kämpft.

Ich atme aus.

Rasch gehe ich in die Abteilung mit den Fischkonserven. Suche nach Goffas Standard-Hering und nehme zwei Gläser davon mit. Dann kaufe ich Käse und Schinken. Brot und Milch. Salat, Tomaten und Gurken, das übliche Zeug halt. Danach haste ich zum Regal mit den Fertigmahlzeiten und lege einige Packungen in den Einkaufskorb. Ich versuche im Kopf auszurechnen, wie viel alles zusammen macht. Meine Mathekenntnisse haben sich in der Oberstufe nicht auf magische Weise verbessert. Heute Abend hab ich Bock auf Pizza und etwas Süßkram. Als ich an der Tiefkühltruhe stehe, höre ich die Türglocke. Aus reinem Reflex sehe ich auf. Da steht Affe mit seinen ein Meter siebenundneunzig. So wie ich das von hier aus erkennen kann, ist er inzwischen auch einen Meter siebenundneunzig in die Breite gegangen, denn er muss sich seitwärts an Gunns Kasse vorbeizwängen. Schnell schaue ich nach unten, allerdings nicht schnell genug, denn unsere Blicke begegnen sich gerade so lange, dass ich an seinem ablesen kann, dass er mich erkannt hat.

Fuck!

Es ist einfach vollkommen unmöglich, hier auch nur einen Fuß vor die Tür zu setzen, ohne jemanden zu treffen, den man kennt.

Ich schlendere zum Süßigkeiten- und Snackregal rüber, und bei den Sørlands-Chips stehe ich plötzlich vor ihm.

»Spanische Paprika mit Petersilie, das sind einfach die Besten«, sage ich und greife nach der Tüte.

»Joar«, sagt Affe.

Sein Einkaufswagen ist vollgepackt mit Bier. In eine Ecke gequetscht liegen außerdem drei rosafarbene Päckchen mit Damenbinden. Wow, denke ich, Affe hat eine Freundin?

»Gibst du eine Party?«, frage ich, weil ich das Gefühl habe, noch etwas sagen zu müssen. Und sofort zum Wetter überzugehen, das kann ich nicht bringen.

»Vorglühn bei Stiger'n«, entgegnet Affe und grinst. »Unn danach geht's inne *Hütte*. Du muss auch kommen, Tøllef! Is hundert Jahre her, dass wir alle zusamm warn.«

Ich kann Affes Atem spüren, er riecht nach Weingummi. Das ruft mir die vielen Abende ins Gedächtnis, die wir unten in Stig-Runes Kellerbude verbracht haben. Magnus, der pausenlos den Schirm seiner Basecap verbiegt. Und Affe mit der Hand in der Schüssel mit den Süßigkeiten. Plötzlich kommt es mir vor, als wäre der Laden zusammengeschrumpft.

»Öööh«, mache ich. »Ich weiß nicht, ob du es schon gehört hast, aber Goffa geht es nicht gut, und ich habe versprochen, auf ihn aufzupassen, während Vater und Tallak jagen sind ...«

Das Glänzen in seinen braunen Augen erlischt.

»Joar. Weiß ich vonner Mutter«, sagt er. »Echt scheiße, wa?«

Ich sehe zu Boden und nicke. So habe ich immer gestanden, wenn die Leute über Mama reden wollten. Jetzt tue ich es vor allem, um Affes Blicken zu entgehen. Stig-Rune ist der Letzte, mit dem ich mich heute Abend treffen will. Das ist klar wie Kloßbrühe.

Dann legt mir Affe seine riesige Pranke auf die Schulter. Ich blicke in sein rundes, gutmütiges Gesicht.

»Weißt jednfalls, wode uns finnst«, sagt er. »Komm einfach aufn Bier rüber, wennde 'nen Tapetenwechsel brauchst.«

»Danke, Affe«, sage ich und lächle.

Und um nicht bis zur Kasse und womöglich noch länger Small Talk halten zu müssen, deute ich auf ein Regal.

»Mist«, sage ich, »um ein Haar hätt ich den Krabbensalat für meinen Vater vergessen! Dann wäre die Kacke aber am Dampfen gewesen.«

Affe nickt und sagt: »Dann solltste lieber schnell machen unnen holn. Diese alten Knacker wern rasend, wenn man was vergisst. Du hättst meine Mutter letztens erleben solln, als ich vergessen hatte, Binden mitzubringen. Ausgetickt isse! Heut sorg ich vor.«

Er lacht schallend los, kriegt sich dann aber wieder ein.

»Ja, äh ... Darüber musste dir nich weiter'n Kopf zerbrechen! Austickende Mütter unn so.«

»Nein«, sage ich. »Irgendwas muss man ja davon haben.«

Keine Ahnung, warum ich das sage. Ich kaue auf meiner Lippe herum und warte darauf, dass Affe an der Kasse fertig ist. Es dauert tausend Jahre. Und ich blinzle und blinzle und blinzle. Alter, ich kann jetzt nicht in Gunns Laden anfangen zu heulen, dann wird es das ganze Dorf erfahren, noch ehe das Wochenende rum ist.

Endlich höre ich es bimmeln, als Affe hinausgeht.
Ich atme so entspannt wie möglich und gehe zur Kasse.
Das alte Ehepaar kramt nach irgendetwas im Batterieregal, also sneake ich mich an ihm vorbei.
»Hallo«, sage ich und lächle Gunn an.
Erst da fällt mir auf, dass sie lila Haare hat.
»Hallo«, erwidert sie und scannt den Krabbensalat. »Tüte?«
»Ja, gern«, sage ich. »Zwei!«
Meine Stimme klingt viel zu schrill, aber das scheint Gunn nicht zu kümmern. Sie schiebt die Plastiktüten einfach hinter dem Krabbensalat her, und ich sehe zu, dass ich die Waren einpacke.
Sobald ich bezahlt habe, geht es wieder in den Wald.

Als ich bei Goffa ankomme, schläft er im Sessel. Aber das Geräusch, mit dem ich die Tüten auf die Küchentheke stelle, lässt ihn aufschrecken.
»Na, na«, sagt er und reibt sich mit der guten Hand die Augen. »Du warst ja schnell wie der Blitz.«
»Hehe«, sage ich. »Kommt darauf an, wen du fragst!«
Goffa lacht.
»Du hättest auch einfach den Land Cruiser nehmen können, das weißt du, oder?«
»Äh«, sage ich. »Ich bin noch nicht dazu gekommen, den Führerschein zu machen.«
»Aaach, das macht nichts. Seit sie die Polizeistation dichtgemacht haben, ist hier kaum mehr was los. Sie interessieren sich mehr für die Schneemobilraser in den Bergen.«
Er zwinkert mir spitzbübisch zu.
»Njaaa«, sage ich. »Es ist schon ein Weilchen her, dass ich ihn zuletzt gefahren bin.«

Goffa winkt ab.

»Das ist wie Radfahren.«

Dann erhebt er sich vorsichtig und kommt zu mir rüber. Vielleicht liegt es daran, dass ich es glauben möchte, aber seine Haltung wirkt heute etwas gerader. Er hat nicht ganz so viel Schlagseite wie gestern.

»Wen getroffen, den du kennst?«, erkundigt er sich und steckt die Nase in die Tüte mit den Einkäufen.

»Nur Affe«, sage ich.

Ich stelle die beiden Gläser Hering in den Kühlschrank.

»Alf Erik, ja«, sagt Goffa. »Seine Mutter war gestern früh hier. Was hat er denn so erzählt?«

Ich hole tief Luft. Lege das Brot in den Brotkasten. Dann drehe ich mich zu Goffa um. Er sieht mich interessiert an.

»Na ja, eigentlich nicht viel. Sie wollen heute Abend in die Kneipe, in die *Berghütte*.«

»Sie?«

»Affe, Magnus und Stig-Rune.«

»Und sie würden sich sicher freuen, wenn du auch kommst?«

»Ja«, sage ich. »Aber ich hab zu tun, also alles gut.«

Goffa guckt mich verdattert an.

»Welche willst du?«, frage ich und halte eine Fertigmahlzeit mit Getreidebrei und eine mit Kartoffelknödeln in die Höhe.

»Heute könnte ich den Brei vertragen«, sagt Goffa. »Aber …«

Ich weiß, was er sagen will. Also stelle ich die Packung mit dem Brei auf der Arbeitsplatte ab und mache mich auf, die Tüte mit den restlichen Fertiggerichten in den Keller zu bringen. Obwohl ich kalte Füße habe, lasse ich mir alle

Zeit der Welt damit, die Kartons ins Regal zu räumen und die Pizza in die Gefriertruhe zu packen. Denn Goffa wollte ganz sicher sagen, ich solle ruhig hingehen. Dass er ohnehin schlafen geht, nachdem um neun Uhr die Frau vom Pflegedienst da gewesen ist. Er weiß nicht, dass ich mit den Jungs kein Wort mehr geredet habe, seit ich weggegangen bin.

»Willst du dich da unten häuslich einrichten, oder was?«, ruft er scherzhaft.

Ich seufze.

Dann stapfe ich die Stufen zum Flur hinauf und schließe die Tür hinter mir.

»Ich hab einfach keine große Lust, hinzugehen«, erkläre ich, oben angekommen. »Ich kann das ganze Gefasel über Mama nicht ertragen. Es ist so anstrengend, wenn die Leute mich bemitleiden.«

Goffa nickt.

»Verstehe«, sagt er. »Du bleibst hier, solange du willst, Tøllef.«

Da denke ich, alle sollten einen Goffa in ihrem Leben haben.

Der Tag tröpfelt vor sich hin. Als die Dämmerung einsetzt, geht Goffa ins Wohnzimmer. Er rumort eine ganze Weile darin herum. Gerade will ich ihn fragen, ob er Hilfe braucht, als er mit einem kleinen Silberfläschchen in der Hand zurückkommt. Seinem Flachmann.

»Der hier hat mich viele Jahre lang begleitet. Zunächst in meiner Jugend als treuer Kamerad bei Wettbewerben und Partys und dann, nach dem Tod deiner Gomma, als Fluch.«

Ich weiß, dass Goffa ein Alkoholproblem hatte. Alle wussten es, aber niemand sprach es an. Er wird im Suff jetzt nicht gerade aggro, nicht so wie Stig-Runes Vater, also ist es nie wirklich ein Problem gewesen, zumindest nicht in *der* Hinsicht.

»Neunhundertsiebzehn Tage, seit ich ihn das letzte Mal angerührt habe.«

Ich brauche keinen Taschenrechner, um mir das Datum auszurechnen. Ich weiß, welcher Tag es war. Mamas Beerdigung.

Goffa sieht mich durchdringend an.

»Es hat viele Jahre gedauert, bis mir klar wurde, dass ich ein Problem hatte«, sagt er. »Viele Jahre.«

Behutsam streicht er über den Flachmann.

»Ich weiß, dass du nicht anfangen wirst zu trinken, mein Jung«, fährt er fort. »Du bist deutlich klüger als ich. Deshalb sage ich das nicht.«

Er macht eine lange Pause.

Ich spüre, wie mein Puls gegen die Schläfe pocht.

»Manchmal jedoch ist es besser, die Dinge sofort anzupacken und ihnen nicht die Gelegenheit zu geben, so gigantische Ausmaße wie ein Troll anzunehmen.«

Er fixiert mich mit seinen graublauen Augen, als wollte er fragen, ob ich kapiere, was er meint. Ich schlucke, senke den Blick und nicke. Goffa hat wie immer recht. Dann hören wir ein Auto, das sich den Hügel zum alten Hof hinaufschiebt. Und zwei Sekunden später lassen zwei Lichtkegel die Scheunenwand in grellem Weiß erstrahlen. Die Pflegerin rückt zu ihrem abendlichen Besuch an.

Ich stehe auf, will los.

»Hier«, sagt Goffa und zieht sein Portemonnaie aus der Gesäßtasche.

Er nimmt ein paar Tausend-Kronen-Scheine heraus.

»Wenn du den Land Cruiser nicht nehmen willst, nimm dir wenigstens ein Taxi. Ich möchte nicht, dass du jetzt im Herbst im Dunkeln an der Schnellstraße entlangläufst, hörst du?«

Er sieht mich streng an.

»Danke«, sage ich und drücke ihn fest. »Aber das werde ich nicht brauchen.«

»Ach«, sagt Goffa und winkt ab. »Wenn du es heute Abend nicht ausgibst, kannst du es bestimmt gebrauchen, wenn du wieder in der Stadt bist.«

Er tätschelt mir leicht die Schulter, als wollte er sagen, glaub mir nur, und ich schlucke jedweden Protest runter.

Auf dem Weg zu unserem Haus facetime ich mit Rada.

»Hey, Fremder«, sagt sie und schüttelt das lange braune Haar mit einer Kopfbewegung zur Seite. In der nächsten Sekunde lugt Kims Lockenkopf hinter ihrer Schulter hervor.

Im dunklen Wald leuchten ihre Gesichter regelrecht.

»Von wegen, du hältst uns auf dem Laufenden«, beschwert sich Kim. »Einen Snap?! In drei Tagen? Bist du da draußen plötzlich den Amish beigetreten, oder was?«

»Sorry«, sage ich. »Es war ein bisschen chaotisch.«

Und dann berichte ich ihnen von der Geige, die ich Anne bringen sollte, und der Begegnung mit dem japanischen Gastdozenten. Von *Felefeber*. Und dass ich 'nen bollywoodreifen Abgang hingelegt habe.

»Oh Lord«, sagt Kim. »Klingt ganz danach, als hätte er eine deiner Saiten in Schwingung versetzt. Pun intended.«

Ich schnaube.

»Als ob du den noch mal wiedersiehst«, meint Rada. »Du solltest in den Ferien auf deinen Opa aufpassen, mehr nicht, oder?«

»Ja«, sage ich. »Aber ... «

»Ooooh«, mischt sich Kim ein. »Ich glaube, Torleif ›der einsame Wolf‹ Tjønnstaul hat endlich wen getroffen, der ihm gefällt!«

Beide lachen laut auf.

Zum Glück ist es auf dem Feldweg stockduster, sonst würden sie sehen, wie peinlich mir das ist. Und zum Glück kriegt niemand hier im Dorf mit, was sie sagen.

»Stimmt doch gar nicht«, sage ich, als am anderen Ende endlich Ruhe einkehrt. »Ich kann es nur nicht leiden, wenn die Leute denken, ich wäre der letzte Psycho.«

»Ach was«, sagt Rada und lächelt aufmunternd. »Es könnte doch sein, dass …«

»Er mich nur für ein bisschen bekloppt hält?«

»Nicht bekloppt«, sagte Rada. »Nur emotional!«

Kim verdreht die Augen.

Ich lache.

»Aber denk daran, was RuPaul immer sagt!«

Jetzt meint Kim es ernst.

»*Don't take life too seriously. That's when the party begins.*«

»Party, genau«, sage ich und zwinge mir ein Lächeln auf. »Die Jungs aus meiner alten Schule haben mich in die Kneipe eingeladen. Die ganze Sache stinkt nach Hochprozentigem und Lufterfrischer.«

»Oh la la«, sagt Kim und der ernste Gesichtsausdruck ist wie weggeblasen. »Ist da jemand dabei, den du flachlegen kannst?!«

»Öööh«, sage ich. »Die wissen nicht, dass ich …«

»*That you're gay as a goose*«, beendet Kim den Satz.

Und jetzt lachen wir alle drei.

»Aber hallo«, sagt Rada. »Das ist doch perfekt. Geh hin, vielleicht triffst du diesen Horidyo dort wieder.«

»Horimyo«, sage ich.

»Horimyo, Horidyo, ist doch egal«, scherzt Kim. »Wenn du niemanden für 'ne kleine Affäre findest, muss ICH kommen und dich abschleppen!«

Jetzt lacht Rada so heftig, dass ihre Augen nur noch wie zwei kleine Striche aussehen.

»Danke fürs Angebot«, sage ich und zwinkere ihm zu. »Aber wir wissen beide, dass das für einen von uns beim zahnärztlichen Notdienst endet.«

»Aufhören, aufhören!«, prustet Rada zwischen heftigen Lachern hervor. »Ich mach mir gleich in die Hose.«

»Ha, ha, echt witzig«, sagt Kim und tut so, als wäre er eingeschnappt. »Ich bin seit der Elften viel besser im Twerken geworden. Dein Colgate-Lächeln ist bei mir in besten Händen.«

Ich schüttle den Kopf.

Bisher habe ich noch keine Zeit gehabt, mir darüber bewusst zu werden, wie sehr ich meine Freund*innen in den letzten drei Tagen vermisst habe. Plötzlich habe ich Affes hoffnungsvollen Blick vor Augen. Hat er mich vermisst, seit ich weggezogen bin? Oder sonst einer von den Jungs? Ich spüre ein leichtes Stechen in der Brust. Wenn Goffa, Rada und Kim alle einer Meinung sind, ist da vielleicht etwas dran.

»Also gut, überredet. Dann gehe ich halt hin.«

»Yes«, sagt Kim. »Und vergiss nicht, uns zu snappen. Wir wollen alles wissen, was in Alt-Säckingen passiert.«

Am Haus angekommen, eile ich hinauf in mein Zimmer. Werfe meine Reisetasche aufs Bett und hole den gesamten Inhalt heraus. Plötzlich kommen mir meine Klamotten viel zu grell vor, und ich frage mich, wie ich einen Abend mit den Jungs überstehen soll, ohne dass sie etwas bemerken. Andererseits kennen sie mich schon seit sechzehn Jahren und haben nichts bemerkt, denke ich.

Ich halte einen dunkelgrauen Wollpullover mit Rundhalsausschnitt vor mich. Der ist doch recht unauffällig. Ich ziehe das grüne Polohemd aus und den Pulli an. Dann schleiche ich ins Bad und öffne den Schrank meines Bruders. Er quillt förmlich über vor Deos, Rasierschaum und Aftershaves. Endlich stoße ich auf eine kleine Dose mit Haarwachs. Eigentlich benutze ich so etwas nicht mehr, das finde ich viel zu prollig. An Haarwachs zu sparen, wenn man in die *Berghütte* geht, gleicht allerdings einer Garantie, sich Stress einzuhandeln. Alle Jungs verwenden es. Punkt. Es sei denn, man ist über vierzig oder lebt hinterm Mond.

Bevor ich bei der Taxizentrale anrufe, schicke ich ein Stoßgebet zum Himmel, dass nicht ausgerechnet Torstein Dienst hat, Stig-Runes älterer Bruder. Taxis nehmen nur Bonzen und Großstädter. Hier fahren alle selbst, unabhängig vom Promillegrad.

»Taxi Krossen, guten Abend!«

Eine Frau nimmt ab.

»Guten Abend«, sage ich. »Ich würde gern ein Taxi zum Nystøylveien 311 bestellen.«

»Wann?«

»So schnell wie möglich«, sage ich.

»Gerade sind alle Autos unterwegs, aber in einer Dreiviertelstunde kann ich Ihnen eins schicken.«

Ich nehme das Handy vom Ohr und schaue auf die Uhr. Jetzt ist es halb neun. Perfekt. Ich wäre um kurz vor halb zehn an der *Hütte*, bis dahin sind die anderen wahrscheinlich längst da und haben schon ein bisschen was intus. Ich will ja nicht wie eine Töle dort sitzen und mit dem Schwanz wedeln, wenn sie hereinspazieren.

»Das passt«, sage ich.

»Gut, dann kommt um Viertel nach neun ein Auto zum Nystøylveien 311.«

»Danke«, sage ich.

Dann lasse ich mich aufs Bett fallen und warte.

In der *Berghütte* riecht es nach ranzigem Bratfett und alten Erdnüssen. Der Boden klebt von dem Bier, das aus den großen Krügen schwappt, in denen die Frauen an der Theke es ausschenken. Bis Oktober ist es noch einige Tage hin, in der *Hütte* jedoch herrscht das ganze Jahr Oktoberfest. Tallak hat mir erzählt, dass die kurzen Kleidchen der Kellnerinnen Dirndl heißen und echt heiße Halloween-Kostüme abgeben – bei Mädchen, wohlbemerkt.

Ich halte den Atem an.

Am Tisch direkt bei der Bühne sitzen für gewöhnlich ein paar Dozierende von der Akademie. So auch heute. Mein Herz schlägt einen kleinen Salto. Horimyo allerdings entdecke ich nicht zwischen den Leuten in Yogahosen und übergroßen Wollpullovern. Auf der linken Seite hingegen sitzt jemand, der sich beinahe den Arm abwedelt. Affe. Natürlich, Affe. Ich atme aus. Schnell hebe ich die Hand zum Gruß, bevor ich zum Tisch hinübergehe.

»Waaas«, sagt Stig-Rune und nimmt einen Schluck Bier. »Isser's wirklich?«

Die stahlgrauen Augen sehen mich aufmerksam an.

Magnus nimmt sein Basecap ab und gibt mir ein High-Five.

»Cool, dassde gekomm bist«, sagt Affe und legt mir eine

seiner Pranken auf den Rücken. »Ich hab sicherheitshalber 'n Torleif-Spezial bestellt.«

»Danke«, sage ich, und plötzlich weiß ich nicht so recht, wohin mit meinen Händen. Was denken die Jungs eigentlich über mich? Anfangs haben wir noch gechattet, aber nachdem ich Rada und Kim kennengelernt hatte, verlor die alte Gaming-Clique an Wichtigkeit. So verging die Zeit und jetzt bin ich hier.

»Sorry, dass ich quasi untergetaucht bin«, sage ich und schiebe meine Hände in die Gesäßtaschen. Ich lache gekünstelt.

Stig-Rune kippt den Rest seines Bieres hinunter.

»Kein Stress, Kumpel«, sagt er. »Schon klar, du bist beschäftigt. Mitter Schule inner Stadt unnen Weibern unn so.«

Weiber? Jetzt versteh ich gar nichts mehr. Mein Blick wandert zwischen Magnus und Affe hin und her. Ich muss mich echt zusammenreißen, damit kein Fragezeichen über meinem Kopf aufblinkt.

»Weiber, ja«, sage ich und versuche, gechillt rüberzukommen.

Es klappt nicht, mein Lachen bleibt mir im Hals stecken und kommt als Husten raus.

»Genau«, sagt Stig-Rune und winkt eine der Kellnerinnen heran. »Deshalb biste doch an Weihnachten nicht nach Haus gekomm, wa? Weilde bei deiner Liebsten warst? Jarle hat's meim Vater erzählt.«

»Hashtag Grown-Up«, sagt Magnus.

Ich lächle steif, während mir der Schweiß in Strömen den Rücken runterläuft. Vater, tja, das hat er den Leuten also erzählt. Echt, das hätte ich mir fast denken können. Er hat panische Angst vor allem, was fremd und anders ist. Es war wohl zu viel für ihn, zu erklären, dass sein Sohn lieber mit zwei Freund*innen rumhängt, als zu Weihnachten nach Hause zu kommen. Oh Lord, würde Kim jetzt sagen.

Zum Glück kommt in dem Moment eine der Kellnerinnen zu uns rüber.

»Bekommt ihr noch was, Jungs?«, will sie wissen und setzt ein Posterlächeln auf.

»Ein Großes, bitte«, sage ich.

Sie mustert mich.

»Personalnachweis, bitte«, sagt sie.

»Das heißt Personalausweis«, entgegne ich. Und dann ziehe ich mein Portemonnaie aus der Tasche und halte ihr genau den unter die Nase.

»Danke«, erwidert sie knapp und schaut in die Runde. »Noch jemand?«

»Mach 'ne Runde für alle draus«, sagt Stig-Rune und knallt seine Bankkarte auf den Tisch. »Unn wann komm die Pizzen?«

Die Kellnerin wirft einen Blick in Richtung Küche und rechnet mit den Fingern nach, bevor sie antwortet: »Zehn Minuten, okay?«

Stig-Rune brummt etwas als Antwort und sie geht.

Ich atme tief durch und nutze die Pause, um das Thema zu wechseln.

»Wie kommt es eigentlich, dass Gunn sich die Haare plötzlich lila färbt? Ist das ein schiefgegangenes Make-over oder hat sie ihr inneres Einhorn gefunden?«

Magnus prustet los.

Affe gluckst, sodass sein Doppelkinn wackelt.

Stig-Rune grinst und schüttelt den Kopf. Dann klopft er

mir auf die Schulter und sagt: »Willkomm zu Hause, du Schwanzlutscher!«

Dann balanciert die Kellnerin das Bier auf einem riesigen Tablett über dem Kopf zu unserem Tisch und kurz darauf kommen die Pizzen. Affe hat Wort gehalten, denn meine Vier-Käse-Pizza kommt so, wie es sich gehört, ohne den ekligen Blauschimmelkäse. Und einen Augenblick lang fühlt es sich fast an wie früher. Doch mein Lachen klingt irgendwie schief. Da ist eine Dissonanz. Als wären die unteren und die oberen Saiten auf unterschiedliche Tonarten gestimmt. Ich werfe einen vorsichtigen Blick zu den Jungs rüber, um zu sehen, ob jemandem was auffällt, aber sie essen ihre Pizzen, als wäre alles beim Alten. Ich nehme einen Bissen, doch die Pizza bleibt mir fast im Hals stecken.

Ein paar Mädchen lachen lautstark an der Bar.

Sofort folgt Stig-Runes Blick dem Geräusch. Da fällt mir wieder ein, was Arvid gesagt hat, dass sein Sohn *mal wieder 'n Weibchen vertragen* könnte. Ich frage mich, was Rada zu dem Ausdruck sagen würde.

»Kennst du die?«, frage ich.

Er schüttelt den Kopf.

»Stadtmäuse«, sagt er und nimmt einen weiteren Schluck Bier. »Denen machste nix vor!«

Affe und Magnus kichern.

Ich stelle fest, dass der Akademie-Tisch inzwischen voller geworden ist. Plötzlich meine ich einen schwarzen Strubbelkopf zu entdecken, der Horimyo sehr ähnlich sieht. Um ein Haar bleibt mir das Herz stehen. Mein Mund wird trocken. Die Knöchel meiner Hand, die das Bierglas umfasst, werden weiß. Aber dann dreht der Typ sich um. Er ist es nicht.

Ich beiße noch einmal in die Pizza und trinke dann das Bier in einem Zug aus.

Magnus klatscht Beifall.

»Ich glaub, ich muss mal pinkeln«, sage ich nach einer Weile. »Bestellt ihr noch 'ne Runde? Diesmal auf mich?«

Affe nickt eifrig. Er hat seine Pizza mit Rinderfilet und Sauce béarnaise schon halb verdrückt. Ich versuche, mich so normal wie möglich von unserem Tisch zu entfernen und an dem der Akademie vorbeizuschleichen. Werfe bloß einen beiläufigen Blick auf die Gruppe, die dort sitzt. Einige von ihnen kenne ich noch von den Wettbewerben früher. Wir grüßen uns, wenn wir einander begegnen, mehr nicht. Sie sind eh ein paar Jahre älter als ich. Aber ich sehe niemanden mit so dunkelbraunen Augen, dass sie beinahe schwarz wirken.

Als ich an den Tisch zurückkehre, hebt Stig-Rune den Arm. In der Innentasche seiner Schneemobiljacke steckt ein Flachmann, nicht unähnlich dem, den mir Goffa heute früh gezeigt hat. Stig-Rune nickt mir zu, ich solle ihn nehmen.

»Ist Jägermeister drin«, brummt er mit tiefer Stimme. »Wir haben alle einen gekippt, bevor wir rein sind.«

Ehe ich michs versehe, habe ich einen Schluck getrunken. Es brennt in der Kehle.

»Auf Tøllef«, sagt Stig-Rune. »Auf den Ersten von uns, der's geschafft hat, aus Alt-Säckingen rauszukomm unn sich 'ne Frau zu angeln!«

Auf einmal fühlt es sich an, als hätten auch meine Ohren Feuer gefangen.

»Auf Tøllef!«, rufen Magnus und Affe im Chor.

Doch anstatt etwas zu sagen, greife ich wieder zum

Flachmann. Der Inhalt schmeckt scheiße, aber ich fühle mich so räudig wie ein Plumpsklo, also passt es gut. Als die Flasche leer ist, gebe ich sie Stig-Rune zurück. Er lacht.

Sobald ich eine der Kellnerinnen sehe, bestelle ich ein weiteres Bier.

Und noch eins.

Und noch eins.

Am Ende weiß ich nicht mehr, die wievielte Runde es war. Alles dreht sich. Mir wird schwarz vor Augen. Und ehe ich weiß, wie mir geschieht, liege ich halb auf dem Rücksitz von Stig-Runes BMW. Zwischen Magnus und mir sitzt ein Mädchen, das nicht viel älter sein kann als Magnus' kleine Schwester. Und vorne sitzt Affe auf dem Fahrersitz, während Stig-Rune allem Anschein nach die Freundin des Mädchens gekapert hat, die auf seinem Schoß sitzt. Aus den gigantischen Lautsprechern hinter uns ertönt eine Mischung aus Schlager und Country. Das ganze Auto riecht nach billigem Mädchenparfüm.

»Hey«, sage ich. »Wo zur Hölle fahren wir hin?«

Affe prustet los, als hätte ich etwas verdammt Komisches gesagt. Er manövriert den alten Kombi durchs Wohngebiet.

»Wo wir hinfahrn?«, fragt Stig-Rune und schaut mich im Rückspiegel an. »Gibt doch nur einen Ort, der um die Zeit noch offen ist.«

»Der Keller! Der Keller! Der Keller!«, brüllen Magnus und Affe im Chor.

Und dann erkenne ich das dunkelbraune Haus am Ende der Straße. Oh nein, denke ich. Das wird nie im Leben gut gehen.

Die Mädchen stolpern in den dunklen Kellerraum. Eine von ihnen fragt nach dem WiFi-Passwort, damit sie sich mit Spotify verbinden kann. Stig-Rune mixt Hochprozentigen mit Sprite und O-Saft für alle. Ich lehne höflich ab. Die Mädchen, die höchstens vierzehn Jahre alt sein können, trinken jeweils ein Glas. Ich habe noch nie erlebt, wie jemand in so kurzer Zeit so aufdreht. Es dauert vielleicht eine halbe Stunde an, dann kriegen sie sich wieder ein. Ein bisschen wie junge Füchsinnen im Blutrausch, denke ich.

Stig-Rune sieht sie nur grinsend an. Ein Lächeln, das mir einen Schauer über den Rücken jagt. Er erinnert mich an eine Katze, die ein paar halb tote Mäuse nach Hause geschleppt hat. Und nun sitzt er da und spielt mit den armen Tierchen.

»Nee, Leute«, sage ich und werfe die Arme in die Luft. »Für mich wird's langsam echt Zeit!«

»Du willst schon abhaun?«, fragt Magnus und nimmt das Cappy ab. »Jetz fängt die Party doch erst richtig an!«

Affe kommt aus der kleinen Küchenzeile unter der Treppe hervor, in einer Hand ein Sixpack Red Bull, in der anderen eine Flasche klaren Inhalts.

»Party in da hoooooouse!«, ruft er.

Eines der Mädels hebt eine Hand in die Höhe, die allerdings ist schnell wieder verschwunden. Ich krame im Mantel nach meinem Handy. Irgendwas muss meine Tasche von innen verklebt haben, denn der Stoff haftet wie ein Fliegenfänger an meiner Hand. Schließlich gelingt es mir doch noch, das Telefon herauszuziehen.

»Hallo«, sage ich.

Am anderen Ende jedoch herrscht vollkommene Stille. Dann fällt mir auf, dass ich noch überhaupt nicht angerufen habe, ich entsperre den Bildschirm und suche die Nummer der Taxizentrale heraus. Es dauert lange, bis jemand abnimmt.

»Guten Abend«, sage ich erneut und muss mich echt konzentrieren, deutlich zu sprechen. »Ein Taxi in die Elgfaret 7.«

»Wozu die Eile, Tøllef?«

Stig-Rune grinst immer noch. Er nimmt einen Schluck von dem Getränk, das Affe ihm vor die Nase gestellt hat.

»Musste nach Haus zu deim Weibchen?«

Magnus schnaubt. Affe schwankt vor meinen Augen. Die Kellerwände wiegen sich wellenartig vor und zurück. Der Teppichboden kratzt, obwohl ich Schuhe und Socken trage. Ich will wegrennen, aus dem Raum stürzen, türmen, so wie gestern. Doch irgendetwas sagt mir, dass meine Beine mich nicht tragen werden, und dann sind da auch noch die beiden Mädels. Es ist nicht okay. Es ist verdammt noch mal nicht okay, dass sie hier sind.

»Nein«, sage ich, »aber ...«

»Wegen deim Goffa?«, fragt Stig-Rune weiter. »Musste nach Hause unnem den Arsch abwischen?«

Magnus lacht schallend.

»Pass besser auf«, sage ich. »Sonst kotz ich dir noch mal auf den Teppichboden!«

Affe prustet los und hebt die Hand zu einem High-Five. Ich versuche einzuschlagen, aber Affe bekommt Schlagseite und taumelt aufs Sofa.

»Au«, ruft eines der Mädchen.

Es setzt sich ruckartig auf.

»Oooh«, stöhnt die andere. »Hat jemand was von kotzen gesagt?«

Dann wanken sie auf ihren Buffalo-Schuhen aus dem Keller.

»Fuck, Tøllef«, knurrt Magnus. »Verschreck die Weiber doch nich!«

»Weiber?«, frage ich. »Die sind doch kaum älter als Ingrid!«

»Ey«, sagt er und springt von seinem Stuhl auf. »Zieh meine Schwester da nich rein!«

Er verpasst mir einen Fauststoß gegen die Schulter.

Affe geht dazwischen.

»Chillt mal 'n bisschen, Jungs«, sagt er.

Stig-Rune sieht mich mit seinen stahlgrauen Augen an. Es dauert kaum länger als eine Sekunde, aber ich merke sofort, dass ich nicht mehr willkommen bin. Der Wind hat gedreht. Eine sanfte Brise aus Süden hat sich in einen stürmischen Nordwind gewandelt.

Da höre ich vor dem Haus das Rattern eines Motors.

»Macht's gut«, sage ich und stehe schwankend auf.

Eines der Mädchen kotzt gerade ins Blumenbeet von Stig-Runes Mutter. Die andere hält ihr die Haare. Das Taxi gibt ungeduldig Lichthupe. Ein kleiner Teil von mir würde am liebsten ins Auto springen und den Fahrer bitten, mich geradewegs zurück ins Internat zu bringen. So tun, als wäre nichts von alledem passiert. Goffa, Horimyo, die *Hütte*.

Dann wandert mein Blick zu den Mädchen.

Jetzt oder nie, denke ich und gehe hin.

»Hey«, sage ich. »Wollt ihr mitfahren?«

Das Mädchen, das sich gerade übergibt, nickt energisch. Die andere mustert mich skeptisch.

»Wohin willst du?«

»Nach Hause«, sage ich. »Aber ein Umweg ist total okay.«

Ihre Augen verengen sich.

»Warum sollte ich dir vertrauen?«

Ich sehe ihr direkt in die Augen.

»Wenn du nicht scharf darauf bist, mit den dreien da unten, die sich gerade die Birne wegsaufen, in die Kiste zu springen, würde ich an deiner Stelle zusehen, dass ich hier wegkomme.«

Das Mädchen, das sich übergeben hat, richtet sich auf. Die großen Brillengläser lassen die Augen dahinter verschwommen wirken. Etwas darin aber kommt mir bekannt vor. Der Schatten eines zehnjährigen Mädchens, das vor vier oder fünf Jahren in Kongsberg *Dei Frearlause Menn* gesungen hat. Sie hat mit ihrer schaurigen Ballade über das Schiffsunglück, das sich angeblich an Heiligabend vor den Shetland-Inseln ereignet hat, die Junioren-Klasse gewonnen. Wie hieß sie noch gleich? Liv? Lise?

»Lise?«, frage ich.

Sie nickt.

»Du erinnerst dich sicherlich noch an die Stelle im Lied, als die Männer gezwungen sind, auszuwürfeln, wer sterben soll, damit die anderen etwas zum Essen haben. Am Ende bringen sie den Steuermann um, den Einzigen, der sie retten kann.«

Lise sieht mich ernst an.

»Ich bin der Steuermann«, sage ich und deute mit beiden Daumen auf mich.

»Los, komm«, sagt Lise und zieht ihre Freundin mit ins Taxi.

»Wir müssten bei drei Adressen halten«, sage ich, als ich mich nach vorn zum Fahrer setze.

Dann gefriert mir das Blut in den Adern, denn es ist

Stig-Runes älterer Bruder. Torstein hingegen nickt nur und lenkt das Taxi auf die Straße.

In der Nacht kann ich nicht schlafen. Mir ist, als drehe sich das ganze Zimmer in einem immer stärker werdenden Mahlstrom, während ich völlig reglos in der Mitte liege. Auch meine Gedanken werden von dem Strudel mitgerissen. Sie kreisen zwischen der Begegnung mit Horimyo, dem Felsen im Fluss und Stig-Runes Kellerbude. Allein die Vorstellung des orangefarbenen Teppichbodens lässt meinen Magen rumoren. Je mehr ich darüber nachdenke, desto unsinniger kommt mir die ganze Aktion vor. Weshalb musste ich für zwei Vierzehnjährige den Helden raushängen lassen? Wieso habe ich Stig-Rune seine »Weibchen« nicht überlassen? Und dann ist mir, als hörte ich Mamas Stimme im Kopf: »Weil es so richtig war.«

Ich wälze mich im Bett herum.

Es fühlt sich an, als wäre die Decke eine Zwangsjacke, die sich langsam um mich zusammenzieht.

Aber wenn es doch das Richtige war, warum habe ich bezüglich Rada gelogen? Warum habe ich bloß genickt und so getan, als hätte ich eine Freundin?!

Warum habe ich nicht laut und deutlich gesagt: »Nein, ich habe keine Freundin. Tatsächlich werde ich auch nie eine haben. Ich bin schwul.«

Kim hätte das garantiert getan.

Begleitet von einer Handbewegung, die er selbst vielleicht als »sassy« bezeichnen würde. *In your face, bitches!*

Sassy, da sucht man bei Tøllef aus Alt-Säckingen allerdings lange.

Mit einem Mal fühlt es sich an, als würde ich ersticken, und ich wickele mich aus der Decke und werfe sie zu Boden. Dann setze ich die Füße auf. Es kommt mir vor, als würde das ganze Haus wanken.

Scheiße!

Scheiße!

SCHEISSE!

Seit drei Tagen erst bin ich zu Hause, und schon habe ich es geschafft, mir alles zu versauen. Ich wollte mich nur um Goffa kümmern, bis er wieder auf den Beinen ist. Das war der Deal. Danach wollte ich zurück in die Stadt. Nie wieder Alt-Säckingen. Ende. Aus.

Ich seufze.

Stehe auf.

Ziehe mir ein Paar Boxershorts an. Dann gehe ich runter in die Küche.

Trinke einen Schluck Wasser direkt aus dem Hahn. Der Boden knarzt, als ich zurück in mein Zimmer gehe. Einen Moment lang meine ich draußen auf dem Hof etwas zu sehen. War das Stig-Runes Rücken? Ich halte inne. Drücke mich an die Wand und spähe hinter dem Vorhang an der Tür zur Veranda hervor. Mein Herz pocht wie wild. Ich sehe mich um. Doch im Licht der Lampe an der Scheunenwand ist nichts zu erkennen.

Also kehre ich in mein Zimmer zurück.

Und ziehe mir die Bettdecke über den Kopf wie damals, als ich fünf war. Als die Wärme zurückkehrt, schlägt mein Herz langsam wieder ruhiger.

Ich weiß nicht, wie lange ich geschlafen habe, aber als ich aufwache, scheint die Sonne direkt ins Zimmer. Es fühlt sich an, als wäre ein Specht in meinem Kopf eingezogen und würde draufloshämmern. Nach und nach dämmert es mir allerdings, dass es das Handy ist. Offensichtlich habe ich vergessen, es auszustellen. Es vibriert unterm Kopfkissen. Oh nein, das ist sicherlich Goffa, der sich fragt, wo sein Frühstück bleibt.

»Ja«, sage ich und halte mir das Handy ans Ohr.

»Hallo, Torleif«, sagt Anne.

Mit einem Ruck fahre ich hoch.

Ich versuche, mich ins Kissen zu räuspern, um eine möglichst klare Stimme zu haben, damit Anne nicht hört, wie verkatert ich bin.

»Hi, Anne«, sage ich. »Was gibt's?«

Sie lacht verlegen.

»Oh Gott, das ist echt peinlich«, sagt sie. »Aber wie soll ich sagen ...? Ich habe gestern ein wenig zu tief ins Glas geschaut, und dann bin ich in den Straßenbahnschienen hängen geblieben und habe mich hingelegt.«

Ich blinzle.

»Geht es dir gut?«, frage ich.

»Ja, so weit alles okay«, sagt Anne. »Sie haben mich in

der Notaufnahme zusammengeflickt. Aber für die nächsten sechs Wochen trage ich einen Gips am linken Handgelenk.«

Das linke Handgelenk!

Ihre Spielhand.

»Oh nein«, sage ich. »Wie beschissen.«

»Tja, ideal ist es nicht.«

Anne lacht trocken.

»Jemanden zu finden, der mich mitten im Jahr an der Schule vertritt, wird schwierig. Das Schlimmste ist aber, dass wir nächsten Freitag in der *Berghütte* einen Folkemusikk-Pub veranstalten. Und ich spiele mit der Hardangerfiedel-Gruppe dort mit und gebe den Takt vor ...«

Allein beim Namen *Berghütte* grummelt mein Magen gefährlich und ich bekomme einen schlechten Geschmack im Mund.

»Deshalb melde ich mich.«

Ich höre ihr an, dass sie verzweifelt ist.

»Torleif, ich weiß, dass du eigentlich genug zu tun hast. Aber könntest du mit meiner Gruppe über- und den Abend vorbereiten?«

Einen Kurs leiten? Ich?! Und die Verantwortung für einen Auftritt übernehmen?! No way!!!

Ich muss mir den Mund zuhalten, um mich nicht zu übergeben.

»Anne«, sage ich. »Ich weiß nicht ...«

Schweigen am anderen Ende.

»Kann das nicht jemand anderes von der Akademie machen? Horimyo zum Beispiel?«

Mein Herz trommelt wie eine Snare Drum, wenn ich seinen Namen ausspreche.

»Horimyo hat seine eigenen Schüler. Außerdem hat

er nicht genug Erfahrung, um in der *Hütte* einen ganzen Abend lang zum Tanz aufzuspielen. Um ehrlich zu sein, hat er mit dem Takt beim Telespringar zu kämpfen.«

Sie lacht.

Es wird still.

»Tja, aber wenn du keine Möglichkeit hast, verstehe ich das. Meine Güte. Du hast mit deinem Goffa sicherlich alle Hände voll zu tun.«

»Tut mir leid, Anne. Ich ...«

»Schon gut, Torleif. Ich wollte dich wenigstens fragen.«

»Okay«, sage ich.

»Mach's gut«, sagt sie.

Ich gehe ins Badezimmer.

Hänge würgend über der Toilette, aber es kommt nichts raus. Dadurch geht es mir noch elender. Und dann denke ich an all die Stunden, die Anne und ich zusammengesessen und an meiner Bewerbung für die Schule gebastelt haben. An die Empfehlung, die sie mir geschrieben hat. Ausdrücke wie »ausgesprochen begabt« und »einzigartiges Talent« blinken wie grell leuchtende Reklametafeln vor meinem inneren Auge auf. Allein die Aufnahme, die wir in der Akademie gemacht und der Bewerbung beigelegt haben, um all mein Können aufzuzeigen, hat mehrere Tage in Anspruch genommen. Jetzt bekomme ich wirklich einen üblen Geschmack im Mund.

Ich versuche noch einmal, mich zu übergeben, diesmal klappt es.

Ich erinnere mich an das erste Mal, als Tallak betrunken war. Das war in dem Sommer, als ich dreizehn wurde. Eines Abends hörte ich plötzlich heftigen Lärm aus dem Keller. Wie wenn jemand einen Kontrabass um die Ecke einer Treppe bugsiert und überall antitscht. Gerumpel, Gepolter, Gefluche. Ich stürzte in den Flur, um herauszufinden, was los war. Unten stolperte Tallak mit ein paar Tüten in Richtung Haustür.

»Was machst du da?«, flüsterte ich.

»Pssscchhht«, machte er, als er mich sah. »Sonst wachen Mama und Vater auf.«

Aber dann kam Vater auch schon aus dem Schlafzimmer gehopst, das Hellbillies-Shirt auf links, die Augen schwarz unterlaufen.

»Was um alles inner Welt?«, grummelte er und bezwang die Treppe in drei großen Sätzen.

Mama kam hinterhergeschlurft, die Haare in einem riesigen Dutt im Nacken.

»Was ist denn hier los?«, fragte sie gähnend.

Vater riss Tallak die Tüten aus den Händen. Triumphierend hielt er ein Elefant-Starkbier nach dem anderen in die Höhe. Und zuletzt drei Tafeln Traube-Nuss-Schokolade.

»Und wo wolltste mit sämtlichen Biervorräten des Hauses hin?«, fragte Vater und verpasste ihm einen Klaps gegen den Hinterkopf.

»Hey«, sagte Mama und ging dazwischen.

Tallak rieb sich den Hinterkopf und sah Vater entsetzt an.

»Raus mit der Sprache!«, rief der.

»Es reicht«, sagte Mama.

Tallak murmelte etwas davon, dass sie sich zu einem Absacker bei Torstein treffen und er bloß ein Wegbier mitnehmen wollte.

»Eben, eins hättste ja ham könn, aber ohne das ganze Haus innem Riesen-Tohuwabohu aufzuwecken.«

Vaters Stimme überschlug sich. Tallak schob sich rückwärts weiter in Richtung Tür und stürmte los. Ich schlich zur Glastür auf der Veranda und spähte hinaus. Tallak schob das Quad, das er ein paar Wochen zuvor von seinem Konfirmationsgeld gekauft hatte, und schlitterte vom Hof.

Unter mir stand Vater fluchend auf der Türschwelle.

In dieser Nacht fand ich keinen Schlaf mehr, denn ihre Stimmen drangen von ihrem Schlafzimmer bis zu meinem. Und obwohl ich nicht hören konnte, worüber sie redeten, spürte ich die angepisste Stimmung bis unter die Bettdecke. Als ich mich am nächsten Tag gegen elf Uhr endlich aus dem Zimmer wagte, war Vater allein in die Berge aufgebrochen. Mama saß am Küchentisch, die Hände um eine Kaffeetasse geschlungen. Sie lächelte, als sie mich sah, und wickelte ihre Strickjacke enger um sich.

»Komm her, mein Schatz«, sagte sie und klopfte leicht auf den Stuhl neben sich.

Zögerlich setzte ich mich.

»Manchmal begehen die Leute ziemliche Dummheiten ...«

Sie hielt mitten im Satz inne.

»... wenn sie getrunken haben«, versuchte ich mich daran, ihn zu beenden.

Sie lachte zaghaft, aber es war nicht das gute Lachen. Das hier war mehr Moll.

»Ich wollte sagen: wenn sie mitten in der Nacht geweckt werden. Aber es ist nicht zu leugnen, dass viele auch Dummheiten begehen, wenn sie getrunken haben.«

Mama drückte meine Hand. Eigentlich war ich der Ansicht, ich wäre inzwischen zu alt, um Händchen mit ihr zu halten, also zog ich sie, glaube ich, weg.

»War er sehr wütend?«

Sie schüttelte den Kopf und nahm einen Schluck von ihrem Kaffee.

»Das wird schon wieder«, sagte sie und ging zum Brotkasten hinüber. Sie nahm eines der selbst gebackenen Brote heraus. »Da oben kann er sich abreagieren.«

Gegen ein Uhr kam Tallak nach unten getrottet. So blassgrün im Gesicht wie eine überwässerte Topfpflanze. Außerdem zitterte er. Da verengten sich Mamas Augen zu zwei Schlitzen.

»Komm mit«, sagte sie und zog ihn vom Stuhl hoch. »Dagegen hilft nur ein Bad.«

»Ich hab geduscht, bevor ich ins Bett gegang bin«, sagte Tallak mit matschiger Stimme und versuchte, sich aus ihrem Griff zu befreien.

»Duschen«, sagte sie und verdrehte die Augen. »Warmes Wasser hilft bei einem Kater nicht.«

Und dann zog sie Tallak hinter sich her in den Toyota. Ich folgte ihnen schadenfroh. Zügig fuhr Mama bis zum Strand. Es war erst Anfang Juni, denn ich erinnere mich, dass die Schneeflächen unter dem Gråfjell noch ziemlich groß waren.

»Mama«, sagte Tallak flehend, als sie den Motor abstellte. »Verdammt, Mama.«

»Nein«, sagte sie und zog den Schlüssel aus dem Zündschloss. Ihre grünen Augen wurden dunkel, so wie seine es manchmal tun. »Wir fahren hier nicht weg, ehe du dich abgekühlt hast.«

Sie stieg aus dem Auto und schlug die Tür hinter sich zu. Ich folgte ihr. So standen wir da und beäugten ihn argwöhnisch. Minuten vergingen. Mama war der einzige Mensch auf der Welt, der noch sturer war als Tallak. Und das wusste er. Es dauerte nicht lange und er stand an dem windgepeitschten Strand und zog sich bis auf die Boxershorts aus. Er sah Mama noch einmal flehend an, aber sie stand nur mit verschränkten Armen da und sah den weißen Wellenkämmen zu, die einer nach dem anderen ans Ufer rollten. Schließlich seufzte Tallak und stieg ins Wasser.

Als wir nach Hause kamen, machte Mama uns ihr berühmtes Cowboy-Frühstück und dann war alles wieder gut. Danach habe ich Tallak nie wieder besoffen erlebt, zumindest nicht mehr zu Hause. Und soweit ich weiß, ist er auch nie wieder an Vaters Biervorrat gegangen.

Deshalb drehe ich beim Duschen jetzt das kalte Wasser auf. So wie jedes Mal, wenn ich zu viel getrunken habe. Auch wenn es sich anfühlt, als würden mir tausend eiskalte Nadeln in den Kopf pieksen, weiß ich, dass es helfen wird.

Kaum bin ich aus der Dusche raus, vibriert mein Handy. Ich meine, ich hätte »Stig-Rune« auf dem Display gelesen, und schon kommt mir die Kotze wieder hoch. Als ich es in die Hand nehme, sehe ich jedoch, dass es Goffa ist. Ich räuspere mich und nehme einen Schluck Leitungswasser, bevor ich rangehe.

»Hallo«, sage ich.

»Hallo«, sagt er. »Und? Bist du gestern noch weggegangen?«

»Ja, bin ich«, sage ich und versuche, mich daran zu erinnern, wie viele Biere ich nach dem Jägermeister noch getrunken habe. »Ich bin auf ein paar Bier hin.«

»Gut, gut«, sagt Goffa und lacht leise.

Ich räuspere mich.

»Hör mal, das Wetter draußen ist so schön«, fährt er fort. »Da dacht ich, ich mach einen Spaziergang runter ins Dorf.«

»Oh«, sage ich. »Ist das nicht ein bisschen weit?«

»Nee, nee, mein Allerwertester könnte ein bisschen Bewegung vertragen.«

Mein Magen grummelt verdächtig laut. Raus in die Sonne zu gehen, ist das Letzte, wonach mir gerade ist. Die Strahlen, die durch die Fenster im Bad dringen, kommen mir viel zu grell vor. Allein schon, wenn ich meinen Blick in die Richtung schweifen lasse, sticht es in den Augen. Aber dann fällt mir wieder ein, wie Tallak mich angesehen hat, als er »Du hattest EINE Aufgabe!« gebrüllt hat. Er würde mich wahrscheinlich umbringen, wenn ich Goffa allein losziehen ließe.

»Och, ein kleiner Spaziergang wäre nicht schlecht ...«

»Hast du Lust?«, fragt Goffa. Seine Stimme wird einen Halbton höher.

»Na klar«, lüge ich. »Ich muss nur erst was essen.«

Wir legen auf und ich stolpere in die Küche. Im Kühlschrank steht eine Schüssel gekochte Kartoffeln, im Regal darunter liegt eine Salami und im Halter in der Tür stecken noch drei Eier. Ich nehme alles heraus und hole die bleischwere Eisenpfanne aus dem Schrank. Ich gebe einen Klecks Butter hinein. Nicht wirklich ein Frühstück, das Rada gutheißen würde, aber Mamas Cowboy-Frühstück wirkt nach wie vor Wunder gegen das Grummeln im Magen. Und als ich im Schrank in meinem Zimmer eine alte Cargohose mit Camouflage-Muster, einen dicken Wollpulli und eine verblichene NY-Cap finde, fühle ich mich angemessen getarnt. Auf dem Weg werfe ich einen kurzen Blick in den Badezimmerspiegel. Kim würden die Haare zu Berge stehen, aber als Verkleidung taugt das Outfit hervorragend.

Goffa scharrt im Sessel sozusagen schon mit den Hufen und wringt seine Mütze mit den Ohrenklappen in den Händen. Langsam steht er auf und kommt vorsichtig zur Tür, zieht die Stiefel an und nimmt seine alte Flanelljacke, die immer über der Kante der Holztruhe liegt. Er ergreift meinen Arm und dann stapfen wir den Weg zum Dorf hinunter. In der Ferne scheint die Sonne auf den Gråfjell. Die Hänge unterhalb des Berges erstrahlen in Gelb, Orange und Rot.

»Anne hat mich heute angerufen«, sage ich und bereue es im selben Moment.

»Oh«, sagt Goffa. »Es ist doch hoffentlich nichts mit der Fiedel?«

Ich schüttle den Kopf.

»Nein, um die ging es nicht«, sage ich. »Anne ist gestürzt und hat sich das Handgelenk gebrochen.«

»Nein, das gibt's doch nicht!«

Er bleibt stehen und sieht mich an.

»Aber nicht etwa den linken Arm, oder?«

»Doch«, sage ich und fasse mir in den Nacken.

Goffa schüttelt den Kopf.

»Na, so ein Pechkeks. Und dann auch noch jetzt, zu Beginn des Schuljahres.«

Ich trete gegen einen Baumstumpf, der am Wegesrand steht. Er ist so morsch, dass er sofort zerfällt.

»Sie hat gefragt, ob ich für sie in der Akademie einspringen kann. Also, nur bis Freitag.«

Goffa lächelt.

»Na, ich hoffe, du hast Ja gesagt!«

Ich schlucke.

»Tøllef?«

Ich höre an seiner Stimme, dass er enttäuscht ist, aber ich bringe es nicht über mich, aufzuschauen. Ich schiebe einfach meinen Arm unter seinen und setze mich wieder in Bewegung.

Lange Zeit gehen wir schweigend.

Erst als wir beim Coop ankommen und die Schnellstraße überqueren, räuspert Goffa sich. Gleich am Eingang der Akademie steht eine Bank, auf die er es offensichtlich abgesehen hat. Ich scanne flüchtig die Umgebung, um sicherzugehen, dass Stig-Runes BMW nicht drüben an der Shell-Tankstelle parkt oder der alte Corsa von Affes Mutter plötzlich zum Coop einbiegt, aber gerade sind so gut wie keine Autos unterwegs.

»Du weißt doch«, sagt Goffa und putzt sich mit einem karierten Taschentuch die Nase, »dass Frau Løvli morgen für die Ergotherapie vorbeikommt, oder?«

»Ja«, sage ich.

»Dann hast du ein paar Stunden für dich, in denen du machen kannst, was du willst ...«

Unter der Krempe seiner Mütze sieht er mich mit großen Augen prüfend an.

»Ja, schon«, sage ich. »Aber ...«

»Das ist doch die perfekte Aufgabe für dich«, sagt Goffa.

Ich kann mich nicht erinnern, ihn schon einmal so aufgeregt gesehen zu haben.

»Du hast die Gelegenheit, fünf Tage lang mit einer Gruppe von Musikern zu arbeiten, die auf einem ziemlich hohen Niveau spielen. Allein dass Anne dich als Ersatz haben möchte, ist eine große Ehre.«

Ich sehe zu Boden. Überall liegt alter Schnupftabak verstreut, und der Mülleimer neben der Bank sieht aus, als wäre er seit Juni nicht mehr geleert worden. Verdammt, denke ich.

»Ja, da hast du eigentlich recht«, murmele ich.

»Hä?«, ruft Goffa.

»Ich melde mich bei Anne, wenn ich zu Hause bin.«

Da grinst Goffa breit.

»Das ist mein Jung«, sagt er und knufft mich in den Ellbogen.

Dann erhebt er sich ganz langsam und folgt dem kleinen Schotterweg, der neben der Schnellstraße verläuft, nach Hause. Er pfeift fröhlich. Ich wische mir die Hände an meiner Hose ab und folge ihm.

Nachdem Goffa und ich zu Abend gegessen haben, rufe ich Anne an.

»Hallo«, sage ich. »Wie läuft die Suche nach einer Vertretung?«

»Miserabel«, sagt sie und seufzt.

Ich hole tief Luft.

»Ich habe noch mal darüber nachgedacht ...«

Anne gibt am anderen Ende der Leitung nicht einen Ton von sich.

»... und schätze, dass ich es irgendwie hinbekommen sollte, vorausgesetzt, wir können proben, während Goffa Ergotherapie hat.«

»ECHT?«

Annes Stimme erreicht neue Höhen.

»Oh, Torleif! Danke, danke, danke, lieber Torleif!«

Ich lächle.

»Komm morgen einfach vorbei«, flötet Anne.

»Ich kann dich anrufen, wenn ich genauer weiß, wann die Ergotherapeutin kommt«, sage ich.

»Fantastisch! Bis dann.«

Es dauert ein paar Sekunden, bis mir klar wird, worauf ich mich eingelassen habe. Eine Woche als Gastdozent an derselben Schule, aus der ich vor weniger als zwei Tagen flennend weggelaufen bin. Wie, um alles in der Welt, soll ich Horimyo zeigen, dass ich kein totaler Knallkopf bin, bevor das ganze Kollegium von der Geschichte erfährt? Vom Dorf ganz zu schweigen.

Oje, denke ich und fahre mir durch die Haare.

Am Montag werde ich von Vater geweckt, der Musik auf der Anlage im Wohnzimmer abspielt. Stein Torleif Bjellas Gesang über Leere, die über ihn walzt wie ein Güterzug durch einen kahl geschlagenen Wald, dröhnt aus den Lautsprechern unter mir. Ich drehe mich um. Werfe einen Blick aufs Handy. Es ist noch nicht einmal sechs Uhr. Ich stöhne auf. Lege mir das Kissen über den Kopf, doch der Bass wandert durch das Holz im Haus und kommt im Bettgestell an. Stimmt ja, das ist Vaters Art zu verkünden, dass jetzt alle im Haus aufzuwachen haben. Bevor ich ausgezogen bin, hat er uns andauernd auf diese Weise geweckt.

»Schon gut«, rufe ich und setze die Füße dumpf auf den Boden. »Ich bin wach!«

Und dann schleppe ich mich ins Bad, bevor Tallak wieder den Warmwasserspeicher leer macht.

Dass sie gestern zurückgekehrt sind, habe ich längst mitbekommen. Meine Güte, wie denn auch nicht. Sie waren um zehn Uhr in die Waschküche gepoltert. Der Geruch von Lagerfeuer und Blut fand seinen Weg bis in mein Zimmer. Ich habe es jedoch nicht über mich gebracht, runterzugehen. Ich litt immer noch leicht unter den Folgen der vorigen Nacht, und das Letzte, was ich brauchte, war, mich am Ende des Wochenendes noch mal zu übergeben.

Außerdem wusste ich nicht so recht, wie ich ihnen das mit Anne beibringen sollte. Dass sie mich Hals über Kopf zum Gastdozenten ernannt hatte. Eigentlich weiß ich immer noch nicht, wie ich es ihnen sagen soll, denke ich jetzt, als ich das Wasser in der Dusche aufdrehe. Ich warte darauf, dass es warm wird, bevor ich in die Wanne steige. Tallak wird stinkwütend sein.

Ich lasse meine Unsicherheit vom warmen Wasser fortspülen. Nach der Dusche husche ich ins Zimmer zurück. Was zieht ein Musikdozent in Vertretung denn so an? Mein Gefühl sagt mir, dass eine Tweedjacke mit Lederpatches an den Ellbogen und eine Pfeife passend wären. Stattdessen begnüge ich mich mit meiner Lieblingshose und einem schwarzen Polohemd. Dann zerwühle ich mir die Haare und betrachte mich im Spiegel an der Schranktür. Ein Paar graue Augen sehen mich fragend an. OK plus, würde Kim garantiert sagen. Ich aber weiß nicht so recht.

Bevor ich mich auf den Weg nach unten mache, hole ich tief Luft.

»Whoa«, sagt Tallak, als ich die Küche betrete. »Wo willst'n in dem Aufzug hin?«

Ich ignoriere ihn und gehe schnurstracks zur Kaffeemaschine. In Momenten wie diesem ist Kaffee perfekt. *Kaffee eliminiert blöde Sprüche*, sollte auf der Packung stehen. Er schmeckt nicht gut. Aber es hilft, sich an einer Tasse festzuhalten. Dann kann man einfach nicken, einen Schluck nehmen und warten, bis es vorüber ist. Mein Bruder aber hat nicht die Absicht, es vorübergehen zu lassen, denn er sieht mich fordernd an, sobald ich auf meinem Platz sitze.

»Ich will auf einen Sprung in der Akademie vorbei, nachdem ich bei Goffa war.«

Vater trägt die Aufschnittplatte an den Tisch. Er stellt sie zwischen uns ab.

»Schon wieder?«

Ich setze mich auf dem Stuhl zurecht.

»Ja«, sage ich. »Anne braucht Hilfe beim Unterrichten.«

Da, ich hab's gesagt.

»Hilfe«, wiederholt Tallak. »Von dir?«

Ich nehme einen Schluck Kaffee. Er brennt auf der Zunge. Jedoch nicht annähernd so sehr wie die Worte in meinem Kopf.

»Sie hat sich das Handgelenk gebrochen, okay?«, sage ich.

Vater legt sich eine Scheibe Wurst auf den Teller und stellt den Brotkorb auf den Tisch. Dann setzt er sich behäbig auf einen Stuhl.

»'s spricht nix dagegen, dass Tøllef 'nen Ausflug zur Akademie macht, während diese Ergo-Physio-Tante mit Goffa beschäftigt ist.«

Tallak blickt immer noch skeptisch drein.

In der Zwischenzeit hat Stein Torleif Bjella im gleichnamigen Song herausgefunden, dass Ratten in seinem Herzen leben. Da ist er nicht der Einzige, denke ich und versuche, so gut es geht Tallaks Blick beim Griff in den Brotkorb auszuweichen.

»Habt ihr am Wochenende viel geschossen?«

Meine Stimme ist einen Tacken zu schrill, aber das scheint Vater nicht aufzufallen. Er liebt es, über die Jagd zu reden. Über Jagdquoten. Hirschlausfliegen. Da ist er ganz in seinem Element.

»Oh ja«, sagt er und klopft Tallak auf die Schulter. »Der Meisterschütze hier hat uns 'ne Kuh mit Kalb gesichert.«
Tallak kann sich ein Grinsen nicht verkneifen.
Elchbabykiller, denke ich. Aber ich sage nichts.
»Unn Knut Johan hat drüben anner Wiese 'nen Bullen erlegt. Von dem Posten aus, wo wir in dem Jahr, als du in den Bjellekubach geflogen bist, die Färse geschossen ham, weißte noch?«
Ich nicke. Ich kann mich weder daran erinnern, irgendwo reingefallen zu sein, noch an sonst irgendetwas. Vater zählt auf, was jeder einzelne Jäger geschossen hat, und Tallak stimmt begeistert mit ein. Ich bin nur froh, dass ich nicht näher erklären muss, was ich an der Akademie vorhabe. Allein der Gedanke daran macht mich nervös. Und Tallaks missbilligenden Blick kann ich erst recht nicht gebrauchen, der würde alles nur noch schlimmer machen.
Um Viertel vor sieben machen sie sich in Vaters Nissan auf den Weg.
Ich gehe ins Wohnzimmer und schalte Herrn Bjella aus, bevor ich Goffa eine Nachricht schicke.
Bist du wach?
NATÜRLICH! :-) schreibt er. Der altmodische Smiley aus Satzzeichen erinnert mich an Mama, und von einer Sekunde auf die andere ertrage ich es nicht mehr, zu Hause zu sein, also ziehe ich meine Military Boots und den Mantel an, werfe mir den Geigenkoffer über die Schulter und gehe hinaus.
»Guten Morgen«, sagt Goffa, als ich zur Tür des alten Hofs hereinkomme.
Er hat einen Trainingsanzug an, der aussieht, als stamme er noch aus dem Krieg.

»Freust du dich auf die Gymnastik?«

Goffa runzelt die Stirn.

»Hm, also, wenn ich ehrlich bin, nein«, sagt er und schmunzelt. »Aber wenn man wieder fit werden will, muss man sich wohl an das halten, was der Arzt sagt.«

Ich lache, dann gehe ich rein und helfe ihm, Feuer im Ofen zu machen.

»Wann kommt sie denn?«

Goffa schaut auf die Uhr an der Wand.

»Es hieß, um neun.«

Ich drehe den Griff an der Ofentür hoch, bevor ich sie zumache.

Dann hole ich mein Handy heraus und schicke Anne eine Nachricht. *Ist es okay, wenn ich erst zur zweiten Stunde komme?*

Goffa kommt mit der Kaffeekanne angeschlurft und stellt sie auf die kleine Herdplatte.

Anne antwortet schnell: *Passt perfekt. Dann bleibt mir ein wenig Zeit, um meine Schüler vorzubereiten.*

Als ich die Akademie betrete, fühlt es sich an, als trippele ein Ameisenhaufen unter meiner Haut auf und ab. Ich war so nervös, dass ich bei Goffa drei Tassen Kaffee in mich reingeschüttet habe. Das hat es nicht gerade besser gemacht. Außerdem kommt es mir vor, als würde mein ganzer Körper vibrieren. Ehe ich michs versehe, bin ich am Ziel. Anne sitzt am Schreibtisch und hat den linken Arm in einer Schlinge. Der knallpinke Gips steht in starkem Kontrast zu der rot-weiß-schwarzen Einrichtung.

»Da bist du ja«, sagt sie. »Mein Retter, den der Himmel schickt.«

Sie geht um den Schreibtisch und drückt mich. Verlegen murmele ich etwas zur Antwort. Ich rutsche in die eine Ecke ihres roten Sofas. Der Geigenkoffer bohrt sich mir ins Kreuz, dennoch nehme ich ihn vorerst nicht ab, denn ich nehme an, dass wir gleich wieder aufbrechen werden.

»Ich dachte, wir könnten zunächst kurz die Liste mit den Stücken durchgehen, die ich mit den Schülern zusammengestellt habe«, sagt Anne und reicht mir ein Blatt Papier.

Ich überfliege den Inhalt. *Anton. Halvor. Fossegrimen. Tannlausen.* Ah ja, viele alte Klassiker. Ein paar Walzer aus Goffas Feder. Vieles davon haben wir früher in meiner Hardangerfiedel-Formation auch gespielt.

Die große Frage ist jedoch, auf welchem Niveau sich die Schüler*innen befinden. Und ob sie sich darauf einlassen, von jemandem unterrichtet zu werden, der jünger ist als sie.

»Sieht gut aus«, sage ich und schaue zu Anne auf.

»Aber ...?«, fragt sie und lächelt.

»Welches Niveau haben sie denn?«

»Die meisten von ihnen spielen schon seit einigen Jahren, haben bei regionalen Wettbewerben und in den unteren Klassen bei der Norwegischen Meisterschaft teilgenommen, aber keiner von ihnen ist auf deinem Niveau, Torleif.«

Erleichtert atme ich ein. Es juckt nicht mehr so bestialisch unter der Haut wie zuvor, da ist nur noch ein leichtes Kribbeln.

»Und dann sind da noch zwei Leute, die im Grunde noch nie eine Geige in der Hand gehalten hatten, bevor sie im Herbst hier angefangen haben«, sagt Anne.

Ich atme aus. Das beruhigt mich.

»Wie viele sind es?«

»Zwölf.«

Sie sieht auf die Uhr über mir. Es geht auf neun zu. Gleich beginnt die zweite Stunde.

»Willst du sie kennenlernen?«

Ich nicke und stehe auf. Fuck, fuck, fuck. Weshalb habe ich nur zugesagt? Immerhin habe ich noch nie jemand anderen unterrichtet als die Kinder in der Musikschule. Und das war nur ein Wochenende. Und sie waren acht Jahre alt und ich vierzehn. Das war etwas ganz anderes. Das hier sind Erwachsene. Menschen, die ihren Abschluss in der Tasche haben. Die ein Leben haben. Ich bin über ein Jahr jünger als sie, teilweise noch mehr.

Aber Anne lächelt nur und führt mich in ein Klassenzimmer.

Neun Mädchen und drei Jungen warten auf mich. Jungen ist gut, zwei von ihnen dürften auf die vierzig zugehen, während der dritte kaum volljährig ist. Vielleicht macht er sein Gap Year schon nach der Zehnten, geht das eigentlich?

»Guten Morgen allerseits«, sagt Anne. »Unser Retter ist gekommen! Bitte begrüßt Torleif Tjønnstaul. Er hat schon Geige gespielt, bevor er lesen konnte, und hat fünfmal die Junioren-Klasse bei den Norwegischen Meisterschaften gewonnen.«

»Viermal«, korrigiere ich schnell.

Ich möchte nicht, dass die Leute denken, ich würde mit etwas prahlen, was nicht stimmt.

»Viermal«, fährt Anne fort. »Und wie oft hast du den Wettbewerb in Kongsberg in deiner Klasse gewonnen, da habe ich jeglichen Überblick verloren.«

Vereinzeltes Klatschen. Eine blonde Schülerin hinten im Raum jubelt. Ich erkenne auf den ersten Blick, dass sie die Chefin ist.

»Hallo«, sage ich und hebe zur Begrüßung den Arm.

Dann nehme ich den Geigenkoffer ab und lege ihn auf einen der Tische im vorderen Bereich.

»Ich dachte, wir könnten eine kleine Vorstellungsrunde machen, dann weißt du auch, wen du vor dir hast«, sagt Anne. »Eline, magst du loslegen?«

Sie nickt einer grauen Maus mit Brille in der ersten Reihe zu. Das Mädchen spricht sehr leise, aber ich höre raus, dass sie aus Notodden oder irgendwo aus der Gegend stammt. Und ich glaube, sie schon einmal bei einem Wettbewerb gesehen zu haben. In Kongsberg vor ein paar Jahren, ganz bestimmt. Die anderen Mädels sind ziemlich unauffällig.

Die Blonde, die so ironisch gejubelt hat, heißt Wilhelmina und kommt aus Bærum. Die beiden Oldies entpuppen sich als »erst« 30-Jährige, kommen aus Senja und sind totale Neulinge in Sachen Folkemusikk. Der jüngere Typ kommt aus Sigdal und ist tatsächlich schon neunzehn. War das womöglich der, der vorletztes Jahr die Junioren-Klasse gewonnen hat? Hans Christian Sjøvall. Zumindest kommt mir der Name bekannt vor.

»Tja«, sagt Anne, nachdem sich alle vorgestellt haben. »Los geht's, würde ich sagen!«

Sie geht zur Tür.

Die Klasse öffnet ihre Geigenkoffer und stimmt die Instrumente.

»V i e l E r f o l g«, formt Anne mit den Lippen.

Ich lächle zurück, so gut ich kann. Dann greife ich nach meinem eigenen Instrument. Ich muss mich stark konzentrieren, um den Klang der einzelnen Saiten herauszuhören. Zwölf zu stimmende Geigen klingen wie ein Haufen zänkischer Kater, die darum wetteifern, wer am lautesten maunzt. Es quietscht und knarzt und dauert erstaunlich lange, bis alle die Instrumente so eingestellt haben, dass es schön klingt. Davon kann ich ein Lied singen.

Ich mache ein Foto von meinen Schuhen und schreibe *Mission Kurzzeit-Musikdozent: Wie man es erträgt, wenn zwölf Leute gleichzeitig ihre Hardangerfiedel stimmen.* Das schicke ich als Snap an Kim und Rada. Da spüre ich einen brennenden Blick auf meiner Stirn und sehe auf. Er gehört zu der Blondine aus Bærum. Sie hat ihre Geige auf dem Schoß und runzelt die Stirn, auf der zwei riesige Augenbrauen prangen. Es sieht aus, als hätte sie zwei Mäuse gehäutet und sich über die Augen geklebt.

»Fertig?«, frage ich.

Sie lächelt selbstgefällig.

Und dann sehen auch die anderen nach und nach von ihren Instrumenten auf.

Ich ziehe Annes Zettel aus meiner Gesäßtasche.

»Wollen wir von oben nach unten vorgehen?«, frage ich. »Und mit *Anton* starten?«

Ich lege mir die Geige an den Hals und beginne zu spielen. Die anderen stimmen mit ein.

Als ich um halb zwölf das Klassenzimmer verlasse, fühlt es sich an, als hätte mir jemand mit einem überdimensionalen Staubsauger sämtliche Energie ausgesogen. Was für ein Tag. Ich war mir nie im Klaren darüber, wie viel Arbeit hinter dem Unterricht an einer Schule steckt. Nicht dass ich je ernsthaft mit dem Gedanken gespielt hätte, Lehrer zu werden, aber diese Erfahrung bestätigt mich in meiner Entscheidung noch einmal. Das ist echt kein Beruf für mich. Mein Kopf fühlt sich an, als hätte er sich in eine überreife Birne verwandelt.

Gerade will ich den Heimweg zu Goffa einschlagen, da höre ich jemanden sagen: »Tolreif!«

Mein Herz erzittert für einen Moment. Ich drehe mich vorsichtig um. Horimyo kommt auf mich zu. Er hebt den Arm zum Gruß. Er trägt ein schwarzes kragenloses Hemd und enge Jeans. Mein Mund wird trocken.

»Hey«, sage ich und versuche, so normal wie möglich zu lächeln, um nach dem ersten verkorksten Eindruck zu retten, was zu retten ist.

Horimyo kommt zu mir herüber.

»Bist du jetzt Gastdozent, so wie ich?«

Seine braunen Augen bohren sich in meine.

»Äh, ja«, sage ich. »Aber bloß für eine Woche.«

Er strahlt über das ganze Gesicht. Kapiere ich nicht. Hat er meinen Heulkrampf etwa vergessen? Oder tut er nur so?

»Cool. Soll ich dir zeigen, wo wir zu Mittag essen?«

Ich spüre, wie die Hitze meine Kehle heraufkriecht. Will er wirklich, wirklich mit mir zusammen essen? Nachdem ich mich so seltsam verhalten habe?

Doch bevor ich antworten kann, sagt er: »Ach, was rede ich da, das weißt du doch sicherlich noch von früher!«

Er lacht.

Sein Lachen rollt wie ein Vibrato über die G-Saite. Und ich spüre, wie sich die Härchen auf meinen Armen aufstellen. Zum Glück trage ich Wollpullover und Mantel, sonst hätte ich dagestanden wie der letzte Freak mit Gänsehaut.

»Nein«, sage ich, obwohl ich eigentlich weiß, wo die Mensa ist. »Tagsüber war ich nie wirklich hier.«

Und dann gehe ich mit Horimyo den schmalen Gang entlang. Ich MUSS ihm erklären, was los war. Ich ertrage die Vorstellung nicht, dass er denken könnte, ich sei ein totaler Schwachkopf. Aber hier sind überall Leute. Wie soll ich ihn denn da unter vier Augen sprechen?

»Hier«, sagt er und biegt in eine Tür links vor der Kantine ein.

Das Dozentenzimmer, ach, das hat er gemeint. Hier war ich in der Tat noch nie.

An den Wänden stehen rote Sofas, nicht unähnlich dem, das Anne in ihrem Büro hat. Und in der Mitte des Raumes befindet sich eine Art hängender Kamin mit Stühlen drum herum. Hier kommen die Dozent*innen offensichtlich immer zusammen, denn ein Grüppchen steuert gerade mit Teetassen und vollen Tellern eine der Sitzgelegenheiten an. Plötzlich komme ich mir wie ein Schulanfänger vor, der sich in die falsche Klasse verirrt hat. Ich ziehe den Mantel aus und hänge ihn über die Spitze meines Geigenkoffers, nur um etwas zu tun.

»Torleif, Horimyo!«

Anne winkt uns zum Buffet hinüber. Sie ist gerade dabei, grünen Salat in ein Schälchen zu füllen, mit der Hand, die nicht eingegipst ist.

»Wie ist deine erste Stunde gelaufen?«

Wenn sie neugierig ist, streckt Anne den Kopf immer leicht nach vorn.

»Ja, also«, sage ich. »Es lief ...«

Sie lacht laut auf.

»Es kann echt anstrengend sein. Jedenfalls ist es schön zu sehen, dass du geraden Rückens hier hereinspazierst und nicht in Tränen aufgelöst bist.«

Mein Gesicht wird knallheiß, als hätte mir jemand Brennspiritus übergekippt und mich angezündet. Hat Horimyo Anne erzählt, was am Freitag passiert ist? Oder hat es noch jemand mitbekommen?

»Ah, ja nee«, sage ich. »Wo kann ich denn meinen Mantel aufhängen?«

Anne lässt ein paar Kirschtomaten in ihre Schüssel kullern und deutet mit dem Kopf auf eine Tür hinter sich.

»Die Garderobe ist da drüben.«

Ich gehe so ruhig wie möglich darauf zu. Drehe mich um. Horimyo lächelt. Glücklicherweise scheint er mich nicht für allzu weird zu halten. Vielleicht hat er das ja im Studium gelernt? Dass etwas, das auf der einen Seite der Erdkugel völlig absurd erscheinen mag, in Norwegen total normal ist. Was weiß denn ich? Ich war noch nie in Japan.

In dem Gang, den ich betrete, stehen Garderobenständer mit Hutablagen auf beiden Seiten. Am Ende ist eine rote Außentür. Es riecht wie in einem Secondhand-Laden. Vorsichtig lege ich meine Geige in das Regal links von mir. Den Mantel hänge ich über einen leeren Kleiderbügel. »Nur die Ruhe, Torleif«, sage ich zu mir selbst, als ich die Tür zurück zum Dozentenzimmer aufziehe. »Tu einfach so, als ob du dazugehörst!« So habe ich es in der Stadt gehandhabt. Und so wurde es letztendlich wahr. Dort gehöre ich hin. Mehr als jemals nach Alt-Säckingen.

Als ich zum Buffet zurückkehre, legt Horimyo gerade Räucherlachs und Rührei auf seinen Teller. Räucherlachs ist richtiges Erwachsenenessen. Ich nehme zwei Scheiben Vollkornbrot, bestreiche sie mit Frischkäse und lege ein paar Kirschtomaten und etwas Rucola darauf. Streue eine Handvoll Nüsse darüber, so wie es Mama immer getan hat. Heute ist kein Nutella-Tag, um es mal so zu sagen.

»Torleif, komm her!«, ruft Anne und klopft entschlossen auf das Stuhlkissen neben sich.

Horimyo und ich gehen gemeinsam zu ihr.

»Hört mal«, ruft Anne und sieht sich nach allen Seiten um.

Es wird still.

»Torleif hat gerade seine erste Doppelstunde als meine Vertretung für den Folkemusikk-Pub hinter sich!«

Schon fangen alle an zu klatschen. Falls ich nicht ohnehin schon rot wie eine Tomate war, bin ich es jetzt allemal.

»Öööh, kein Ding, wirklich!«

»Papperlapapp«, sagt Anne und klopft mir mit ihrer heilen Hand auf die Schulter. »Nach meinem ersten Tag als Dozentin hab ich mir auf dem Damenklo die Augen ausgeheult.«

Vereinzeltes Kichern.

»Ich habe nach der ersten Woche graue Haare bekommen«, ruft eine Frau mit Strickjacke und Rattenschwänzchen.

»Und ich nach dem ersten Jahr ein Magengeschwür«, murmelt ein Mann mit langem geflochtenen Bart.

»Also, Trond«, sagt Anne streng. »Wir wollen Torleif doch keinen Schrecken einjagen.«

Jetzt lachen alle los. Grölend. Oder nicht ganz alle. Horimyo sieht genauso verwirrt aus wie ich, was mich extrem beruhigt. Zum Glück verläuft der Rest des Essens gechillt. Anne sagt, dass für die weiteren Stunden heute Theorie geplant ist und sie die selbst übernehmen kann, sodass es genüge, wenn ich morgen früh um neun Uhr zu einer weiteren Praxis-Session kommen könne. Gerade bin ich durch die Tür zur Garderobe, als ich Horimyo hinter mir bemerke. Der sanfte Geruch nach sonnengeküsster Kiefer hat ihn verraten. Abrupt drehe ich mich um. Jetzt sage ich es, denke ich. »Sorry, ich wollte am Freitag nicht wegrennen. Es war nur, weil du eine Melodie gespielt hast, die ich seit der Beerdigung meiner Mutter nicht mehr gehört habe.« Genau das werde ich sagen. Dann ist es ein für alle Mal gegessen.

»Ich ...«, fange ich an.

Doch dann werde ich von der Dozentin mit den Zöpfen und der Strickjacke unterbrochen. Sie kommt auf den Flur gestürmt, sodass die offene Jacke links und rechts um ihre Oberschenkel fegt.

»Ho-Ri-Mio«, sagt sie begeistert und zwickt ihn in den Arm. »Dich würde ich gerne für einen *Kintsugi*-Abend mit den Mädels von meinem Nähclub engagieren. Hast du am Donnerstag schon was vor?«

Sie zwirbelt einen der Zöpfe zwischen den Fingern ihrer rechten Hand und sieht ihn mit leuchtenden Augen an.

Horimyo nickt freundlich.

»Dabei helfe ich dir gern, Marianne«, sagt er.

»Aber Tolreif wollte gerade etwas sagen, als du hereinkamst.«

Er sieht mich an.

Auch die Frau, die offensichtlich Marianne heißt, mustert mich ungeduldig.

Und plötzlich spüre ich die Hitze von vorhin in meiner Kehle auflodern.

»Öööh. Eigentlich wollte ich bloß ... «

Na super, denke ich. Jetzt geht es auf keinen Fall. Aber sagen MUSS ich etwas. Zur Not was erfinden. Was, spielt keine Rolle, solange ich nur DEN MUND AUFMACHE.

»Danke, dass du mich mit hergenommen hast«, sage ich.

Er lächelt, legt eine Hand an die Brust und deutet eine Verbeugung an.

»Gern geschehen«, sagt er.

Die Zöpfchen-Frau lacht nervös auf, und ich bin echt froh, dass es hier nicht sonderlich hell ist, denn inzwischen bin ich bestimmt so rot im Gesicht, dass man mich mit einem Feuerwehrauto verwechseln könnte.

Am Abend google ich *Kintsugi*. Es stellt sich als japanische Kunstform heraus, bei der man Beschädigtes mit Gold wieder zusammenklebt. Sowohl auf Instagram als auch auf

Pinterest gibt es überraschend viele Treffer. Ein Weilchen später habe ich Horimyo auf Insta gefunden, sein Konto heißt kintsugi_ueda. Er hat ein öffentliches Profil und an die zehntausend Follower. Ich spüre ein leichtes Kribbeln im Bauch, als ich auf »folgen« klicke. Sein Feed besteht eigentlich nur aus Bildern von alten, geklebten Schalen und Blumenvasen. Keine Bilder von ihm. Dann google ich *Horimyo Ueda* und *Kintsugi*. Dadurch stoße ich direkt auf seinen YouTube-Kanal. Mit einem Kribbeln im Bauch klicke ich das erste Video an. Ich höre das Blut in meinen Ohren rauschen. Horimyos Hände füllen den Bildschirm, er formt Ton auf einer Drehbank. Ich krieg sofort 'nen Ständer. Er redet auf Japanisch, aber das Video ist englisch untertitelt. Gott, Japanisch ist so sexy, denke ich, und dann lasse ich meine Hand erst über den Bauch und dann unter die Bettdecke gleiten.

Auf dem Weg zur Akademie am Dienstagmorgen schrecke ich auf dem Hang unterhalb des alten Hofs einen Elch auf. Abrupt bleibe ich stehen. Goffa hat mir erzählt, dass die Tiere in der Jagdsaison näher ans Dorf herankommen. Als wüssten sie, dass die Berge voller Jäger sind, aber diejenigen, die zu Hause bleiben, ihnen nichts tun. Ich sehe dem graubraunen Elch nach, der in den Wald flüchtet. Könnte ich es je über mich bringen, mit der Krag auf ihn zu zielen? Den Abzug zu betätigen? Den Geruch von verpufftem Schießpulver einzuatmen, der sich mit Blut und Galle vermischt?

Als wir Kinder waren, hat Vater uns im Herbst immer mit auf die Jagd genommen, wenn Mama arbeiten musste. Meist bin ich sofort eingeschlafen, sobald ich die Schlafsackhaube um meinen Kopf herum spürte. Tallak musste mich in den Arm zwicken, damit ich aufwachte, bevor Vater abfeuerte. Ich schloss die Augen und hielt mir die Ohren zu. Tallak hielt die Beine des Elchs fest, während ihm Vater und die anderen Typen das Fell abzogen. Ich stand im Gebüsch und habe gekotzt. Tallak hat die Zunge eingepackt, damit Oma Wurst daraus machen konnte. Ich selbst hatte den Proviant im Rucksack, wovon ich jedoch keinen Bissen herunterbekam. Ich weiß nicht mehr, ob Vater mich irgendwann nicht mehr mitnehmen wollte oder ob ich mich geweigert habe. Jedenfalls waren es schließlich nur noch Tallak und er, die an den Herbstmorgen auszogen.

Als ich sicher bin, dass der Elch weit genug entfernt ist, mache ich mich wieder auf den Weg. Wohl wissend, dass ich es noch nie über mich gebracht habe, etwas Größeres als eine Wespe zu erschlagen.

Stimmengewirr ertönt, als ich durch die großen Holztüren der Akademie trete. Durch die Begegnung mit dem Elch bin ich spät dran, also sprinte ich den Gang in Richtung des Klassenzimmers hinunter. Ich fliege förmlich um die Ecke, und bevor ich kapiere, was los ist, stehe ich Horimyo Auge in Auge gegenüber.

»Huch!«, rufe ich und mache einen Satz zurück.

Der intensive Duft von Kiefernholz lässt mich fast ohnmächtig werden, von den dunkelbraunen Augen ganz zu schweigen.

»Entschuldige«, sagt er. »Ich habe dich nicht gesehen.«

Und erst jetzt checke ich, dass er eine gewaltige Holzscheibe vor sich herträgt. Das erklärt den Geruch. Er versucht, das Stück Kiefernstamm mit einem Oberschenkel abzustützen.

»Kein Ding«, sage ich und lache heiser.

Ein Schweißtropfen rinnt ihm am Ohr entlang.

Mein Mund wird trocken.

»Brauchst du Hilfe?«, frage ich.

Seine Augen leuchten auf.

»Es ist ein bisschen schwerer als gedacht, also gern, vielen Dank.«

Ich fasse unter die Scheibe und wuchte sie hoch. Sie ist

groß genug, um als Platte eines Couchtischs zu dienen, abgesehen davon, dass in der Mitte ein Riss klafft, der sich nach außen hin verzweigt. Außerdem wiegt sie mindestens so viel wie ein Klavier.

»Wow«, sage ich. »Wozu brauchst du das Teil?«

Horimyo ändert vorsichtig die Haltung, damit seine Hände besser Halt finden. Dann bewegt er sich langsam voran.

»Ich dachte, das würde sich vielleicht gut als Bühnendeko für Freitag eignen, das heißt, wenn die Goldfarbe in den Spalten auch wirklich haften bleibt. Dann wird die Scheibe wie eine Sonne über euch hängen. Oder wie ein Mond. Je nachdem, was einem lieber ist.«

Mein Herz schlägt wie der Beat eines Country-Songs.

»Du bist auch beim Folkemusikk-Pub dabei?«

»Ja«, sagt er schnell. »Der Metall- und Holzgestaltungskurs ist für das Bühnenbild zuständig.«

Dann gehen wir langsam über den Gang, er vorweg und ich hinterher. Herrje, denke ich. Wenn Horimyo da sein wird, müssen wir erst recht gut spielen. Natürlich möchte ich Anne nicht enttäuschen, vor allem aber gibt es nichts Unsexyeres als jemanden, der einen musikalischen Auftritt vor versammelter Mannschaft versaut. Und für unsexy soll er mich keinesfalls halten.

Ich folge ihm ins Klassenzimmer. Ein gutes Dutzend Leute schart sich um uns, als wir die Holzscheibe endlich auf eine Werkbank fallen lassen. Der Anteil der männlichen Teilnehmer überwiegt definitiv. Plötzlich spüre ich ein Ziehen im Magen. Wie soll ich, ein schlaksiger Violinist, mit diesen Kerlen mithalten? Ich zähle vier Man-Buns, und ihre Träger sehen aus, als hätten sie allesamt eine Dauerkarte fürs Fitnessstudio. Ihre durchtrainierten Pobacken zeichnen sich deutlich durch ihre Yogahosen ab. Djeeez, wie Kim sagen würde.

»Ihr Lieben«, sagt Horimyo. »Das ist Tol-eif.«

Ich bringe es nicht übers Herz, ihn zu korrigieren. Die deplatzierten Ls und Rs klingen wie ein hoher zweiter Finger auf der E-Saite. Wenn man es zum ersten Mal hört, rasseln einem die Ohren, aber mit jeder Wiederholung klingt es immer anmutiger.

»Er führt beim Konzert am Pub-Abend die Fiedelgruppe an!«

Ich hebe die Hand zur Begrüßung, doch niemand scheint mich wahrzunehmen. Die Holzscheibe hat sie in ihren Bann gezogen.

»Der Baum muss über dreihundert Jahre alt gewesen sein«, sagt einer.

»Ja, dann fang mal an und zähl die Jahresringe«, sagt ein anderer.

Sie lachen so heftig, dass die Dutts auf ihren Köpfen auf und ab wippen.

»Japp«, sage ich, ohne irgendwen direkt anzusprechen. »Dann bis Freitag.«

Daraufhin drehe ich mich um und gehe.

Ich bin noch nicht weit gekommen, als ich eine Hand auf der Schulter spüre. Horimyos.

»Vielen Dank für deine Hilfe«, sagt er.

Und dann nimmt er meine Rechte und drückt sie mit beiden Händen. Es fühlt sich an wie damals, als Goffa mir gezeigt hat, wie man mit einem Strohhalm prüft, ob Strom auf dem Elektrozaun ist. Zzzzit! Dieses Mal aber ist es ein wohlig warmer Ruck, der durch meinen Körper fährt. Eine

Art glücksbringender Kugelblitz, der mich auf einen wilden Tanz den Gang hinunter entführt.

Ich wirble in mein Klassenzimmer.

»Hey, hey, hey!«, rufe ich dem Kurs zu.

Sie sehen erschrocken auf.

»Entschuldigung«, sagt die Teilnehmerin aus Bærum. Wilhelmina, oder? »Aber die Stunde hat eigentlich vor zehn Minuten begonnen.«

Und so lande ich mit einem Aufprall wieder in mir selbst.

»Ja«, sage ich. »Tut mir leid. Aber ich habe bei der Bühnendekoration geholfen.«

Das stimmt – in leeeeicht abgewandelter Form, aber sie scheinen es zu schlucken.

»Legen wir los?«, frage ich.

Zustimmendes Gemurmel, sie greifen nach ihren Geigen und der Spaß beginnt von vorn. Diesmal jedoch wirkt es beschwingter, als hätte etwas von Horimyos Wärme auf mich abgefärbt. Beim Gedanken an ihn kribbelt es in meinem Bauch und nicht einmal eine gruselige Maus-Augenbraue aus Bærum kann dieses Gefühl vertreiben.

Als ich fertig bin, wartet Anne schon auf mich.

»Wie ist es heute gelaufen?«, fragt sie. »Ist es dir besser ergangen?«

So, wie sie an dem rosa Gips herumpiddelt, scheint sie das echt zu beschäftigen. Sie lächelt nervös.

»Ganz gut«, sage ich. »Aber diese Wilhelmina kannst du geschenkt haben.«

Anne lacht.

»Solche wie sie gibt es jedes Jahr. Anfangs haben sie mich nervös gemacht, aber in letzter Zeit finde ich, die machen den Unterricht erst interessant.«

Ich versuche zu lachen, aber es kommt mehr wie ein Schnauben heraus.

»Danke, dass du das machst, Torleif«, sagt Anne noch einmal. »Ich weiß, dass das meilenweit außerhalb deiner Komfortzone liegt.«

Ich atme aus.

Anne fährt fort: »Ich bin gerade dabei, Auswahlgespräche für die langfristige Vertretung zu führen. Zum Glück scheint es da draußen noch junge Menschen zu geben, die sich auf die Walz begeben.« Sie zwinkert mir zu. Und dann lache ich, schallend. Mama hätte den Witz absolut gefeiert, das weiß ich genau.

»Gut zu hören«, sage ich. »Und ich bin einer davon.«

Ich klopfe mit der Faust auf den Geigenkoffer, wie es Goffa zu tun pflegt, bevor er sich aufmacht. Plötzlich erscheint Horimyo im Klassenzimmer.

»Hallo«, sagt er. »Ich würde deinen Großvater gerne etwas fragen.«

Er fährt sich durch das buschige Haar.

»Stimmt etwas mit der Geige nicht?«

Mein Mund wird trocken. Ich stelle mir vor, dass sich alle Saiten gelöst haben und schlaff vom Steg hängen wie Stig-Runes Vater und seine Saufkumparen. Ein Schauder läuft mir über den Rücken.

»Nein«, sagt er lächelnd. »Ich wüsste nur gern, welchen Leim er verwendet. Vielleicht könnte ich den auch in meinem Unterricht benutzen?«

»Oh«, sage ich. Mir kommen all die dreihundertvierzig Videos auf YouTube von ihm in den Sinn, von denen ich keine Ahnung wie viele gestern gebinge-watcht habe. Langsam fängt mein Kopf an zu glühen.

»Hat er vielleicht eine E-Mail-Adresse, an die ich ihm schreiben kann?«

Ich schüttle den Kopf.

»Warum stattet ihr ihm nicht einen Besuch in seiner Werkstatt ab?«, schlägt Anne vor.

Mein Herz klopft, als würde es den Takt eines Hallingdans stampfen.

»Öööh«, mache ich, bevor ich herausbringe: »Du bist wahrscheinlich ziemlich eingespannt, oder?«

Ich verpasse dem Pult einen sanften Tritt mit dem Fuß.

»Eingespannt?«

Horimyo hat ein gigantisches Fragezeichen im Gesicht.

»Beschäftigt«, sagt Anne pädagogisch. »Torleif fragt, ob du viel zu tun hast.«

Horimyo schüttelt den Kopf. Und das wuschelige Haar wird noch wuscheliger.

»Also, jetzt gerade vielleicht schon, aber was ist mit morgen?«

»Ausgezeichnet«, sagt Anne, bevor ich protestieren kann. »Dann machst du morgen eine kleine Exkursion in die Hardangerfiedelwerkstatt!«

Horimyo lächelt.

»Vielen Dank«, sagt er und legt die Hand auf sein Herz.

Dann verschwindet er wieder aus der Tür.

Was war das gerade? In der Hoffnung, eine Antwort zu erhalten, sehe ich Anne an. Sie zwinkert mir nur verschmitzt zu und geht. Ich bleibe allein im Klassenzimmer zurück. Was hatte das bitte zu bedeuten?

Ich bin mir zu neunundneunzig Prozent sicher, dass Anne es weiß. Wir haben nie darüber geredet, verdammt noch mal, sie ist meine Lehrerin. Aber ich hatte immer das Gefühl, sie sieht und akzeptiert mich so, wie ich bin. Vielleicht findet sie es sogar cool. Ich weiß nicht, ob es damit angefangen hat, dass sie mir einmal *Das Bildnis des Dorian Gray* zu Weihnachten geschenkt hat. Oder ob es der Ausflug in die Stadt war, um *Bohemian Rhapsody* im Kino zu sehen. Oder als sie auf dem Telemark-Festival bei einem Auftritt der *Valkyrien Allstars* beiläufig erwähnte, dass der Sänger schwul sei. Ich lege die Geige weg und denke an ihr verschmitztes Lächeln. Könnte das Lächeln heißen, dass sie auch Horimyo für schwul hält? In meinem Bauch explodieren hunderttausend Raketen. Ich stürze aus der Akademie, so schnell mich meine Beine tragen, und rufe Kim per Videocall an, sobald ich zwischen den Bäumen verschwunden bin.

Er geht beim zweiten Klingeln ran.

»Torleifs Sorgentelefon, guten Tag«, sagt er lachend.

»Woran erkennst du immer, dass jemand queer ist?«

Es ist wohl das Beste, gleich zur Sache zu kommen.

Kim seufzt erschöpft.

»Darüber haben wir doch schon gesprochen, Torleif.«

»Aber mein Gaydar ist, glaube ich, kaputt«, sage ich und kicke einen Tannenzapfen vom Weg.

»Nein«, sagt Kim. »Du hast einfach nicht so viel Übung. Weißt du noch, dass es fast sechs Monate gedauert hat, bis du dich getraut hast, mich zu fragen, ob ich auch auf Jungs stehe?«

Ich nicke.

»Na ja«, sagt er. »Ich habe etwa eine halbe Minute gebraucht, um zu merken, dass du es tust.«

Ich bin erstaunt. Das hat er noch nie erwähnt.

»Aber woher wusstest du das?«, frage ich. »Also, sicher?«

»Im Prinzip ist der Trick, darauf zu achten, wer nicht so ganz dazugehört. Wer nicht über die Witze der Alpha-Arschlöcher lacht oder versucht, den Weibern in den BH zu gaffen. Heteros sind erschreckend basic.«

Ich will gerade protestieren, aber er kommt mir zuvor.

»Nicht alle, natürlich. Rada nicht und deine Dozentin scheint auch cool zu sein.«

»Wegen Anne rufe ich an«, sage ich.

Und dann erzähle ich Kim vom gestrigen Mittagessen, dass ich heute Morgen auf dem Flur fast mit Horimyo zusammengestoßen bin und dass er morgen bei Goffa vorbeisehen will.

»WHAT?«, schreit Kim förmlich. »Big News, Alter! Warum hast du nicht gesnappt?!«

»Keine Zeit«, sage ich. »Ich komme gerade erst aus dem Unterricht.«

Kim sieht beleidigt aus.

»Oh, das hatte ich ganz vergessen. Du bist ja jetzt Gastdozent, Mister Big-Shot, ach ja, ach ja. An der Akademie quasi angestellt. Professorenstatus sozusagen.«

»Jetzt chill mal. Ich hab gestern einen Snap geschickt, oder etwa nicht? Aber ich wurde dabei fast von Wilhelmina erwischt, und die ist echt fies. Okay?«

Kim nickt.

»Und der Grund, weshalb du mich jetzt anrufst, ist, weil du dich fragst, ob Horimyo queer ist?«

Jetzt nicke ich. Aber dann sprudeln all die Gefühle, die ich im Laufe des Tages empfunden habe, wieder in mir hoch. Und ich lasse mich samt Geigenkoffer und Handy vorm Gesicht ins Heidekraut fallen.

»Obwohl es vollkommen egal ist! Schwul oder nicht. Ich muss am Montag in die Schule zurück. Daraus kann doch gar nichts werden, oder?! Nicht hier, in Alt-Säckingen!«

Da wird Kim ernst.

»Komm mal runter, Mister. Du hast noch viele Gelegenheiten, ihn kennenzulernen. Heute ist erst Dienstag. Und findest du es nicht auch ein bisschen weird, dass er zu deinem Goffa nach Hause kommen will? Er hätte ja auch einen anderen Geigenbauer fragen können, oder einfach googeln? Es ist ja nicht so, als hätte dein Goffa die Exklusivrechte auf die Verwendung von Leim, oder?!«

»Nein«, sage ich.

»Eben«, sagt Kim und breitet die Arme nach beiden Seiten aus. »Horimyo will mit dir reden. Dich kennenlernen. Und das, obwohl du vor ihm weggerannt bist, als wärst du der Star einer Daily-Soap.«

Jetzt lache ich wieder.

Kim ist der Beste, wenn es darum geht, die Dinge ins rechte Licht zu rücken.

»Danke«, sage ich. »Genau das habe ich gebraucht.«

»No stress, princess«, sagt er. »Aber du MUSST mir versprechen, mehr zu snappen, okay? Ich bin noch bis Donnerstag im Internat, und jetzt, wo du und Rada weg seid, ist außer mir nur noch diese verstrahlte Bibelgruppe hier. Ich sterbe vor Langeweile! Capisci?«

»Versprochen«, sage ich.

Und dann macht er einen Kussmund und legt auf.

Goffa ist heute gut drauf. Er schlurft in seinem Trainingsanzug durchs Haus, gießt die Topfpflanzen und hat die Folkemusikk-Sendung im Radio eingeschaltet.

»Herrjemine«, sagt er und grinst. »Was ist denn mit dir passiert? Du lächelst ja.«

Ich sehe zu Boden.

»Nichts Besonderes«, sage ich. Ich ziehe den Mantel aus und lege den Geigenkoffer auf dem Küchentisch ab.

»Aber ich habe heute mit dem japanischen Gastdozenten gesprochen, und er würde dich wirklich gern kennenlernen, anscheinend hat er eine Frage zu dem Leim, den du für die Fiedel verwendet hast.«

»MICH?«

Goffa hätte nicht verdatterter aussehen können, selbst wenn der König höchstpersönlich seinen Besuch angekündigt hätte.

»Anne hat ihm von der Familientradition erzählt«, sage ich. »Und von deinen Fiedeln.«

Goffa setzt sich erstaunt hin und behält den Blick auf seine Hände gerichtet.

»Ist es in Ordnung, wenn ich ihn morgen nach der Schule mit herbringe?«

»Na, warum eigentlich nicht«, sagt Goffa. »Wenn ich

ihm bei etwas behilflich sein kann, tue ich das gerne. Er ist hier sehr willkommen.«

Ich bin mir hundertprozentig sicher, dass Goffa nichts ahnt. Über solche Dinge reden wir nicht. Große Gefühle und all das. Das Geigenspiel und alles, was damit zu tun hat, das ist unser Thema. Und das ist absolut okay für mich. Ich habe kein großes Bedürfnis, Gott und der Welt zuzurufen, dass ich auf Jungs stehe. Auch wenn Goffa weder das eine noch das andere ist.

Er ist Goffa.
Und er muss davon nichts wissen.
Jedenfalls noch nicht.

Sobald ich am Mittwochmorgen durch die Tür der Akademie spaziere, sehe ich mich nach Horimyo um. Aber der Einzige, den ich entdecke, ist Trond mit dem langen Kinnbart. Er kommt mir gerade mit einem kleinen Grüppchen, vermutlich seinem Kurs, entgegen und zieht eine Art Handkarren hinter sich her.

Er nickt mir zu. »Tach, Torleif.« Das klingt genau wie Tallak.

Ich nicke zurück. »Hallo, Trond«, erwidere ich.

»Es wird von Mal zu Mal leichter, wirst schon sehen!«, ruft er mir noch zu.

Ich atme tief durch. Ich hoffe inständig, dass er recht behält. Dann gehe ich zu meinem Raum und öffne die Tür. Bis auf ein paar der Mädchen ist noch niemand dort. Sie kleben gackernd vor einem rosa MacBook. Ich nutze die verhältnismäßige Ruhe und stimme meine Geige, nehme mir Saite für Saite vor. Als ich fertig bin, ist auch der Rest eingetroffen.

»Guten Morgen«, sage ich und stehe auf.

»Ich dachte, wir könnten damit beginnen, die Tänze durchzugehen, die wir spielen werden. Anne hat erzählt, dass es einigen von euch schwerfällt, den Takt beim Springar zu halten?«

Da kommt Wilhelmina hereingestürmt.

Aus ihren Kopfhörern dringen die *Valkyrien Allstars*.

»Tut mir leid«, sagt sie, obwohl es nicht danach aussieht, als entspräche das auch nur im Entferntesten der Wahrheit. Sie schlendert zu ihrem Platz, als wäre nichts gewesen. Ich warte und behalte sie im Blick, bis sie sich gesetzt und die Musik ausgeschaltet hat. Anschließend sieht sie mich forsch an, und ich muss angestrengt nachdenken, was ich eigentlich gerade sagen wollte.

»Also, der Takt beim Springar. Dass es sich um einen ungleichmäßigen Dreivierteltakt handelt, wissen aber alle, oder?«

Ich stampfe ihn vor.

Die beiden Oldies nicken eifrig.

»Wenn ihr zum Tanz aufspielt, pickt ihr euch am besten ein Paar heraus und beobachtet es. Sehen sie aus, als hätten sie Spaß? Oder geht es ihnen zu schnell? Zu langsam? Behaltet genau im Blick, wo im Ablauf sie sich gerade befinden, um vielleicht noch einmal von vorn zu spielen.«

Da seufzt Wilhelmina laut auf.

Alle sehen sie an.

»Ja«, sage ich. »Möchtest du etwas hinzufügen?«

Sie zieht fragend eine ihrer riesigen Augenbrauen hoch. Und ich spüre, wie mir die Hitze ins Gesicht steigt. Genau vor diesen Situationen hatte ich Schiss, als Anne mir den Job angeboten hat.

Glücklicherweise jedoch fragt sie: »Ist das nicht eigentlich deine Aufgabe?«

»Schon«, sage ich. Darauf kann ich antworten. »Aber ihr tretet ja unter anderem deshalb beim Folkemusikk-Pub auf, damit ihr lernt, Volkstänze auf der Fiedel zu begleiten, oder etwa nicht?«

Sie verdreht die Augen.

»Die meisten von uns haben schon mal zum Tanz aufgespielt.«

Es brodelt erneut in mir, wie das Wasser in Vaters Kaffeemaschine. Anne, wo bist du, wenn ich dich brauche, denke ich. Doch unverhofft kommt mir einer der älteren Kerle zu Hilfe.

»Ich hab noch nie aufgespielt«, sagt er.

Zwei der Mädchen tuscheln.

Dann hebt eine von ihnen die Hand.

Das war Eline, oder?

»Ja, Eline«, sage ich und nicke ihr zu.

»Wie wäre es, wenn diejenigen, die schon geübt sind, zum Beispiel vortanzen und der Rest den Takt übt? So helfen wir uns gegenseitig.«

Wow. Das hatte ich ihr nicht zugetraut. Ich habe angenommen, dass jemand aus Notodden nicht viel in der Birne haben kann. Jetzt bin ich beeindruckt.

»Das ist eine sehr gute Idee«, sage ich.

Meine Körpertemperatur normalisiert sich.

»Kannst du dir vorstellen, mit Wilhelmina zu tanzen?«, frage ich Hans Christian. Er sieht aus, als hätte er ein Glas Zitronensaft geext, aber er stimmt zu. Und selbst wenn es so wirkt, als wäre er gerade um fünf Zentimeter geschrumpft, scheint immerhin sie zufrieden zu sein.

»Stimmen wir die Instrumente«, sage ich, so entschieden ich kann.

Und so beginnt das ganze Spiel von Neuem.

Trond hatte recht, heute fällt es mir ein bisschen leichter. *Ein bisschen*. Dennoch bin ich merklich erleichtert, als

Anne reinkommt und sagt, dass der Kurs vor der nächsten Stunde eine 15-minütige Pause einlegen soll. Ich lege meine Geige in den Koffer zurück, während der Rest zur Tür hinaustrottet. Erst als alle weg sind, setze ich mich und wische mir über die Stirn.

»K. o.?«, fragt Anne.

»Ja«, sage ich und lasse mich im Stuhl zurückfallen.

Anne lacht.

Ich richte mich auf.

»Morgen zur gleichen Zeit?«, frage ich.

»Morgen hilft der Kurs beim Aufbau der Bühne in der Hütte. Aber um halb zwei ist Soundcheck.«

»Okay«, sage ich. »Dann komme ich zum Soundcheck.«

»Perfekt«, sagt sie. »Soll ich dir zeigen, wo Horimyo wohnt?«

Über den ganzen Stress mit Wilhelmina hätte ich Horimyo beinahe vergessen. Ach je, ich sollte ihn doch mit zu Goffa nehmen. Mein Herz klopft plötzlich schneller.

»Sehr gern«, sage ich. »Danke.«

Anne geht voraus, zunächst durch die Akademie, hinab in den Keller und von dort nach draußen. Sie geht einen kleinen Kiesweg entlang in Richtung Parkplatz. Ich gebe mir Mühe, mitzuhalten. Wir steuern auf einige Blockhäuser hinter dem gewaltigen Betonklotz zu. Hier sind die Gastdozenten untergebracht. Tallak gibt immer damit an, wie er und seine Clique mal in eine der Wohnungen eingebrochen sind und ein Wochenende lang darin Party gefeiert haben. Ich zucke zusammen, als eine der kleinen Türen aufgeht.

»Hallo«, sagt Horimyo. »Wollen wir los?«

»Viel Erfolg«, wünscht Anne.

Sie drückt sanft meine Schulter, bevor sie sich umdreht und zur Akademie zurückgeht.

Horimyo kommt mit Goffas Fiedel auf dem Rücken heraus. Mein Herz wummert wie der Beat eines generischen Popsongs, aber ich lasse mich nicht beirren und nicke zum Coop hinüber, um die Richtung anzudeuten, in die wir müssen, und dann marschiere ich los. Ich höre das Geräusch seiner Schuhe auf dem Kies hinter mir. Krtz, krtz. Krtz, krtz. Krtz, krtz. Wir kommen zur Schnellstraße. Dort müssen wir warten, bis sich eine ganze Tesla-Karawane an uns vorbeigeschoben hat. Zum Ende der Herbstferien erreicht der Touristenstrom stets seinen Höhepunkt.

»Bis ich nach Norwegen gekommen bin, habe ich noch nie so viele E-Autos auf einem Fleck gesehen«, sagt er. »Werden die von der Regierung verschenkt, oder was?«

Ich lache.

Erleichtert, dass er etwas sagt.

»Nein, aber könnte man meinen.«

Könnte man meinen? Oh Gott, jetzt benutze ich schon so richtige Erwachsenenfloskeln! Ich stochere mit der Fußspitze im Kies herum, bevor ich nach dem letzten Tesla über die Straße spurte.

Horimyo kommt gemächlich hinterher.

»Dahinten gibt es eine Abkürzung«, sage ich und deute mit dem Kopf auf ein Birkendickicht hinter dem Coop.

»Okay«, sagt Horimyo und folgt mir. Ich spüre, wie mir die Zweige das Gesicht zerkratzen, und schiebe sie beiseite. Nach den ersten Metern wird es leichter. Obwohl ich den Weg seit meiner Rückkehr kaum benutzt habe, ist es, als erinnerten sich die Bäume an mich und wichen ein wenig zurück, um mich durchzulassen. Schließlich sind wir alte Freunde, der Wald und ich.

Kurz darauf stelle ich fest, dass Horimyo nicht mehr hinter mir ist. Ich halte abrupt an und drehe mich um. Er steht einige Meter hinter mir und betrachtet eine alte krumme Kiefer. Plötzlich beugt er sich vor und schlingt die Arme um den Stamm. Er atmet tief ein und blickt in die Baumkrone.

Ich kann den Blick nicht von ihm abwenden. Er sieht so gut aus. In seinem dunkelgrünen Wollpulli und der hellbraunen Hose verschmilzt er beinahe mit dem Wald. Er sieht aus, als gehöre er hierher. Doch plötzlich kommt es mir vor, als hätte ich etwas beobachtet, das ich nicht hätte sehen sollen, einem intimen Moment beigewohnt. Ich spüre Hitze in mir aufsteigen und drehe mich weg. Dabei aber trete ich auf einen Zweig. Das trockene Knacken zerschneidet die Stille im Wald wie ein Schuss.

Horimyo sieht zu mir.

»Ich kann nicht fassen, dass ich schon seit fast zwei Monaten in Norwegen bin und noch kein einziges Waldbad genommen habe.«

»Wald-was?«, frage ich.

Was in aller Welt ist das?

»In Japan heißt das Shirin Yoko«, erklärt er. »Ich habe die Technik in meinem Kurs angesprochen, am ehesten lassen sich die Wörter wohl mit *Wald* und *Bad* übersetzen. Eigentlich geht es nur darum, in der Natur zu sein, unter einem Baum zu sitzen und einzuatmen.«

Horimyo spricht schnell und kommt auf mich zugestapft.

»Ich wusste nicht einmal, dass man den Wald hier überhaupt betreten darf. Ich dachte, man dürfe zum Wandern nur die vom Tourismusverband markierten Pfade oben in den Bergen benutzen. Jedenfalls haben mir das die anderen Dozenten an der Akademie erzählt.«

Plötzlich strahlt er.

Ich möchte ihn küssen, verdammt, aber ich wage es nicht.

»Ihr habt echt viele schöne Worte auf Japanisch«, sage ich stattdessen. »Shirin Yoko. Kintsugi.«

Die dunklen Augen werden größer.

»Du kennst Kintsugi?«

Dass ich zum ersten Mal davon gehört habe, als er sich am Montag mit Marianne darüber unterhalten hat und ich daraufhin seinen gesamten YouTube-Kanal gebinge-watcht habe, verheimliche ich lieber.

Also nicke ich nur.

Als er nichts mehr sagt, frage ich: »Wollen wir weiter?«

Und dann steigen wir den steilen Hang zum alten Hof hinauf.

Goffa sitzt in der Werkstatt und hört Radio. Als er Horimyo sieht, rappelt er sich hastig auf. Und dann steht er da, wie eine windgepeitschte Kiefer, und lächelt.

»Goffa«, sage ich. »Das ist Horimyo Ueda. Er hat sich deine Fiedel ausgeliehen.«

»Freut mich sehr«, sagt Goffa. »Torleif Nystøyl!«

Er geht auf Horimyo zu und schüttelt ihm mit der gesunden Hand den Arm. Auf und ab. Eine ganze Weile.

»Du brauchst nicht zu schreien«, flüstere ich Goffa zu. »Er steht genau vor dir.«

Dann wird mir plötzlich bewusst, wie es hier aussieht. Über die Jahre haben sich in allen Ecken Holzspäne von

Hobelarbeiten angehäuft. Der Tisch ist mit Kaffee im Prinzip imprägniert. In den Linoleumboden haben sich tiefe Spuren von Goffas Holzschuhen eingeprägt. Mari Kondo, deren Aufräum-Doku Rada letzten Herbst inhaliert hat, würde die Hände über dem Kopf zusammenschlagen.

Oh nein, vielleicht findet Horimyo es hier trashig?

Er ist schon dabei, die Schuhe auszuziehen.

»Nein«, sage ich laut. »Denk gar nicht erst dran.«

»Nicht?«

Er sieht überrascht aus.

»In der Werkstatt haben wir immer Schuhe an«, sage ich und tippe mit dem Fuß gegen die Werkbank, um zu veranschaulichen, warum.

Zum Glück schaltet sich Goffa ein.

»Möchten Sie vielleicht einen Schluck Kaffee haben?«, fragt er und hält die rußige Kanne hoch.

Horimyo lächelt und geht zum Ofen.

»Ja, danke, ein Tässchen nehme ich gern. Übrigens ist hier noch eine Kleinigkeit zum Dank, dass Sie mich in Ihrem Haus empfangen und ich mir die Fiedel ausleihen durfte.«

Horimyo holt ein kleines Päckchen aus der Hosentasche und überreicht es Goffa feierlich. Der hingegen steht nur da und inspiziert das kleine Paket in seiner riesigen Faust. Eine Sekunde lang bekommt er glasige Augen, doch dann reißt er sich zusammen.

»Danke vielmals«, sagt er unbeholfen. »Los, Tøllef, du könntest mir ein wenig zur Hand gehen.«

Ich nicke und nehme ihm vorsichtig das Geschenk ab. Es wiegt so gut wie nichts, und das Papier ist penibel gefaltet, ganz ohne Klebeband oder Schnur. Als ich es aufklappe, kommt ein kleines Kästchen aus Birkenrinde zum Vorschein, ich öffne es und darin befindet sich ein blaues Schälchen mit goldenen Adern. Die Härchen auf meinen Armen stellen sich auf, als ich es sehe. Denn es ist eines der schönsten Dinge, die ich seit Langem gesehen habe. Vielleicht sogar jemals. Man erkennt deutlich, dass die Schale einst völlig zertrümmert war, denn das Einzige, was alle Teile zusammenhält, ist ein Netz aus Gold. Wie ein Blatt, das den Winter überdauert hat und von dem nur noch das sehnenartige Geflecht übrig ist.

»Meine Mutter sagt immer, dass man einer Einladung nie mit leeren Händen folgen soll«, sagt Horimyo und lacht leise.

Goffa kommt näher.

»Mannomann«, sagt er. »Das ist ein beeindruckendes Stück Handarbeit.«

Ich lächle ihn an.

»Horimyo unterrichtet Kintsugi«, erkläre ich. »Das ist eine japanische Kunstform, bei der man zerbrochene Gegenstände mit Gold repariert.«

Goffa nickt, sichtlich beeindruckt. Und Horimyo strahlt über das ganze Gesicht. Yes, denke ich. Endlich konnte ich ihn beeindrucken. Dann eile ich zum Regal mit den Tassen, suche drei heraus, die nicht angeschlagen sind, und halte sie kurz unter den Wasserhahn, nur um sicherzugehen, dass kein Staub darin ist.

»Kaffee?«

Beide nicken.

»Wegen meines Unterrichts bin ich hier«, erklärt Horimyo Goffa. »Ich suche nämlich einen Holzleim, dem man Gold untermischen kann.«

Goffa sieht perplex aus.

»In erster Linie dient es der Verzierung.«

Horimyo nimmt Goffas Geige aus dem Koffer.

»Was für einen Leim haben Sie hier verwendet?«, fragt er und zeigt mit dem Zeigefinger auf die kleinen Perlmuttstücke, die entlang des Geigenrandes aufgeklebt sind.

»Hmm«, macht Goffa. »Den stell ich mittlerweile eigentlich immer selbst her.«

»Oh, ich verstehe«, sagt Horimyo und macht sich eine Notiz im Handy.

Er redet so fein, als folgte er einem ganz anderen Rhythmus als wir. Wenn ich ihn sprechen höre, erinnert es mich ein wenig an das erste Mal, als ich einem Stück aus Voss gelauscht habe. Suggestiv und, ja, einfach nur sexy. Und dann muss ich mich zusammenreißen. Ich kann nicht hier herumsitzen und Horimyo nachsabbern, wenn er eigentlich wegen der Arbeit gekommen ist.

Goffa räuspert sich, bevor er zum Apothekerschränkchen hinübergeht und den Beutel mit dem Klebergranulat herausholt. Horimyo folgt ihm. Ich auch. Auch wenn ich genau weiß, wo Goffa den Leim aufbewahrt. Vor allem zieht mich der Kiefernduft hinter ihnen her, der nach Horimyo in der Luft schwebt. Das muss das beste Parfüm der Welt sein. Gelänge es jemandem, diesen Duft in einer Flasche einzufangen, würde er Millionär.

»Das ist fein gemahlene Hasenhaut. Ich mische sie mit Wasser und erhitze das Ganze sanft, hierin«, sagt Goffa und zeigt auf einen alten Leimtopf auf der Heizplatte, die auf der Werkbank steht. »Der Leim eignet sich hervorragend für Geigen, denn im Gegensatz zu gewöhnlichem Holzleim lässt er sich relativ leicht lösen, wenn man im Inneren der Fiedel im Nachhinein noch etwas anpassen muss.«

Horimyo studiert den Inhalt des Topfes sorgfältig.

»Hmmm«, sagt er. »Ich bin mir nicht sicher, ob es das Richtige für mich ist. Ich will ihn mit Blattgold mischen und einen Riss in einer Holzscheibe damit füllen.«

Goffa runzelt die Stirn.

»Dann würde ich etwas Stärkeres versuchen«, sagt er und beginnt, in einer anderen Schublade zu wühlen. Schließlich findet er eine unbenutzte Tube Casco Holzleim.

»Die können Sie mitnehmen. Ich hab keine Verwendung dafür.«

Horimyo bedankt sich mit einer Verbeugung.

»Ach, das war doch das Mindeste, was ich tun kann«, sagt Goffa verlegen. »Aber jetzt genug geredet. Warum spielen wir nicht eine Runde zusammen?«

Goffa sieht mich an.

»Das wär doch ein Anlass für die Meisterfiedel«, flüstert er mir zu.

Und damit sause ich über den Hof.

Als ich zurückkomme, spielt Horimyo gerade *Myllargutens bruremarsj*. Und Goffa sitzt mit geschlossenen Augen im Rundholzstuhl und stampft den Takt. Es ist ein drolliger Anblick. Aber als Horimyo mich ansieht und lächelt, erfüllt mich das von den Zehenspitzen bis zu den Haarwurzeln mit einer wohligen Wärme. Er bleibt für den Rest des Nachmittags in Goffas Werkstatt. Und erst als Tallak in seinem dunkelgrünen Jagdanzug hereinplatzt, der nach Lagerfeuer und Elchblut stinkt, wird uns klar, wie spät es ist.

»Ach, HIER steckt ihr also«, sagt er.

Er sieht von Goffa zu Horimyo und weiter zu mir.

»Ich versuch schon seit Stundn, dich anzurufn.«

»Sorry«, entgegne ich. »Ich habe mein Handy im Unterricht auf lautlos gestellt.«

Er funkelt mich wütend an. Dann stapft er wieder in Richtung Tür.

»Papa schickt mich. Ich soll dir sagen, dasses Abendessen fertig ist«, murmelt er und knallt sie hinter sich zu.

Horimyo sieht mich verstört an.

»Äh, ja, das war mein Bruder, sorry.«

Meine Ohren werden heiß.

»Er ist Menschen nicht so gewöhnt«, erklärt Goffa.

Er lächelt Horimyo entschuldigend zu.

»Oh nein«, sagt der. »Ich wusste nicht, dass hier oben noch jemand lebt. Dann hätte ich auch ihm etwas mitgebracht.«

Er sieht mich fragend an. Und dann bekomme ich Bauchschmerzen. Nein, für Tallak hätte Horimyo kein Geschenk mitbringen brauchen. Das wäre, wie Perlen vor die Säue zu werfen, im so ziemlich wahrsten Sinne des Wortes.

»Wir wohnen nicht hier«, sage ich schnell. »Unser Hof liegt weiter oben im Wald. Und ein Geschenk brauchst du ihm wirklich nicht zu machen. Er ist ...«

Ich halte inne, bevor es fies wird. Horimyo hat so etwas Besonderes an sich. Seine freundliche Ehrerbietung. Die Geschenke. Die Höflichkeit. All das wirkt wie ein Gruß aus einer anderen Welt. Und Tallaks plötzliche Anwesenheit hat etwas mit ihm gemacht. Mit uns allen dreien. Als wäre etwas Unsichtbares zu Boden gefallen und zerbrochen. Nur kann ich mir nicht vorstellen, dass Horimyo unser Verhältnis zueinander verstehen würde. Da ist so viel, was lost in translation zwischen uns ist. Und ich habe Angst, dass er mich anders sieht, wenn ich etwas Böses sage.

»Machen Sie sich wegen ihm keinen Kopf«, sagt Goffa, als wolle er Tallaks Spur ein Stück weit verwischen. »Sie sind hier jederzeit willkommen. Und ich weiß Ihr Geschenk wirklich zu schätzen.«

Horimyo legt die Hände in den Schoß und verbeugt sich leicht.

»Danke nochmals, dass ich kommen durfte.«

Er erhebt sich vorsichtig von seinem Stuhl.

»Und vielen Dank für den Holzleim. Ich werde ausprobieren, ob er für unser Projekt geeignet ist.«

Er verstaut die Geige im Koffer und nimmt die Jacke von der Stuhllehne. Dann geht er zur Tür. Ich springe auf. Ich will nicht, dass unsere gemeinsame Zeit hier endet, mit dem Geruch von Elchblut und wütendem großen Bruder in der Luft. Horimyo geht aus der Tür und ich renne ihm nach. Draußen hat die Dämmerung eingesetzt. Die blaue Stunde steht kurz bevor. Und vom Gråfjell her weht ein kalter Wind.

»Ich kann dir gern den Weg zur Akademie zurück zeigen«, sage ich schnell.

»Würdest du das?«, fragt er.

»Aber klar doch«, sage ich. »Auch wenn du dich mit Shirin Yoko und solchen Dingen auskennst. Aber sich hier in der Dämmerung zurechtzufinden, kann ein bisschen schwierig werden.«

Ich ziehe mir Mantel und Schuhe an.

»Schaffst du es allein nach oben oder soll ich Vater Bescheid geben?«, rufe ich Goffa zu.

»Ich komm bestens zurecht«, krächzt er zurück.

Und los geht's.

Wir haben fast die ganze Strecke bis zu der krummen Kiefer zurückgelegt, die er umarmt hat, bevor ich wieder ein Wort herausbringe.

»Tut mir leid, dass ich weggerannt bin«, platzt es aus mir heraus.

Horimyo sieht mich irritiert an.

»Als du am Freitag *Felefeber* gespielt hast, meine ich.« Die Worte purzeln förmlich aus mir heraus.

»Es ist nur so, dass ich das Stück seit der Beerdigung meiner Mutter nicht mehr gehört habe. Und da war es einfach ein bisschen viel auf einmal, wenn du verstehst, was ich meine. Es war also nichts Persönliches. Auf dich bezogen jedenfalls. Für mich schon.«

Ich lache und stelle fest, dass es panischer klingt, als es sollte. Horimyo nickt, obwohl er ein wenig verloren aussieht. Shit, das war zu viel. Ich fahre herum und gehe weiter. Ich höre, dass er mir folgt. Als wir das Gestrüpp hinter dem Coop erreichen, spüre ich etwas am Rücken. Ich zucke zusammen. Drehe mich um. Horimyo hat seine Hand auf meine Schulter gelegt.

»Danke, dass du mir das erzählt hast«, sagt er.

Und schon wieder lodert die Hitze in meinem Gesicht auf.

»Bitte, gern«, sage ich, auch wenn es komisch klingt. Es ist mir peinlich und ich senke den Blick. Horimyo jedoch fängt ihn auf.

»Kennst du die Bedeutung des Wortes *kintsugi*?«

Er sieht mich erwartungsvoll an.

Ich schüttele den Kopf.

»*Kintsugi* bedeutet, etwas Bedeutsames mit Gold wieder zusammenzufügen. Die Narben, die du hast, besagen nicht, dass du kaputt bist, Tolreif. Sie sind der Beweis dafür, dass du geheilt bist. Reparieren bedeutet Heilung.«

Ich muss mir auf die Lippe beißen, um nicht schon wieder in Tränen auszubrechen. Horimyo tätschelt mir zaghaft die Schulter, und in dem Moment kommt es mir vor, als würden wir uns schon ewig kennen. Als wisse er, dass das für den Augenblick genügt. Dass wir weitergehen sollten. Die ganze Zeit über spüre ich seine Wärme unmittelbar hinter mir. Mit ihm im Schlepptau könnte ich durch ganz Norwegen laufen. Doch ehe ich michs versehe, sind wir an der Akademie und seinem kleinen Blockhaus angekommen.

Horimyo zieht die Jacke enger um sich.

Der Wind zerwühlt sein ohnehin schon zerzaustes Haar.

»Wir sehen uns morgen«, sagt er mit einem Lächeln.

Und geht hinein.

Daraufhin fühlt es sich an, als würde eine Flutwelle durch meinen Körper walzen. Ein glühend heißer Tsunami, der alles rauszuschwemmen droht, was sich in mir angestaut hat. Eine Sekunde lang möchte ich schreien: Stopp!

Aber ich sage nichts.

Sehe nur zu, wie er im Haus verschwindet und das Licht im Flur anknipst.

Erst da wird mir bewusst, wie dunkel es draußen geworden ist, und ich mache, dass ich schnellstmöglich nach Hause komme.

Goffa, Vater und Tallak sitzen am Küchentisch und warten mit dem Eintopf vor sich. Es riecht nach einer seltsamen Mischung aus alten Socken, nasser Kleidung und Blut. Der Geruch des Herbstes ist im Haus. Beinahe hätte ich ihn vergessen.

»Kommta Ausländer nich?«

Vater sieht mich fragend an.

»Horimyo ist Gastdozent an der Akademie«, sage ich.

»Nein, er isst nicht mit.«

Tallak schaut vom Handy auf.

»Horimyo?«

Er sagt nichts mehr, aber seine Augen haben einen seltsamen Ausdruck.

»Ein wirklich feiner junger Mann«, sagt Goffa.

Er krempelt die Hemdsärmel hoch, sodass seine sehnigen Unterarme sichtbar werden.

»Hat Norwegisch gesprochen, als wäre er hier geboren, ja gut, die Rs haben ihm Probleme bereitet. Aber was haste gesagt, Tøllef, er hat einen Doktortitel in Skandinavistik?«

Ich setze mich meinem Bruder gegenüber.

»Keinen Doktor«, sage ich.

»Bachelor hast du's genannt«, redet Goffa weiter. »Stellt euch vor, da gibt's Menschen auf der andern Seite der Erde, die spielen Hardangerfiedel. Und haben einen Bachelor-Abschluss in Skandinavistik. Hätte ich nicht gedacht.«

Ich greife nach dem Wasserkrug und schenke uns ein. Tallak fängt an, mit der Schöpfkelle Eintopf zu verteilen, den Blick weiterhin auf mich geheftet.

»Noch Fragen?«, will ich wissen.

Und strecke den Arm nach seinem Glas aus.

»Hä?«, sagt er und nimmt meine Schale.

»Starr nicht so«, sage ich und rücke meinen Stuhl näher an den Tisch. Die Beine schrappen kreischend über den unbehandelten Holzboden.

Tallak rollt mit den Augen.

»Du klingst wie'n vierzigjähriger alter Sack«, sagt er.

Papa räuspert sich tief aus dem Bauch heraus.
Da sind mein Bruder und ich still.

Ich weiß nicht, ob Tallak es ahnt. Wir haben nie darüber gesprochen. Zwischen uns liegt so viel in der Luft. Wie Schießpulverstaub. Der wartet bloß darauf, dass jemand ein Streichholz in die Höhe hält, dann entzündet er sich. Boom. Aber noch hat es niemand getan. Derzeit tragen Tallak und ich eine Art stillschweigenden Wettstreit darin aus, wer die größtmögliche passive Aggression erzeugen kann. Momentan bin ich nicht sicher, wer von uns in Führung liegt.

Nach dem Essen gehen Goffa und ich zum alten Hof hinunter.
»Horimyo ist ein prächtiger Kerl, Tøllef.«
Ich nicke.
Mehr reden wir nicht.
Brauchen wir auch nicht.
Prächtiger Kerl hat bereits alles gesagt.

Als wir ankommen, wartet schon jemand vom Pflegedienst auf uns. Es ist Affes Mutter. Beim Gedanken an Samstag zieht sich mein Magen zusammen. Ich habe seitdem keinen Pieps mehr von den Jungs gehört. Noch nicht. Nicht dass Affe oder seine Mutter jemals etwas Gemeines zu mir sagen würden. Aber Stig-Rune. Der hat einiges auf Lager.

»Hallo«, sage ich mit einem verhaltenen Lächeln.

»Ah, da sinnse ja, unsere beiden Tøllefs.«

Affes Mutter lacht, dass ihr Doppelkinn bebt. Jede andere wäre sauer gewesen, warten zu müssen. Affes Mutter nicht. Sie ist immer gut drauf.

»Sorry, dass wir so lange gebraucht haben«, sage ich, während Goffa zur Haustür tappt.

»Ach, macht doch nix. Frische Luft tut gut!«

Damit watschelt sie hinter Goffa ins Haus.

»Grüßen Sie Alf Erik von mir!«, rufe ich ihr hinterher.

Sie dreht sich um und lächelt.

»Mach ich.«

»Bis morgen!«, sage ich zu Goffa.

Er winkt mir aus dem Küchenfenster. Da drehe ich mich um und gehe nach Hause. Wie Tausende winzige Goldkörnchen sind die Sterne über den Himmel verstreut. Als warteten sie dort darauf, dass Horimyo ein Kunstwerk aus ihnen erschafft.

In dieser Nacht schlafe ich keine Sekunde. Mein Körper steht unter elektrischer Spannung. Nicht mal wichsen hilft. Außerdem habe ich keine alten Socken mehr, mit denen ich mich abwischen kann.

Am liebsten würde ich seinen Namen herausschreien.
HORIMYO!
Aber damit würde ich Vater und Tallak wecken. Und nach dem mähdrescherlauten Schnarchen aus den Nachbarzimmern zu urteilen, könnte ich genauso gut den USA und Russland gleichzeitig den Krieg erklären.

Ich wälze mich von einer Seite auf die andere.

Starre auf den Mond, der sich hinter dem mächtigen Baum im Hof versteckt. Durch die dicken Birkenäste sieht er aus, als wäre er gesprungen. Er erinnert mich an Horimyos Kiefernscheibe.

Ich schleiche mich aus dem Bett. Vorsichtig schlüpfe ich in die Klamotten von gestern, durchquere auf Zehenspitzen den Flur und gehe die Treppe runter. Mein Körper weiß, welche Stufen knacken und welche nicht, so wie als Kind. Ohne ein Geräusch erreiche ich das Erdgeschoss. Dort schnappe ich mir Mantel und Schuhe und gehe raus.

Es riecht nach Schnee, der Boden unter meinen Füßen ist hart.

Ich versuche krampfhaft, nicht an die Horrorfilme zu denken, die Stig-Rune immer mit uns gucken wollte, wenn wir bei ihm im Keller abhingen. Und dann laufe ich zum alten Hof. Goffa wird noch ein paar Stunden schlafen, aber es wird ihn sicher nicht stören, wenn ich draußen in der Werkstatt spiele, denke ich.

In der Werkstatt ist es wohlig und warm. Und der Geigenkoffer mit der Meisterfiedel liegt immer noch auf der Werkbank. Vorsichtig nehme ich sie hoch und streiche über die Saiten. Sie ist noch genauso wunderschön wie gestern. Ich muss nur den Bogen spannen, dann kann ich losspielen.

Als der Bogen auf die Saiten trifft, verschwinde ich. Ton für Ton. Die Musik trägt mich mit sich fort. Fort aus meinem Kopf. Aus meinem Körper. Aus Alt-Säckingen. Hin zu etwas, das so viel größer ist als ich. Etwas, das ich nicht recht greifen kann. An einen friedlichen, guten Ort. Ich weiß nicht, wie lange ich dort bin. Ich tauche erst wieder auf, als Goffa auf einmal vor mir steht, mit seiner Mütze mit den Ohrenklappen auf dem Kopf, Pantoffeln an den Füßen und der alten Krag in der guten Hand.

Ich zucke zusammen.

»Du bist das, Jung!« Goffa klingt erleichtert. »Und ich hab einen blutrünstigen Einbrecher erwartet.«

Er stützt die Krag auf die Werkbank.

»Das wäre dann aber das erste Mal in der Geschichte der Menschheit gewesen, dass ein Einbrecher erst mal in aller Ruhe fiedelt«, sage ich.

Goffa lacht laut.

»Da sagst du was. Aber weißt du was, Gjest Bårdsen war auch ein patenter Musiker. Und patent als Verbrecher.«

Jetzt muss ich lachen. Touché, würde Kim sagen.

Goffa heizt den Ofen an, während ich weiterspiele. Er stellt die Kaffeekanne auf die Platte und räumt ein wenig herum. Draußen ist es inzwischen heller geworden, der

Mond ist hinter dem Gråfjell verschwunden. Irgendwo am Horizont hat sich der Tag entschlossen aufzustehen.

»Tja«, sage ich nach einer Weile, »ich denke, ich sollte nach Hause gehen, bevor der Pflegedienst kommt.«

Damit lege ich die Geige von Ururgroßvater zurück in ihren Koffer.

Da schaut Goffa mich plötzlich an.

»Nimm sie mit«, sagt er. »Ist lang her, dass ich sie das letzte Mal so gespielt habe. Und wer weiß schon, ob ich das je wieder kann.«

Er schaut auf seinen Arm. Der wirkt zwar nicht mehr ganz so schief und verkrampft wie bei meiner Ankunft, aber er macht immer noch Probleme. Als hätte er seinen eigenen Willen.

Goffa das sagen zu hören, tut weh.

»Ja, aber ... «

Goffa klingt ernst, als er weiterspricht.

»Doch«, sagt er. »Irgendwann hättest du sie eh bekommen. Eigentlich wollte ich sie dir zum Achtzehnten schenken. Aber dann bist du nicht nach Hause gekommen und jetzt ist es halt so.«

Mein Magen rumort.

»Danke«, flüstere ich.

Und dann werfe ich mich ihm in einer etwas linkischen Umarmung um den Hals.

»Ah was.« Er klopft mir sanft auf den Rücken. »Ist ja wohl das Mindeste, was ein Großvater für seinen Enkel tun kann.«

Der Vormittag scheint so lang wie die letzte Eiszeit. Ich frühstücke, dusche, probiere Pullover eins bis vier an, mache jeweils ein Selfie und schicke es Rada und Kim. Trotzdem schleicht die Zeit dahin. Frustriert werfe ich das Handy aufs Bett. Ich habe zu nichts Lust, außer dazu, runter zur *Hütte* zu laufen und Horimyo die Geige zu zeigen. Dabei hat er sie ja gestern schon gesehen. Aber da gehörte sie noch nicht mir, und das tut sie jetzt. Immer wieder nehme ich sie aus dem Koffer und betrachte sie. Das ist mehr als eine Geige, ein echtes Meisterwerk. So eine wie sie gibt es nur einmal im ganzen Land. Auf der ganzen Welt. Im Universum.

Dann spiele ich.

Noch einmal.

Ich vergesse die Zeit, mich, alles.

Und bevor ich es richtig mitbekomme, ist es plötzlich auch schon Viertel nach eins.

Schnell räume ich die Geigen um, Ururgroßvaters Meisterfiedel kommt in meinen neuen Koffer, den mit den Schulterriemen. Ich werfe ihn mir auf den Rücken und eile ins Dorf zur *Hütte*. Als ich ankomme, herrscht dort völliges Chaos. Bestimmt hundert Leute wuseln durcheinander. Die Luft ist elektrisch aufgeladen. Ich erhasche einen Blick auf Horimyo, der gerade dabei ist, einen riesigen Haken an der hinteren Bühnenwand zu befestigen. Neben ihm stehen drei der Typen mit den Man-Buns. Sie gestikulieren so heftig, dass die Yogahosen um ihre Beine wallen. Doch bevor ich über die Szene nachdenken kann, kommt auch schon Anne auf mich zugestürmt und umarmt mich.

»Da bist du ja!«

»Hallo«, sage ich.

»Ich habe unseren Kurs hinter der Bühne geparkt.«

Bei *unseren* kneift Anne mich leicht in den Arm. Dann

zieht sie mich mit in den Backstagebereich. Dort bin ich ewig nicht gewesen, das letzte Mal, als unsere Dorfformation damals beim Wettbewerb zum Tanz aufgespielt hat. Der Teppich stinkt nach altem Bier. Wenn die Stimmung vorn im Gastraum elektrisch war, fühlt es sich hier an, als wäre ein Atomkraftwerk explodiert. Selbst die Oldies lachen hysterisch und Wilhelmina ist mucksmäuschenstill. Nervös zupft sie an der Spitze ihres Bogens.

»Hi!«, sage ich und gebe mir Mühe, so zu tun, als wäre das hier alltäglich für mich. »Seid ihr bereit für den Soundcheck?«

Eline und die anderen Mädels nicken energisch. Hans Christians Gesicht ist grau, aber auch er sieht aus, als wäre er bereit. Ich atme durch und werfe Anne einen Blick zu.

»Also«, sage ich. »Dann solltet ihr jetzt eure Geigen stimmen.«

»Nicht schon wieder!«, ruft Wilhelmina. »Können wir nicht einfach spielen?! Ich hab diese Stimmerei so was von satt. Wir haben schon den ganzen Vormittag nichts anderes gemacht. Ich will endlich spielen!«

Ihre breiten Augenbrauen beben.

Ich gucke zu Anne. Sie nimmt den Ausbruch mit stoischer Gelassenheit hin.

»Du kannst ja gleich spielen, Wilhelmina«, sagt sie in pädagogisch korrektem Tonfall. »Aber vielleicht wäre es doch gut, vorab zu überprüfen, ob eure Tonlage hundertprozentig zu Torleifs passt?«

Annes Worte scheinen den Weg an den Augenbrauen vorbei in Wilhelminas Kopf zu finden. Ich nehme die Meisterfiedel aus dem Koffer, und es ist, als führe ein Windstoß durch den Raum.

»Oh«, kommt es von Hans Christian. Er tritt näher an mich heran. »Ist das die Fiedel, von der ich denke, dass sie es ist?«

Zum ersten Mal am heutigen Tag habe ich die komplette Aufmerksamkeit der Truppe. Es ist ein überraschend schönes Gefühl. Fast wie damals, als ich Tallaks ferngesteuertes Auto mit in den Kindergarten genommen habe und Stig-Rune und die anderen Jungs es ausprobieren durften. Dass mein Bruder mich verprügelte, als ich nach Hause kam, war mir egal. Endlich war ich derjenige mit dem coolsten Spielzeug.

»Jepp«, sage ich. »Die von meinem Ururgroßvater aus dem Frühjahr 1890.«

Die Klasse drängt sich näher um mich.

»Über diese Fiedel reden die Leute von Ost bis West«, sagt Eline. »Ich dachte, sie wäre Teil der Hardangerfiedelsammlung in Bø?«

Ich zupfe kurz an den Resonanzsaiten. Sie sind perfekt gestimmt.

»Nope«, sage ich. »Das ist eine andere aus demselben Jahr. Aber mit der hier hat er die Norwegische Meisterschaft gewonnen.«

Die Oldies nicken, sie sind sichtlich beeindruckt.

»Lasst uns sehen, ob die Stimmung passt, okay?«, schlage ich vor.

Ausnahmsweise klingt meine Stimme fest, keine Spur des üblichen nervösen Zitterns.

»Wilhelmina, spielst du mal die A-Saite an?«

Sie gehorcht. Yes, denke ich. Hätte ich gewusst, dass es so einfach ist, ich hätte Goffa gebeten, mir die Geige gleich am Sonntag zu geben. Das hätte mir drei anstrengende Tage erspart.

Als ich fertig gestimmt habe, schlage ich vor, dass wir mit *Anton* beginnen. Es ist ein riesiger Unterschied im Vergleich zu gestern. Alle zwölf konzentrieren sich. Sind aufmerksam. Lauschen auf die Musik. Während wir einen schnellen Durchgang durch das Set machen, sind sie voll bei der Sache. Ich bin im Flow. Und das steckt sie an. Als wir zum Soundcheck gerufen werden, ist es, als wandelten wir gemeinsam auf Wolken. Ich setze mich auf einen der Stühle, direkt unter Horimyos Kunstwerk. Genau in diesem Moment scheint die Nachmittagssonne durch die Fenster. Die Sonnenstrahlen spiegeln sich im Gold und erleuchten die Gruppe.

Anne lächelt.

Ich hebe den Bogen.

Setze ihn an.

Nehme Blickkontakt zu Wilhelmina, Eline, Hans Christian und den anderen auf, nicke kurz und dann legen wir los.

Wer noch nie erlebt hat, wie dreizehn Geigen miteinander kommunizieren, hat was verpasst. Aber wirklich. Es gibt kaum etwas, das so Eindruck macht wie dreizehn Hardangerfiedeln. Wenn sie nicht gut klingen, ist es scheußlich. Vielleicht sogar der schrecklichste Krach der Welt. Aber wenn sie gut klingen, wie jetzt, ist es magisch. Es ist beinahe, als sängen die Fiedeln ihre eigenen Lieder. Und mit jedem neuen Stück, das wir spielen, rücken wir noch näher zusammen. Am liebsten würde ich weiterspielen, als Anne ein T in die Luft malt, um uns zu signalisieren, dass der Soundcheck vorbei ist. Ich fange die Blicke der anderen auf, und gemeinsam überreden wir unsere Fiedeln, einen Schlusspunkt zu setzen.

»Das ...«, setzt Hans Christian an.

»… war einfach …«, macht Eline weiter.

»… supernice!«, schließen sie im Chor.

Das bringt mich zum Lachen. Laut. Dieses Adjektiv habe ich nicht kommen sehen. Aber es passt.

»Leute!«, ruft Anne und klatscht Beifall auf ihrem Gips. »Ihr hattet Drive. Rhythmus. Einfach alles. Das lässt auf Großes für unseren Auftritt hoffen.«

Ich kann nicht anders, als übers ganze Gesicht zu strahlen.

Es ist lange her, dass es mir das letzte Mal so gut ging. Ich fühle mich leicht. Froh. Ohne das Gewicht des schwarzen Steins im Magen. Ich fürchte, ein kleiner Teil von mir hat nicht daran geglaubt, dass ich mich jemals wieder so fühlen würde. Er war davon ausgegangen, dass die guten Gefühle weggespült worden seien, damals im Fluss. Und als ich gerade denke, dass ich glücklicher nicht sein könnte, kommt Horimyo auf mich zu. Seine dunkelbraunen Augen glänzen um die Wette mit dem Gold in der Baumscheibe.

»Magisch«, sagt er.

Mein Mund wird trocken. Und mein Magen flattert, als würde ein riesiger Angelhaken an ihm reißen. Verdammt, ich muss schnell etwas sagen, sonst denken sie noch, ich hätte einen Schlaganfall. Wie Goffa.

»Ähhhh, ja«, stottere ich. »Das war nicht schlecht.«

»Hallo? *Nicht schlecht?*« Wilhelmina wirft ihre Haare zurück. »Wir waren fantastisch!«

Und nun lachen wir alle gemeinsam, auch Horimyo und Anne. Ich spüre, dass ich rot werde, aber bei so guter Stimmung wie in diesem Moment ist das halb so schlimm.

»Okay«, meine ich. »Sagen wir, *fantastisch*! Aber lasst es uns lieber nicht beschreien.«

Anne kann meinen Gedanken nachvollziehen und ergänzt: »Übt heute Abend vor dem Schlafengehen noch mal. Denkt an die Übergänge. Der Teufel steckt im Detail.«

Eline und die grauen Mäuse nicken ernst.

»Aber ich fürchte, jetzt müsst ihr los, um den anderen mit dem Essen zu helfen«, sagt Anne und schaut auf die Uhr. »Solltet ihr nicht um Viertel vor drei den Eintopf und das selbst gebraute Bier rübertragen?«

Plötzlich haben es alle zwölf eilig, loszukommen.

Ich helfe den Lehrkräften dabei, Tische und Stühle so beiseite zu räumen, dass eine ordentliche Tanzfläche vor der Bühne entsteht. Horimyo und seine Gruppe sind immer noch mit der Dekoration beschäftigt, aber nach und nach machen sie sich auf den Heimweg. Und gegen vier verschwinden auch die anderen Dozierenden. Auf einmal sind er und ich die Einzigen im ganzen Raum.

Er zieht mich an, ich kann nichts dagegen tun.

Er steht auf einem Tritt und richtet die Baumscheibe mit den Nervenbahnen aus Gold aus.

»Hm«, sage ich und kicke leicht gegen den Bühnenrand. »Ich denke, ich gehe nach Hause.«

Horimyo dreht sich um. Er rüttelt ein letztes Mal an der Baumscheibe. Sie hängt so fest, wie der Gråfjell auf seinem Platz steht. Dann kommt er zu mir runter.

»Ich hab lange nachgedacht über das, was du gestern Abend gesagt hast.«

Mir wird heiß.

»Das mit deiner Mutter.«

Er schaut mir in die Augen, und seine Augen, seine Augen glänzen mehr als der Fjord unterhalb vom Gråfjell. Wetten, dass sie auch tiefer sind?

»Oh«, mache ich.

Es klingt wie ein Seufzer.

»Das war mutig«, sagt er.

Dann kommt er noch näher. Ein Sonnenstrahl fällt auf sein Gesicht. Mein Herz übertönt das Dröhnen der Autos auf der nahen Schnellstraße. Er legt seine Hand auf meine Schulter und drückt sie sanft. Und wieder fühlt es sich an, als schlüge etwas in mich ein. Ein warmer Strom fährt von der Wirbelsäule durch den ganzen Körper. Vielleicht liegt es daran, dass ich den Geigenkoffer mit der Meisterfiedel auf dem Rücken habe, jedenfalls versetzt mir die Berührung einen kleinen Stoß. Ich schwanke nach vorn, und bevor ich nachdenken kann, übernimmt mein Körper. Meine Hand bewegt sich auf Horimyos Gesicht zu. Meine Lippen finden seine. Meine Nase ist vom süßen Kiefernduft erfüllt. Das Blut rauscht mit mindestens hundert Dezibel durch meine Ohren. Und dann begreife ich, was ich da tue:

Ich küsse Horimyo!

Ich KÜSSE ihn!

In der *Berghütte*! In Alt-Säckingen!

Das Geräusch eines Autos, das mit quietschenden Reifen auf den Parkplatz fährt, zerreißt die Stille. Ich drehe mich um. Erst jetzt bemerke ich, dass eine der Notausgangstüren offen steht und man direkt in den Raum schauen kann.

Oh. Verdammte. Scheiße.

Ich sprinte los.

Aus der Tür.

Stoße beinahe mit einem schwarzen BMW zusammen. Ist das Stig-Rune? Ich versuche durch die Frontscheibe zu spähen, aber die reflektiert im Sonnenlicht so stark, dass ich nur Wolken erkenne. Verdammt! Ich kämpfe mich durch das Gebüsch. Laufe. Bis ich der Wald bin und der Wald ich. Da lasse ich mich ins Moos fallen. Mein Herz schlägt heftig. Wie der Bass in einem beschissenen Techno-Song. Ump-ump-ump. Was war das bitte? Habe ich Horimyo wirklich geküsst? Oder habe ich das nur geträumt?

Plötzlich spüre ich, wie die Kante des Geigenkoffers in meinen Rücken drückt, und setze mich auf. Die Ecken sind ein bisschen nass. Mist. Das ist wirklich das Letzte, was ich brauchen kann, dass ich die Meisterfiedel am Tag vor dem Auftritt zerstöre. Rasch öffne ich den Koffer und schaue hinein, die Geige ist heil geblieben. Ich stehe auf, lege den Koffer auf einem Baumstumpf ab und bürste mir die Kiefernnadeln von der Kleidung. Auf einmal höre ich das Rauschen des Flusses. Es wird immer stärker. Ein Teil von mir würde am liebsten zum Felsvorsprung laufen. Anlauf nehmen. Springen. Das Wasser um den Körper spüren. In der Tiefe versinken. Und nie, nie, nie wieder hochkommen. Doch dann drängt sich mir der süße Kiefernduft in die Nase. Horimyos Lippen an meinen. Mir wird heiß, als hätte ich Fieber. *Felefeber*, Fiedelfieber. Ob es mir besser geht, wenn ich das Stück spiele? Vielleicht lässt die Angst dann nach?

Erneut öffne ich den Geigenkoffer.

Nehme die Geige heraus.

Streiche über die Saiten.

Dann beginne ich zu spielen.

Erst fühlt es sich an, als käme das Rauschen des Flusses immer näher, aber dann begreife ich, dass es nichts als der Wind in den Baumkronen ist, und entspanne mich. Ich lasse die Töne der Geige in meinen Kopf. In mein Herz. Und mit jedem Mal, das ich das Stück spiele, wird die Angst weniger.

Plötzlich knackt in einiger Entfernung ein Zweig.
Sofort höre ich auf zu spielen.
Vielleicht der Elch?
Ich stehe auf.
Zitternd.
»Hallo?«, fragt eine vertraute Stimme.
»Horimyo?«
Und dann schaut er auf einmal hinter einer Eiche hervor.
»Tolreif?« Seine dunklen Augen wirken besorgt. »Alles in Ordnung?«
Scheiße. Er ist mir gefolgt, um zu sehen, ob es mir gut geht. Meine Gefühle überfluten mich wie ein gigantischer Wasserfall.
»Sorry! Es tut mir leid!«
Meine Stimme klingt schrill.
»Ich weiß nicht, warum ich weggelaufen bin«, lüge ich.
Dabei weiß ich es eigentlich. Ich laufe weg, weil ich feige bin. Viel zu feige, um mir einzugestehen, was ich fühle. Aber DAS traue ich mich nicht zu sagen. Was ist bloß los mit mir? Was macht er mit mir? Wer bin ich? Als Kim und ich damals geknutscht haben, hat es sich nicht so angefühlt. Nicht mal ein bisschen. Das hier. Das ist eine Oper. Grieg. Oder *Myllargutens bruremarsj*, der Brautmarsch des Müllerjungen. Alles auf einmal.
»Du«, sagt Horimyo ruhig.
Er kommt näher.
Vorsichtig legt er mir seinen Mantel um die Schultern.
»Du bist fantastisch. Und du musst überhaupt nichts erklären.«
Dann umschließt er mein Gesicht mit den Händen. Fest. Schaut mich an.

»Darf ich dich küssen?«, fragt er.
Auf einmal habe ich am ganzen Körper Gänsehaut.
»Ja«, flüstere ich.
Und dann küssen wir uns. Und in diesem Moment weiß ich, dass ich nie wieder derselbe Mensch sein werde wie zuvor.

Der Abend ist wie im Film. Der Sonnenuntergang taucht das Dorf in alle Farben des Regenbogens. Die Fenster der Akademie blitzen in verlockendem Rosa. Horimyos Handfläche ist so weich und wunderbar wie der samtene Stoff, auf dem die Geige im Koffer liegt. Und am liebsten würde ich laut herausschreien, dass es Liebe ist. Aber niemand ist unterwegs. Nicht mal Gunn aus dem Coop.

»Willst du reinkommen?«, fragt Horimyo, als wir vor seiner Tür stehen.

Mein Mund ist trocken. Ich bekomme kein Wort heraus, also küsse ich ihn. Wir stolpern in den dunklen Raum. Horimyo schafft es irgendwie, das Licht einzuschalten. Endlich verstehe ich, weshalb er nach Kiefer duftet. Die Wände des kleinen Blockhauses sind unbehandelt, an einigen Stellen tritt Harz in honiggelben Tropfen aus dem Holz. Die Luft hier drinnen macht geradezu high. Aber ich habe keine Zeit, darüber nachzudenken, denn Horimyo führt mich weiter ins Schlafzimmer. Wir küssen uns. Er schlüpft aus seiner Jacke und hängt sie über den Stuhl neben dem Bett. Schaut mich an. Dann zieht er sich langsam den Pullover über den Kopf, das T-Shirt, schält sich aus seiner dunkelgrünen Hose und den Socken. Bis er in einer schwarzen Boxershorts vor mir steht.

Ich schlucke. Mein Herzschlag ist so laut, dass er vermutlich sogar die Anlage in der *Hütte* übertönen würde.

Horimyo legt sich aufs Bett und schaut mich an.

Ich lasse den Mantel zu Boden fallen, trete vorsichtig die Schuhe von den Füßen und steige zu ihm.

Wieder küssen wir uns.

Ohne hinzuschauen, öffnet er meinen Gürtel. Und bevor ich richtig verstehe, was passiert, liege ich ebenfalls in Boxershorts neben ihm. Ausgerechnet in dieser Sekunde höre ich auf dem Boden etwas hektisch vibrieren. Scheiß drauf, denke ich, das Einzige, was zählt, ist Horimyo. Ihn zu küssen ist wie fallen. Ich verliere den Halt, stolpere, stürze, segle durch die Welt. Wie in einem Stück, das noch niemand komponiert hat, Töne, die einfach so in den Kopf des Geigers schweben und darauf warten, eingefangen zu werden. Leicht, so leicht wie ein Springartänzer auf dem Ljøsblått-Festival. Lieber Gott, falls es dich gibt: Danke, dass du Horimyo erschaffen hast. Danke, dass du ihn nach Norwegen geschickt hast. Danke, danke, DANKE.

Dann klopft es plötzlich an der Tür. Drei leichte Klopfzeichen, die mein Herz stillstehen lassen. Ich springe aus dem Bett.

»Was ist denn?«, fragt Horimyo und schaut zu mir hoch.

»Da hat jemand geklopft«, flüstere ich.

»Ich hab nichts gehört«, sagt er und gähnt. »Komm wieder her ...«

»Psst!«, mache ich.

Und da ist es wieder. Jemand klopft drei Mal, diesmal fester. Mir wird kalt, ich spüre, dass ich eine Gänsehaut bekomme, aber keine gute.

»Chikushō«, sagt Horimyo und steht auf. Er wirft sich ein T-Shirt über und schlüpft in seine grüne Hose, checkt kurz im Spiegel über der Kommode, wie sein Haar aussieht, und streicht es glatt, dann geht er ins Wohnzimmer. In Windeseile sammle ich meine Klamotten zusammen und ziehe mich an, danach verstecke ich mich hinter der Schlafzimmertür.

»Hallo, Marianne«, sagt Horimyo.

Eine helle Stimme.

»Du hast uns doch nicht etwa vergessen?«, fragt eine Frau und lacht.

Sofort sehe ich sie vor mir, die Dozentin mit den Rattenschwänzchen und der Strickjacke. Die, die schon nach der ersten Unterrichtswoche graue Haare hatte.

»Der Kintsugi-Kurs für den Nähclub?«, schiebt sie hinterher.

»Oh, entschuldige«, sagt Hormiyo. »Vom Grund meines Herzens – entschuldige, ich habe es vergessen.«

Sie lacht wieder ihr glucksendes Lachen.

»Ach, das ist doch nicht so schlimm, sollen wir dann los?«

»Zwei Sekunden«, sagt Horimyo. »Ich muss nur schnell ...«

Ich höre, dass er nach den richtigen Worten sucht, sie aber nicht findet.

»Zwei Sekunden«, wiederholt er und schließt die Haustür. Erst da traue ich mich aus meinem Versteck. Er schaut mich fragend an.

»Du hast dich versteckt?«

Mir ist plötzlich ganz komisch. Wie kindisch kann man eigentlich sein?

»Ich wusste nicht, was ich tun soll«, erkläre ich.

Das ist zumindest wahr. Denn was machen wir denn jetzt?

Horimyo lacht, und ich glaube, er hat denselben Gedanken, denn er sagt: »Ich auch nicht. Ich hatte völlig vergessen, dass ich heute diesen Kintsugi-Kurs geben soll. Kannst du mir verzeihen?«

Verzeihen? Einem Mann mit solchen Augen? Das ist meine leichteste Übung. Am liebsten würde ich rufen, dass er mit mir machen kann, was er will. Solange ich ihn küssen und seinen Kiefernduft einatmen darf, ist alles andere egal.

»Klar«, sage ich.

Da zieht er mich an sich, umarmt mich warm und entschlossen.

»Sollen wir uns morgen nach deinem Auftritt wieder hier treffen?«

Mein Herz hüpft wie ein Hallingtänzer auf Speed.

»Ja?«

Statt einer Antwort zieht Horimyo mich wieder an sich und küsst mich. Ein elektrischer Stoß fährt mir in den Bauch, und ich bin froh, dass ich angezogen bin, sonst hätte er gesehen, wie sehr er mich erregt.

»Dann bis morgen«, sagt er, geht ins Wohnzimmer und zieht die Tür hinter sich zu.

Ich beiße mir auf die Lippen.

Sie schmecken noch nach ihm.

Auf einmal spüre ich einen kalten Luftzug im Zimmer. Ich schaue raus. Die Fenster der Akademie sind nicht mehr rosa. Ich ziehe das Handy aus der Hosentasche, um die Uhrzeit zu checken. Drei verpasste Anrufe. Alle von Tallak. Scheiße. Sobald das Auto vom Parkplatz gefahren ist, schlüpfe ich in meine Schuhe und jogge zum alten Hof hoch.

In Goffas Küche zieht Tallak Kreise wie ein Hund, der dringend rausmuss. Als er mich sieht, werden seine Augen schwarz. Unsicher schaue ich von ihm zu Goffa.

»Zum Teufel, Tøllef, was soll das?«, ruft Tallak. »Du hättst vor Stunden zu Hause sein unn Goffa Abendessen machen solln.«

»Sorry«, sage ich und hänge meinen Mantel über einen freien Stuhl. Den Geigenkoffer lege ich auf die Anrichte. »Der Soundcheck hat länger gedauert, als ich dachte.«

»Bullshit! Ich bin auf dem Heimweg am Coop vorbeigefahren und die Türen der *Berghütte* waren verschlossen.«

Keine Ahnung, ob es daran liegt, dass Goffas Küche so gottverdammt heiß ist, oder ob meine unfreiwillige Bergauf-Joggingtour schuld daran ist, jedenfalls läuft mir der Schweiß den Rücken herunter wie ein Bach im Frühjahr. Und mein Kopf kocht wie ein Topf Suppe auf einer Herdplatte.

»Äääh ...«

Da beginnt Goffa in seinem Stressless-Sessel zu kichern.

»Sei nicht so streng mit Tøllef«, sagt er. »Siehst du nicht, dass der Jung verliebt ist?«

Tallaks Mund steht offen, als er von Goffa zu mir blickt. Er blinzelt verwirrt, dann wird er wieder er selbst.

»Ich dachte, du hast inner Stadt 'ne Freundin?«

»Äääh«, mache ich wieder nur. Es wird immer heißer hier drinnen. Unmenschlich. Ich stehe auf, um ein Fenster aufzureißen.

Tallak stöhnt genervt.

»Freundin oder nicht. Goffa Abendessen machen kriegste ja wohl hin, oder? Ich dacht, das wär der Deal?«

Ich senke den Blick.

»Ja«, murmele ich. »Ich geh eben runter und hole ein Fertiggericht.«

Dann sehe ich zu, dass ich aus der Küche und in den Keller komme. Dort ist es angenehm kühl. Ich nehme mir Zeit, Goffas Kohlköpfe neu zu sortieren, während mein Körper abkühlt. Dann schnappe ich mir eine Packung Kabeljau-Eintopf und gehe wieder hoch. Tallak hat aufgehört, wie ein durchgedrehter Köter im Kreis zu laufen. Er hat seine Feuerwehrmannpositur eingenommen und schaut auf mich herunter.

»Du kannst gehen«, sage ich. »Wasser kochen kann ich allein.«

Er verdreht die Augen. Aber zum Glück verschwindet er ohne weiteres Theater.

Ich gieße Wasser in einen Kessel und stelle ihn auf den Herd. Goffa hangelt sich um den Küchentisch herum.

»Du willst nichts?«, fragt er.

Ich schüttle den Kopf.

»Keinen Hunger.«

Er nickt.

»Ich weiß noch, wie es war, als ich Gomma zum ersten Mal zum Tanz abgeholt hab.«

Er lacht.

»Vorher, am Tisch, hab ich nicht mal eine Kartoffel runtergekriegt. Mutter war stinksauer, für sie gab's nichts Schlimmeres, als den Teller nicht leer zu essen. Den ganzen Nachmittag über hat sie geschimpft wie ein Rohrspatz, aber das machte nichts, denn als ich Gomma an der Tankstelle einsammelte, trug die ein hellgelbes Kleid. Ein schöneres hatte ich nie gesehen.«

Goffas Augen glänzen. Doch er lächelt, legt die gute

Hand auf meine rechte Schulter und drückt sie leicht. Plötzlich ist da wieder der schwarze Stein in meinem Bauch. Wie soll ich Goffa nur erklären, dass die Person, die mir den Appetit vertreibt, niemals ein Kleid tragen wird? Höchstens, wenn er auf Drag stünde.

Ich habe von Mama geträumt. Schon wieder. Aber diesmal war sie zu Hause. Im Flur roch es nach ihren Hustenbonbons und nach nasser Lederjacke. Ihre Schuhe im Regal. Die Jacke am Haken. Ihr Lachen füllte das Zimmer mit einer Wärme, die ich fast vergessen hatte.

»Mama!«

Meine Stimme klingt heiser.

Keine Antwort.

Verdammt, ich weiß es doch!

Sie ist seit bald zweieinhalb Jahren tot.

Ich drehe mich zur Wand, kann aber nicht mehr einschlafen. Als gegen halb sieben das graue Morgenlicht seinen Weg ins Zimmer findet, stehe ich auf. In meinem Kopf dreht sich alles. Ich muss mich am Regal festhalten, um nicht umzukippen. Mein Körper schreit, dass er Ruhe braucht, aber das Hirn hört nicht auf ihn. Ich schleppe mich ins Bad und drehe den Duschhahn auf. Wie als kleines Kind setze ich mich in die Wanne und lasse das warme Wasser über mich strömen. Und langsam, aber sicher erwacht mein Körper zum Leben. Meine Lippen kribbeln, als ich an den Kuss denke. Mein Herz schlägt schneller. Ich halte die Luft an und tauche unter. Das Geräusch des Wassers, das in die Wanne plätschert, dröhnt in meinen Ohren, und das beruhigt meinen Puls.

Auf dem Weg aus dem Bad stoße ich beinahe mit Vater zusammen.

»Früh dran?«

»Ich konnte nicht schlafen«, sage ich.

Er nickt.

»Setzte Kaffee auf?«

Ich nicke.

Dann verschwindet er im Bad.

Schnell husche ich zurück in mein Zimmer. Ich greife nach meiner Reisetasche. Bald habe ich nichts Vernünftiges zum Anziehen mehr. Schließlich finde ich ein dunkelgrünes Hemd, das ganz okay zu meiner schwarzen Jeans aussieht.

Es ist komisch, als Erster in der Küche zu sein. Im grauen Morgenlicht wirkt der Raum anders als sonst. Wenn das gelbe Licht der Leuchtstoffröhre fehlt, ist Mamas Abwesenheit irgendwie noch deutlicher. Genau so hat es sich angefühlt, als sie starb. Als wäre das Licht ausgegangen. In Vaters Augen, in Goffas, ja sogar in denen von Tallak. Mama war das Licht. Manchmal kann ich mich gar nicht mehr richtig an sie erinnern. Aber heute, nach dem Traum, fühle ich mich ihr näher.

Ich schütte Wasser in die Kaffeemaschine.

Greife nach einem Filter und dem Kaffee.

Messe das Pulver ab.

»Was machste denn im Dunkeln, Sohn?!«

Vaters Stimme bricht die Stille und die Lampe über dem Küchentisch geht an. Der Moment ist verstrichen.

Vater schaltet die Dunstabzugshaube an. Er kramt seinen Tabak hervor und rollt sich eine Zigarette. Dann feuert er den Ofen an, stellt das Radio auf *NRK Rock*. Er raucht drei Züge, fängt an zu husten. Doch, alles ist, wie es immer schon gewesen ist, denke ich und seufze, nehme die Teller aus dem Schrank, die ich gestern erst aus der Spülmaschine dorthin geräumt habe. Ein Knacken in der Decke über uns, Tallak muss ebenfalls aufgestanden sein.

»Unn heut isses Konzert?«

»Ja, obwohl … na ja, ist ja kein richtiges Konzert«, sage ich. »Nur der Folkemusikk-Pub in der *Berghütte*. Der ist ja ein paar Mal im Jahr.«

Vater nickt.

»Unn du spielst vor?«

Ich nehme drei Becher aus dem Schrank.

»Sozusagen.« Ich überlege, wie ich es erklären soll. »Ich gebe der Gruppe den Takt vor, aber die von der Folkehøyskole haben …«

»Wenn du den Takt vorgibst, spielste ja wohl vor«, brummt Vater. »So wie ich als Supervisor auf der Bohrinsel der Vorarbeiter bin, was?«

Vater hasst es, wenn ich herumdruckse. Deshalb nicke ich einfach, statt noch etwas zu sagen. Ich setze mich. Da kommt er zu mir rüber und wuschelt mir durchs Haar. Das hat er nicht mehr gemacht, seit ich zwölf war und das erste Mal die Juniorenklasse bei der Norwegischen Meisterschaft gewonnen habe.

»Weiß schon, ich sag das nicht so oft zu dir, Tøllef … Gut gemacht.«

Ich schaue hoch. Dabei bekomme ich den Rauch seiner Zigarette ins Auge. Ich blinzle wie verrückt, um etwas zu erkennen, aber ich könnte schwören, dass Vater ein bisschen feuchte Augen hat.

»Was hat er gut gemacht?«, grunzt Tallak.

Er rafft die Jogginghose, lässt sich auf einen Stuhl sinken und legt den Kopf auf den Tisch. Das vermutlich Einzige, was wir gemeinsam haben, ist unsere Morgenmuffelei. Und das nervt Vater unendlich.

»Das mit'm Konzert«, sagt Vater.

»Um Goffa hat er sich dafür nich besonders gut gekümmert«, knurrt Tallak.

Da knallt Vater das Brotmesser auf die Arbeitsplatte.

»'s reicht, Tallak.«

Tallak starrt ihn an. Vater schneidet Brot, als wollte er die komplette norwegische Langlaufmannschaft versorgen. Dann kommt er endlich mit dem Brotkorb an den Tisch und nimmt Tallak streng ins Visier.

»Heute Abend holn wir beide Goffa ab und dann hörn wir uns Tøllefs Konzert an.«

Mein Bruder macht den Mund auf, aber Vater unterbricht ihn: »Keine Diskussion. Ist das klar?«

Aus Tallaks Augen schießen schwarze Blitze über den Tisch zu mir rüber.

Und zum ersten Mal seit Mamas Tod habe ich Lust, Vater zu umarmen.

Aber das wäre dann doch zu viel. Also stehe ich auf, hole den Kaffee und schenke Vater zuerst ein, bevor ich Tallak und mich selbst versorge.

»Danke«, brummt Vater und angelt sich die Krabbensalat-Packung.

Das restliche Frühstück verbringen wir schweigend.

Goffa freut sich riesig, als ich ihm erzähle, dass Vater und Tallak ihn später mit in die *Berghütte* nehmen wollen. Er springt geradezu aus dem Stressless auf und streicht prüfend über seine Wange.

»Ich glaube, ich muss mich rasieren.«

Damit zuckelt er ins Bad.

Doch gleich darauf kommt er zurück.

»Kannst du Sylvi anrufen?«

Seine Augen sind riesig, und kurz befürchte ich, er könnte noch einen Schlaganfall bekommen haben.

»Sylvi?«, frage ich.

»Sylvi vom Frisörsalon«, wiederholt er ungeduldig. »Mit diesem Krähennest auf dem Kopf kann ich doch nicht unter die Leute.«

Er zupft an dem langen grauen Flaum auf seinem Kopf.

»Okay, okay«, sage ich und unterdrücke ein Lachen. »Ich rufe sie sofort an.«

Dann nehme ich das Telefon und suche die Nummer von Sylvis Frisörsalon raus. Goffa tapst zurück ins Bad und dreht den Wasserhahn auf. Ich lache vor mich hin. Vielleicht tue ich meiner Familie ja doch unrecht? Vielleicht sind wir uns ähnlicher, als ich dachte.

»Hallo?«, meldet sich eine Frau.

Und mit einem Mal sitze ich wieder in einem Frisörsessel, mit einem Lenkrad vor mir, weil der Kindersessel wie ein Auto aussah, und einer Schachtel Rosinen in der Hand, während sich Mama und die Frisörin im Hintergrund unterhalten.

»Ääääh, hallo, Sylvi«, sage ich. »Ich möchte einen Termin für Go... äh, für Torleif Nystøyl machen.«

»Oh, das ist aber nett«, sagt sie. »Unn ich dacht schon, er hätt mich vergessen. Kann er um elf?«

Ich lege eine Hand über den Lautsprecher.

»Goffa«, sage ich. »Ist elf okay?«

»Ja«, ruft er zurück. »Aber erst brauch ich noch einen Kaffee!«

Sylvi am anderen Ende lacht.

»Sag deinem Goffa, bei uns gibt's auch Kaffee.«

Goffa besteht darauf, den Land Cruiser zu nehmen. Obwohl ich die alte Karre dreimal hintereinander abwürge, bevor wir endlich vom Hof rumpeln, ist Goffa immer noch genauso gut drauf. Den ganzen Weg bis runter ins Zentrum pfeift er einen Reinlender.

»Nimm es als kostenlose Fahrstunde«, schmunzelt er.

»Wo ist Sylvis Salon denn inzwischen?« Ich gebe mir Mühe, die Kupplung so sanft wie möglich zu treten, als ich in den zweiten Gang runterschalte. Der Land Cruiser schaukelt.

»In der alten Molkerei«, sagt Goffa.

Auf Höhe der Akademie blinke ich rechts. Als wir an den kleinen Blockhäusern der Lehrenden vorbeifahren, stellen sich die Härchen auf meinen Armen auf. Der Gedanke ist absurd, dass ich gestern bei Horimyo war. In seinem Bett. Dass ich ihn geküsst habe. Und dass ich es wieder tun werde. Heute Abend.

»Donnerlittchen, pass auf!«, ruft Goffa.

Und der Land Cruiser hebt beinahe ab, als wir über eine Bremsschwelle rasen.

»Sorry«, sage ich.

Ich zwinge mein Gehirn, sich auf die Straße zu konzentrieren. Dann zwänge ich das Auto auf den Parkplatz, auf dem sich früher in den Pausen immer die Lehrer*innen heimlich zum Rauchen trafen. Goffa kämpft mit dem Sicherheitsgurt.

»Brauchst du Hilfe?«, frage ich.

»Nee, nee«, brummt er und befreit sich mit der guten Hand. »Hol mich in einer halben Stunde ab, ja?«

Er zieht das Portemonnaie aus der Tasche und steckt mir einen Fünfhundert-Kronen-Schein zu.

»Holst du uns bei der Shell was zu Mittag? Und eine Zeitung!«

Dann wirft er die Tür hinter sich zu und geht auf die stillgelegte Molkerei zu. Sylvi hat ein auffälliges Schild über die Tür gehängt, auf dem in verschnörkelter Schreibschrift *Frisör* steht. Ich steige aus. Schließe ab. Das Gras ist noch nass, aber die Sonne scheint. Der Wind jagt die Wolken über den Himmel. Es ist so ein Tag, an dem man unmöglich sagen kann, ob es als Nächstes in Strömen regnen wird oder sich doch die Sonne durchsetzt. Am liebsten würde ich zur Akademie rüberlaufen und Horimyo küssen, aber bestimmt hat er Unterricht. Und Anne erwartet mich nicht vor heute Abend. Also tue ich, worum Goffa mich gebeten hat.

Ich schlendere zur Shell rüber.

Und merke sofort, dass etwas im Busch ist. Stig-Runes BMW steht an einer der Zapfsäulen. Von der Heckscheibe leuchtet mir ein Aufkleber entgegen, auf dem steht: *Norwegen bleibt sauber! Teslas raus!* Ich bleibe in sicherer Entfernung stehen. Was, denke ich, er ist echt mal vor Mittag wach? Und sofort wird der Stein im Bauch wieder größer. Am liebsten würde ich mich umdrehen, zurück zum Auto gehen und dort auf Goffa warten. Aber dann würde er fragen, warum ich nicht bei der Tankstelle war, und er hat doch gesagt, ich soll aus Kleinigkeiten keine riesigen Trolle machen.

Ich seufze.

Dann betrete ich den Shop.

Als ich reinkomme, steht Stig-Rune an der Theke und unterhält sich mit Arne mit dem Glasauge.

»Früh auf?«, frage ich und nehme eine Zeitung aus dem Ständer an der Tür.

Sein stahlgrauer Blick brennt auf meiner Haut.

»Früh oder spät, kommt drauf an, wen du fragst«, sagt er.

Arne feixt und schiebt die weiße Takeaway-Box und ein Sixpack Red Bull in eine Plastiktüte.

»So, so.« Ich nehme noch einen Eiskaffee aus der Kühltheke.

Er bezahlt.

»Hab gehört, du gibst heut Abend 'ne *Show*?«

Er betont das Wort, als hätte ich persönlich eine Stripshow arrangiert.

»Show? Na ja, es ist ein ganz normaler Folkemusikk-Pub.«

Er lacht.

»'n kleiner Vogel hat mir was anderes gezwitschert«, sagt er.

Er verzieht den Mund zu einer Art Kuss und wirft ihn mir zu. Mein Herz bleibt stehen, während sich alle anderen Muskeln aufs Äußerste anspannen. Er hat uns gesehen, verdammt, natürlich hat er das. Stig-Rune hat gesehen, wie ich Horimyo geküsst habe. Das Blut gefriert in meinen Adern. Lauf!, schreit mein Hirn. Lauf! Doch mein Körper ist wie festgefroren.

Stig-Rune grinst nur. Dann schnappt er sich seine Tüte und geht.

»Alles?«, fragt Arne. »Oder noch was?«

»Äh, nein«, stammle ich. »Das ist alles.«

Wie ein Roboter gehe ich zur Kasse, bezahle und sehe zu, dass ich wegkomme. Dann sinke ich mit zitternden Beinen auf die Bank vor dem Gebäude. Mein Herz rast, als wäre ich gerade den Cooper-Test gelaufen. Ich klammere mich an meinen Eiskaffee. Stig-Rune hat uns gesehen. Natürlich hat er das, ist ja kein Wunder, bei meinem Glück. Meinem nicht existenten Glück.

Scheiße.

Scheiße!

SCHEISSE!

Ich nehme einen großen Schluck Kaffee. Nun ist es nur noch eine Frage der Zeit, bis die Bombe hochgeht. Ich sehe Vater vor mir. Vater, der endlich stolz auf mich war. Vater, der tatsächlich zum Folkemusikk-Pub kommen will. Nein, nein, nein. Das darf nicht passieren. Und dann sehe ich Tallak vor mir. Tallak, der erfährt, dass sein kleiner Bruder homo ist. DAS darf AUF KEINEN FALL passieren.

Ich greife nach meinem Handy, suche Kims Nummer raus und rufe ihn an. Es klingelt ewig, aber niemand geht ran. Also mache ich ein Foto von meinen Füßen und schreibe dazu: *Hilfe! Ich bin geoutet worden, und das in Alt-Säckingen!* Ich schicke es Kim.

Nur wenige Sekunden später klingelt mein Handy.

Das muss Kim sein, denke ich und gehe ran, ohne aufs Display zu schauen.

»Hi!«, rufe ich. »Du musst mir helfen!«

»Na, na«, sagt Goffa.

Ich verschlucke mich am Eiskaffee. Muss husten. Dann checke ich die Uhr. Es ist schon 35 Minuten her, dass ich ihn bei Sylvi abgesetzt habe. Verdammt.

»Schon gut«, sage ich. »Vergiss es!«

»Bist du gleich zurück oder wartest du noch aufs Essen?«

Meine Hände, die das Telefon umklammern, werden feucht. Das Essen! Ich sollte doch Mittagessen besorgen. Und jetzt habe ich auch das vergessen. Der Teufel hat seine Hand im Spiel, würde Vater sagen.

»Ich musste warten«, lüge ich. »Aber ich kann rüberkommen und dich im Auto mit zur Tankstelle nehmen.«

»Brauchst du nicht«, sagt Goffa. »Ich frage nur wegen Sylvi. Die muss ins Altenheim, dort ein paar Leutchen die Haare schneiden. Aber sie will nicht los, bevor ich nicht im Auto sitz.«

Ich springe von der Treppe auf.

»Ich komme!«, rufe ich und lege auf.

Ich haste in die Tankstelle und bestelle zwei Burger mit allem. Als ich wieder rauskomme, hat es angefangen zu regnen, und bis ich zurück an der Grundschule bin, sind meine Hosenbeine mit Wasser vollgesogen und die Zeitung ist an den Rändern feucht.

»Sorry, sorry, sorry«, sage ich, als ich die stillgelegte Molkerei erreiche.

Sie warten draußen auf der Treppe auf mich.

Sylvi hält einen riesigen Regenschirm über sich und Goffa.

»Konnt nich riskieren, dass er sich die Frisur gleich wieder versaut. Vor so 'nem großen Abend.« Sie zwinkert mir zu.

Mein Magen verkrampft sich.

»Nein, das geht natürlich nicht!«

Meine Stimme klingt so schrill wie eine verstimmte E-Saite.

Ich halte die Tür des Land Cruisers auf und Sylvi geleitet Goffa wie einen Promi auf einer Hollywood-Party zum Auto.

»Viel Glück später!«, sagt sie und winkt uns zum Abschied.

»Danke«, sage ich leise.

Das werde ich brauchen, denke ich schaudernd.

Als ich einsteige, begutachtet sich Goffa gerade zufrieden in dem kleinen Spiegel der Sonnenblende.

»Gar nicht schlecht, wenn ich das so sagen darf.«

Sylvi hat den Flaum zu einer James-Dean-artigen Welle auf dem Kopf versammelt und das Haar an den Seiten fein säuberlich zurechtgestutzt. Und schon wirkt es, als wäre sein Körper aufgerichteter und sein Gesicht wieder gerader.

»Du siehst aus wie ein richtig eleganter Herr, Goffa«, sage ich leise.

Und dann versuche ich, den Stein in meinem Magen, so gut es geht, zu vergessen. Denn Goffa sah seit der Beerdigung nicht mehr so dermaßen schick aus.

Auf dem Heimweg holen wir die Burger ab. Keine Ahnung, warum ich sie bestellt habe. Jetzt wird mir schon vom Geruch schlecht, und als wir zu Hause ankommen, sind sie kalt. Goffa isst seinen trotzdem mit großem Appetit.

»Immer noch keinen Hunger?«, fragt er, während er sich die letzte schlaffe Pommes in den Mund schiebt.

»Nee«, nuschle ich.

»Nur weil du verliebt bist, oder auch aus Lampenfieber?«

Ich blicke in seine großen grauen Augen und frage mich, ob er mich immer noch so anschauen würde, wenn er es wüsste.

»Ein bisschen von allem«, murmele ich.

»Brauchst du deshalb Hilfe?«

Verblüfft gucke ich ihn an.

»Hilfe?«

»Ja, als ich vorhin angerufen hab, hast du gesagt, du brauchst Hilfe.«

»Ach, das. Nein, ich hatte kurz zuvor versucht, einen Kumpel zu erreichen. Ich dachte, er ruft zurück.«

Goffa wirft mir einen prüfenden Blick zu.

»Aha.«

Er tappt davon und wirft die weiße Burgerschachtel in den Müll.

»Tja, wenn du nicht darüber sprechen willst, lässt es sich vielleicht wegfiedeln?«

Ich muss lächeln.

»Ja«, stimme ich ihm zu. »Das ist gar keine dumme Idee.«

Ich schaue zum Geigenkoffer. Er liegt noch genau dort auf der Küchentheke, wo ich ihn gestern zurückgelassen habe. Ich checke mein Handy. Keine Antwort von Kim. Mist. Also atme ich tief durch und nehme die Geige aus dem Koffer. Ich lege sie an und streiche über die Saiten. Sie sind noch gut gestimmt, nur die G-Saite muss ich nachstimmen. Ich schließe die Augen und beginne zu spielen. Doch kaum habe ich den Rhythmus gefunden, höre ich plötzlich Stig-Runes höhnisches Lachen und sehe, wie er mir die Kusshand zuwirft. Abrupt setze ich ab und reiße die Augen auf.

»Ist was?«, fragt Goffa.

Er setzt sich im Stressless auf.

»Nein, nichts«, sage ich.

Aber immer, wenn ich zu spielen beginne, passiert dasselbe. Sobald ich mich der Musik überlassen will, taucht das höhnische Lachen in meinem Kopf auf. Irgendwie schaffe ich es durch das Set, doch kaum bin ich fertig, versuche ich es wieder bei Kim. Er geht nicht ran. Was ist da los? Seit ich ihn kenne, ist sein Telefon sozusagen an seiner Hand festgeleimt. Mit einem Mal bekomme ich Angst. Was, wenn ihm was passiert ist? Ich rufe Rada an, sie geht zum Glück ran. Normalerweise telefonieren wir kaum. Sie ist irgendwie kein Telefontyp.

»Hi«, sage ich. »Hast du heute schon was von Kim gehört?«

»Nee.« Sie überlegt. »Wollte er nicht mit seiner Ma in dieses Spa?«

Mir entfährt ein Seufzer.

»Ah«, mache ich. »Das hatte ich ganz vergessen.«

»Gibt's was Besonderes?«

Ich höre ihre Finger über die Tastatur ihres Macs fliegen. Sie klingt nicht gerade superinteressiert. Ich beiße mir auf den rechten Daumennagel.

»Nein«, sage ich. »Bis Montag!«

»Mmmh«, macht sie. »Alles Gute für euren Auftritt!«

»Danke«, erwidere ich. »Bis dann.«

»Bis dann.« Rada tippt weiter.

Ich seufze schwer.

Ruf sofort an, wenn du das liest!, schreibe ich Kim.

Der restliche Tag vergeht in einem nervösen Nebel aus Handyscrollen, Geigestimmen und dem Gießen von Goffas Zimmerpflanzen. Irgendwann nimmt er mir die Gießkanne ab.

»Nun ist die Yuccapalme aber bis Weihnachten versorgt, mindestens!«

Zum Glück klingelt in diesem Moment mein Handy.

»Hallo!«, rufe ich.

»Hallo, Torleif«, sagt Anne.

Meine Hoffnung sinkt.

»Hallo.« Ich gebe mir Mühe, nicht zu enttäuscht zu klingen.

»Kannst du jetzt schon rüberkommen und eine neue A-Saite mitbringen? Wilhelminas ist gerissen.« Anne lacht entschuldigend. »Normalerweise würde ich mich darum kümmern, aber mit diesem verdammten Arm bekomme ich ja nichts hin. An jedem anderen Tag hätte ich sie eh gebeten, sich selbst eine neue zu besorgen, aber sie dreht völlig durch wegen dem Auftritt.«

Mein Körper reagiert, bevor mein Kopf alle Informationen aufgenommen hat. Schon stehe ich mit dem Geigenkoffer in einer Hand in der Haustür.

»Klar komme ich«, sage ich zu Anne. »Ich geh sofort los! Tschüss!«

Ich lasse das Handy in die Hemdtasche gleiten, schnappe mir meinen Mantel und drehe mich zu Goffa um.

»Ich geh runter zur *Hütte*, da ist jemandem eine Saite gerissen!«

Als Antwort brummt er irgendwas aus seinem Sessel.

Ich schlüpfe in meine Schuhe und gehe zur Werkstatt rüber. Dort suche ich die passende Saite aus dem Apothekerschrank und verstaue die kleine weiße Papiertüte vorsichtig in meiner Manteltasche. Dann mache ich mich auf den Weg. Kurz vor der krummen Kiefer, die Horimyo umarmt hat, stoße ich wieder auf einen Elch. Es muss derselbe sein wie letztens. Doch diesmal bewegt sich das Tier nur ein paar Meter, bevor es sich umdreht und mir entgegenschaut. Die großen braunen Augen blinzeln. Aus seinen Nüstern steigt Dampf auf.

Ich bleibe stehen.

»Ganz ruhig«, flüstere ich.

Keine Ahnung, ob ich damit den Elch oder mich selbst beruhigen will.

»Ich bin kein Jäger. Du brauchst keine Angst zu haben.«

Da prescht das Tier davon, als hätte ich auf es geschossen.

Vielleicht ist es ohnehin besser so, ich weiß nicht, was ich getan hätte, wäre es stehen geblieben oder, noch schlimmer, auf mich zugegangen. Ich schüttele das seltsame Gefühl ab, gerade mit einem Elch um die Wette geglotzt zu haben. Dann laufe ich weiter zur *Berghütte*.

Anne und Wilhelmina sitzen im Backstage-Bereich, als ich ankomme.

»Da ist er ja«, trillert Anne. »Unser edler Retter!«

Wilhelmina schaut auf. Die Augenbrauen kleben ihr im Gesicht wie nasse Waffeln. Und die Augen darunter sind gerötet. Sie schnieft.

»Äh, hi«, sage ich und gucke an ihr vorbei. »Ich hab gehört, hier braucht jemand eine neue Saite?«

Ich halte die kleine Papiertüte hoch.

Wilhelmina nickt und wischt sich die Tränen weg.

»Vielen Dank, Torleif«, sagt Anne. »Ich dreh schnell eine Runde und schau, wie es den anderen aus der Klasse geht.«

Ich lege den Geigenkoffer und meinen Mantel auf einem Tisch ab, dann greife ich nach Wilhelminas Geige. Es muss eine Hellandfiedel sein. Ich werfe einen Blick in eins der F-Löcher und entdecke den Nachweis. *Olaf G. Helland. Geigenbauer. Notodden 1913.* Der Boden ist aus Vogelaugen-Ahorn gefertigt. Ein schönes Instrument. Ich drehe die kaputte Saite heraus und die neue hinein. Ich drehe und drehe, um den Darm unter Spannung zu setzen. Wilhelminas tränennasser Blick ruht die ganze Zeit über auf mir. Erst jetzt merke ich, wie heiß mir nach dem Weg hierher ist. Mein Körper dampft.

»Bitte schön«, sage ich, als ich fertig bin. »So gut wie neu!«

»Oh, Torleif«, schluchzt sie. Dann wirft sie sich mir an den Hals. Plötzlich bin ich von Haaren und Brüsten und dem viel zu nahen Geruch nach Mädchen umgeben. Feuchte Lippen streifen meine Wange.

»Ui«, mache ich und lehne mich zurück, um ihr zu entkommen.

Doch da kippt der Stuhl. Ich lande auf dem Rücken und fuchtele mit Armen und Beinen.

Wilhelmina lacht nur. Ein Blick aus ihren Katzenaugen, dann verschwindet sie über die Bühne nach vorn.

Ich rappele mich auf.

Meine Beine zittern.

Was war das denn bitte? Hat Wilhelmina echt versucht, mich zu küssen, oder halluziniere ich nun auch noch?! Da kommt Anne in den Raum.

Sie schaut von mir zu dem umgeworfenen Stuhl, sagt aber nichts anderes außer: »Was hältst du von einer letzten Generalprobe?«

Ich versuche zu lächeln, obwohl meine Wangen so heiß sind, dass man ein Steak drauf braten könnte.

»Klar«, sage ich. »Gern.«

Ich öffne meinen Geigenkoffer und nehme die Meisterfiedel heraus.

Als ich in den Gastraum komme, sitzt Wilhelmina am Bühnenrand und lässt die Beine baumeln. Sie flüstert Eline etwas zu, alle Mädchen lachen. Ich beiße mir auf die Wange. Ich meine, echt jetzt. Warum müssen Mädchen eigentlich ständig tuscheln? Das haben sie schon im Kindergarten gemacht, hört das eigentlich irgendwann mal auf? Mein Blick sucht nach Horimyo. Wäre er hier, dann könnte ich zu ihm gehen und ihn küssen. Das würde einen Schlussstrich unter die Tuschelei ziehen. Aber der Kopf mit dem wuscheligen Haar ist nirgendwo zu sehen, und auch von den Typen mit den Man-Buns, die ihm überallhin folgen, als wäre er Jesus, fehlt jede Spur. Verdammt.

»Also«, sagt Anne und schaut mich an.

Ich klimpere über die Saiten.

Die Fiedel klingt so stabil wie immer. Gott sei Dank. Wenigstens sie ist im Lot.

»Sollen wir das Set ein letztes Mal durchgehen, bevor um sieben das Publikum kommt?«, frage ich.

Wilhelmina und die anderen Mädchen nicken eifrig. Ich schaue zu Hans Christian und den anderen beiden Typen. Alles klar, sie sind ebenfalls dabei.

»Okay, dann lasst uns ein letztes Mal stimmen.«

Alle Fiedeln sind auf G gestimmt, bis auf Wilhelminas, die neue Saite ist zu tief. Sie zieht sie nach.

»Nach der wirst du später noch mal schauen müssen«, sage ich.

Sie nickt ernst.

Dann legen wir los.

Der erste Durchgang von *Anton* gleicht einem musikalischen Wettrennen. Alle starten gleichzeitig, doch dann verschwinden sie nach und nach in unterschiedliche Richtungen. Langsam beginnt mir der Schweiß in den Nacken zu tröpfeln.

Ich hebe den Bogen, unser Stoppsignal.

»Ihr müsst mir folgen«, sage ich. Man muss mir anhören, dass ich kurz vor einem Nervenzusammenbruch stehe. »Es klappt nur, wenn ihr mir folgt, okay?«

Nacheinander schaue ich ihnen in die Augen. Die Mädchen sind blass wie verschreckte Gespenster. Und die Männer machen ernste Mienen.

»Wir versuchen es gleich noch mal, ganz von vorn!«

»Warte!«, ruft Wilhelmina. »Ich muss die Saite nachstimmen.«

Also warten wir. Als sie fertig ist, versuchen wir es noch einmal, und diesmal klappt es schon besser. Immer noch nicht ganz synchron, aber wir kommen der Sache näher.

»Eins geschafft«, sage ich. »Vierzehn to go!«

Mit jedem Stück wachsen wir etwas mehr zusammen. Als wir als Letztes den Walzer spielen, den Goffa Gomma zu Ehren geschrieben hat, fetzen wir richtig. Einen Moment lang vergesse ich sogar die Sache mit Stig-Rune und dem Kuss, genauso wie Wilhelminas zuckersüße Attacke. Gleich darf das Publikum in den Saal. Und einer der Ersten ist Horimyo. Seine dunklen Augen fangen mich, mit einem Mal bin ich sogleich unendlich happy und habe Todesangst.

»Hals- und Beinbruch«, sagt Anne und drückt meinen Oberarm.

Bevor ich etwas erwidern kann, ist sie auch schon weg, von der Bühne gehüpft, um die anderen Dozierenden zu begrüßen. Dann sammelt sie Horimyo ein und sie setzen sich an einen Tisch direkt vor der Bühne.

Plötzlich entdecke ich Vater, Tallak und Goffa, die zur Tür hereinkommen. Goffa winkt mir mit der guten Hand zu. Vater nickt kurz, während Tallak Richtung Bar schlurft, das Handy vor der Nase. Mein Herz rast. Ich beiße mir auf die Zungenspitze und schaue zu der Kintsugi-Sonne hoch, die hinter uns über der Bühne hängt. Sie ist das Gottähnlichste im Raum. Lieber Gott, denke ich. Falls es dich gibt und du dich auch nur ein kleines bisschen um mich scherst, kannst du mir dann einen einzigen Gefallen tun?! Bitte sorg dafür, dass Stig-Rune heute Abend nicht kommt! Ich frage dich nicht oft nach etwas, aber das ist wirklich wichtig. Lass ihn zu Hause bleiben. Bitte!

Die Leute drängen in den Raum.

Plötzlich stupst mich einer der Oldies leicht an die Schulter.

Er nickt zur Uhr hoch.

Sie zeigt eine Minute nach sieben.

»Okay«, sage ich. »Lasst uns ein allerletztes Mal stimmen, dann geht's los.«

Und als wüssten die Fiedeln, dass es nun gilt, klingen sie glockenklar. Selbst Wilhelminas Hellandfiedel hält die neue Saite endlich in Schach.

Eine der Kellnerinnen kommt zu uns auf die Bühne. Sie hat ein Mikro in der Hand.

»Wir vonner *Berghütte* freun uns sehr, euch das erste Folkemusikk-Pub der neuen Hardangerfiedel-Studenten zu präsentieren!«

Der Applaus, der uns entgegenschlägt, ist überwältigend.

Dann hält die Frau das Mikro zu, während sie uns halb flüsternd, halb rufend fragt: »Habt ihr eigentlich 'n Namen?«

»Ja«, schreit Wilhelmina. »*Torleif's Angels*!«

Und bevor ich protestieren kann, sagt die Frau ins Mikro: »Dann begrüßt mit mir *Torleif's Angels*!«

Gut, dass das Bühnenlicht rot ist, so sieht zum Glück niemand, dass meine Wangen brennen. Ich lege die Fiedel an, hebe den Bogen, während ich Blickkontakt zu den anderen zwölf aufnehme. Und dann legen wir los.

Ich bekomme mit, dass Anne Horimyo zum Tanz auffordert und einige weitere Dozent*innen ihrem Beispiel folgen. Auch ein paar Tänzer*innen aus dem Dorf, die ich noch aus der Formation kenne, treten vor. Dann sehe ich, wie eine junge Frau Tallak auffordert. Im ersten Moment erstarrt er. Aber dann stupst Goffa ihn an und Tallak folgt ihr auf die Tanzfläche.

Etwas, worum ich meinen Bruder immer schon beneidet habe, ist seine Koordination. Er schwebt nahezu über die Tanzfläche. Bei ihm wirken die Schritte völlig mühelos. Die Frau in seinen Armen ist weich wie Butter. Und als Geiger ist es ein Traum, ihm zu folgen. Ein Stich in der Brust. Mein Bruder tanzt einfach, mit wem er tanzen will. Er hat sich nie verstellen müssen.

Ich werfe einen Blick auf Anne und Horimyo. Sie wirbeln so schnell umher, dass mir allein vom Zuschauen schwindelig wird. Was würde ich dafür geben, mich zu trauen, ihn aufzufordern? Ich reiße mich von ihrem Anblick los. Konzentriere mich auf die Gruppe und die Musik, versuche, nicht daran zu denken, dass Horimyo sicher noch weitere Frauen auffordern wird. Ich beiße mir auf die Wange, der Schmerz hilft, mich abzulenken. Und ich schaue woandershin, zu Tallak und der Frau, mit der er tanzt. Besser, ich konzentriere mich auf sie, während wir in ein ruhigeres Stück, einen Gangar, wechseln.

Und dann liegt die Hälfte des ersten Sets auch schon hinter uns. Wir machen eine kurze Stimmpause, damit Wilhelmina die neue Saite überprüfen kann. Doch gerade, als wir wieder einsetzen wollen, ertönt ein Pfiff von der Eingangstür.

»Tøllef! Tøllef! Tøllef!«, johlt Stig-Rune.

Hinter ihm betreten Magnus und Affe das Lokal. Augenblicklich ist mir so kalt, als hätte ich einen ganzen Liter Eiskaffee auf einmal heruntergestürzt.

Alles klar, lieber Gott, denke ich. Vielen Dank für gar nichts.

Dann hole ich tief Luft.

»*Fossegrimen*«, flüstere ich den anderen zu.

Sie nicken und schon spielen wir wieder.

Diesmal bin ich es, der aus dem Takt gerät. Während die restliche Truppe in gleichmäßigem Trab voranläuft, holpere ich hinterher. Aber das ist das Gute an einer Formation. Wenn einer stolpert, fängt ihn die restliche Gruppe auf, die Geigen finden einander und zusammen gewinnen sie an Kraft. Als das erste Set geschafft ist, verschwinde ich gleich hinter der Bühne. Ich klatsche mir kaltes Wasser ins Gesicht.

»Scheiße, Scheiße! SCHEISSE!«

»Was ist denn?«, fragt plötzlich eine Stimme hinter mir.

Ich schrecke zusammen, schnappe mir ein sauberes Handtuch vom Stapel neben dem Waschbecken und wische mir übers Gesicht, bevor ich mich umdrehe.

Es ist Wilhelmina.

»Äh«, mache ich. »Nichts.«

Ich versuche, an ihr vorbeizukommen, aber sie hält mich am Hemd fest.

»Liegt es an mir?«, fragt sie. »Haben wir meinetwegen schlecht gespielt? Bist du deshalb sauer?«

Verdammt, denke ich, wie bin ich nur in diesem Chaos gelandet? Note to myself, wenn einem Mädchen eine Saite reißt, bring ihr nie! NIE eine neue. Denn dabei geht es nicht um die Saite oder etwas anderes Unverfängliches. Sie hat immer irgendeinen Hintergedanken. Dann fällt mir ein, was Mama getan hat, wenn Papa und sie gestritten hatten.

Ich lege meine Hände auf Wilhelminas Schultern, drücke sie leicht und sage: »Nein, es hat nichts mit dir zu tun, Wilhelmina.«

Dann gehe ich an ihr vorbei, lasse auf dem Weg das Handtuch auf den Beistelltisch fallen.

Auf der Bühne liegen nur noch die Geigenkoffer. Alle Musiker*innen haben sich unter das Publikum gemischt. Ich setze mich auf meinen Stuhl, nehme die Meisterfiedel und streiche rasch über die Saiten. Sie klingt genauso schön wie immer, und das ist gut so, denn ich stehe völlig neben mir. Stig-Rune und seine Jungs sitzen am selben Tisch wie beim letzten Mal. Sie sind schon gut dabei. Stig-Rune prostet mir mit seinem Bier zu und ext es dann. Mein Hals ist knochentrocken. Ich schlucke und schlucke. Aber er fühlt sich immer noch rau an wie Sandpapier. Erst als Stig-Rune aufsteht, um aufs Klo zu gehen, traue ich mich, an den Bühnenrand zu treten und die Barfrau um ein Glas Wasser zu bitten.

Da kommt Tallak auf mich zu.

»Nich schlecht, nich schlecht«, sagt er.

Die junge Frau, mit der er getanzt hat, sitzt bei Goffa

und Vater und unterhält sich mit ihnen. Ich klammere mich an meine Geige und setze mich auf die Bühnenkante. Und als ich ihn anschaue, lächelt Tallak.

Wilhelmina steht hinter ihm und guckt aufmerksam zu.

»Gut gemacht, Alter«, sagt er und knufft mich gegen die Schulter.

Einen Moment lang würde ich ihn am liebsten umarmen, doch da bemerke ich plötzlich, wer sich, vom Klo kommend, seinen Weg zu uns bahnt. Stig-Rune. Seine Augen sind dunkler als der Gråfjell bei Unwetter.

»'nen Drink für unsern Meisterfiedler!«, ruft er und wedelt mit seiner EC-Karte.

Die Barfrau wirft ihm einen zweifelnden Blick zu, kommt dann aber doch rüber.

»Was'n?«, fragt sie.

»Was mit Schirmchen«, sagt Stig-Rune. Seine stahlgrauen Augen funkeln gefährlich. »Was'n der *scbwulste* Drink, den ihr habt?«

Mein Herz stoppt.

»Was haste gesagt?« Die Barfrau lehnt sich über die Theke. »Der schwülste Drink? Was soll'n das sein?«

»Nein«, sagt Stig-Rune kalt. »Der *schwulste*, wie in *homo*!«

In diesem Moment scheint es ganz still in der *Hütte* zu werden. Alles ist in SloMo. Die Scheinwerfer. Goffas und Vaters Köpfe, die sich zu uns drehen. Tallaks Augen, deren Farbe von grün nach schwarz wechselt.

»Was haste gesagt?«, faucht er.

»Homo.« Stig-Rune grinst. »Dein kleiner Bruder is'n Homo. Sag bloß, das wussteste nicht?«

Tallak mustert mich. Eine Sekunde lang glaube ich den

Schatten des Elchs in seinem Blick zu sehen. Unsicher. Voller Angst. Und dann verlasse ich meinen Körper.

Als schwebte ich über allem, sähe mich selbst die Geige beiseitelegen, von der Bühne springen und sagen: »Scheiße noch mal. Ich bin kein Homo.«

Gefahr! Gefahr!, blinkt es in meinem Kopf. Genau in diesem Moment fängt Wilhelmina meinen Blick. Und ohne nachzudenken, strecke ich die Arme nach ihr aus.

»Tallak, das ist Wilhelmina, eine meiner Schülerinnen.«

Ich setze mein falschestes Grinsen auf. Und dann küsse ich sie auf die Wange und klapse ihr auf den Po.

Aber Stig-Rune lässt sich davon nicht aufhalten.

»Ach ja? Gestern haste aber mit dem da rumgemacht!«

Erst jetzt entdecke ich, dass Horimyo hinter uns steht. Sofort lande ich wieder in meinem Körper. Denn es tut weh. Es tut so unglaublich weh, seinem Blick zu begegnen. Und ich zweifle keine Sekunde daran, dass er alles gehört hat. Alles. Aber er geht einfach nur schweigend zur Bar und bestellt sich ein Ginger Beer.

»Hab's selbst gesehn!«, ruft Stig-Rune.

Da nimmt Tallak Anlauf. Und dann schlägt er zu. Zwei Mal. Blut schießt aus Stig-Runes Nase. Trotzdem steht er auf. Beinahe glaube ich, er lacht, als er sich nach vorn stürzt. Nun passiert es, denke ich und kneife die Augen zu. Versuche, mich innerlich gegen den Schlag zu wappnen, der kommen muss. Das Blut, das in meinen Mund strömen wird. Doch das Geräusch, das stattdessen ertönt, ist so herzzerreißend, dass ich gar nicht anders kann, als die Augen aufzureißen, um herauszufinden, was passiert ist. Zuerst verstehe ich gar nichts, es sieht aus, als hielte Stig-Rune einen Pfannenwender in der Hand. Dann erkenne ich den

Drachenkopf. Er hält den Hals der Geige in der Hand. Den Hals der Meisterfiedel. Auf dem Griffbrett kräuseln sich die Saiten wie im Todeskampf erstarrt. Ihr Körper liegt auf den Bühnenplanken. Der Stimmstock ist durch die Geigendecke gebrochen. Da sehe ich rot. Ich stürze mich auf Stig-Rune. In Gedanken rufe ich: Du verfluchter Teufel! Doch aus meinem Mund kommt kein Wort, nur ein langer, tiefer Schrei. Ich schaffe es nicht mal, diesen Mistkerl zu berühren, da hat Tallak mich schon an den Schultern gefasst. Er zieht mich mit sich weg.

»Der isses nich wert, Tøllef«, knurrt er. »Der isses verdammt noch mal nich wert!«

Und bevor ich mich losreißen und erneut auf Stig-Rune losgehen kann, sind schon zwei große Typen in engen T-Shirts da und schleifen ihn aus der Kneipe. Die Jungs folgen ihm. Nur Magnus dreht sich in der Tür noch mal um. Einen winzigen Moment lang scheint es, als wollte er etwas sagen, aber dann geht er doch einfach hinter den anderen her.

»Torleif!«

Annes Stimme ist weit weg und doch nah.

Und genau wie heute Vormittag an der Tankstelle ruft jede einzelne Faser meines Körpers: LAUF! Doch ich stehe wie angewurzelt da. Ich versuche, Anne zu antworten, aber die Wörter bleiben mir im Hals stecken. Ich sehe alles ganz klar. Fast zu klar. Goffas traurigen Blick, Vaters Rücken, als er das Lokal verlässt. Wo ist Horimyo? Ich drehe mich um. Meine Knie zittern wie die einer billigen Elvis-Kopie. Alle Blicke sind auf mich gerichtet. Aber keines dieser Augenpaare ist so braun, dass es beinahe schwarz wirkt. Da beginne ich zu schluchzen. Laut.

Goffa kommt zu mir und legt mir den guten Arm um die Schultern.

»Alles wird gut, mein Jung«, sagt er. »Es wird schon. Ich habe schon schlimmer zugerichtete Fiedeln gesehen.«

Von einer Sekunde auf die andere sind alle furchtbar geschäftig. Die Kellnerin kommt mit einem Eimer und einem Wischmopp, um Stig-Runes Blut wegzuwischen. Anne bittet Wilhelmina, meinen Geigenkoffer zu holen, während sie selbst mit den anderen aus der Klasse die Reste der Meisterfiedel einsammelt.

»Ich glaube, ich brauche frische Luft«, murmele ich Goffa leise zu.

»Bist auch ein bisschen blass um die Nase«, sagt er und klopft mir auf den Rücken.

In die regenschwere Oktobernacht zu treten, fühlt sich erstaunlich gut an. Vor der *Hütte* herrscht Stille. Offenbar haben sich Stig-Rune und seine Jungs in ihren Keller verzogen. Und um Tallak kümmert sich sicher seine Tanzpartnerin. Nur Vater ist draußen, aber der sitzt im Nissan und raucht. Ich habe gerade keine Kraft, zu überlegen, was ich ihm erzählen soll. Ich muss Horimyo finden! Beim Gedanken an ihn überspringt mein Herz einen Schlag, und ich merke selbst kaum, dass meine Beine wie von allein loslaufen. Die letzten Meter bis zu seinem Blockhaus renne ich.

Dann klopfe ich fest an die Tür.

Ein Mal.

Zwei Mal.

»Horimyo!«, rufe ich.

»HORIMYO!«

Doch er macht nicht auf. Da spüre ich den schwarzen Stein im Bauch. Seit dem letzten Mal ist er schwerer geworden. Und größer. Dann höre ich das Rauschen des Flusses. Als hätte letztendlich alles Wasser der Umgebung den Weg zum Helvetesfossen gefunden und würde nun das komplette Dorf mitreißen.

Da laufe ich weiter.

An der Akademie vorbei.

An der *Berghütte* vorbei und hinter dem Coop in den Wald. Bald erreiche ich den Fluss. Mein Herz schlägt wild. Der Kreis schließt sich, denke ich. Und der Wasserfall lockt mich mit seinem unbändigen Brüllen. Nimm mich, denke ich. Verschling mich. Vernichte mich. Tu, was immer es braucht, damit dieses Gefühl verschwindet.

Da knackt plötzlich ein Zweig hinter mir. Erschrocken drehe ich mich um. Es ist der Elch. Er steht am Waldrand und blickt Richtung Wasserfall. Atemwölkchen steigen von seinem Maul auf. Dann schaut er mich aus seinen großen, klugen Augen an. Als würde er fragen: Was zum Teufel hast du vor?

»Ich weiß es nicht«, sage ich.

Und der Elch verschwindet dahin, wo er hergekommen ist.

Ich hole Luft.

Drehe mich um und blicke zum Wasserfall.

Der Fels ist immer noch da, aber er hat seine Anziehungskraft verloren. Ich ziehe mein Handy aus der Tasche, Anne hat zweimal angerufen, doch ich antworte ihr nicht, öffne Instagram. Wenn Horimyo nicht mit mir reden will, kann ich ihm zumindest eine Nachricht schicken. *Entschuldige*, schreibe ich. *Können wir reden?*

Dann wird das Display schwarz.
Ich schüttele mich und gehe zurück zur *Hütte*.

Mama hat mir mal erzählt, dass jüdische Menschen glauben, dass man zweimal stirbt. Das erste Mal, wenn das Herz stehen bleibt, und dann erneut, wenn die Leute deinen Namen vergessen. Ich glaube, das Leben besteht aus vielen kleinen Toden. Manche ein bisschen schlimmer als andere, bis man am Ende kein Leben mehr in sich trägt, und dann stirbt auch der Körper. Ein Teil von mir starb mit Mama. Und ein weiterer ist heute Abend gestorben, als Ururgroßvaters Fiedel zersplittert auf der Bühne lag. So fühlt es sich jedenfalls an. Ein leerer, dumpfer Schmerz, der mich nie wieder verlassen wird.

Am Coop sitzt Magnus. Abrupt bleibe ich stehen, aber er hat mich schon entdeckt. Schnell steht er von der Treppe auf.
»Sorry«, murmelt er. »Hab nicht gewusst ... Also, Affe und ich, keiner von uns ...«
Ich erstarre. Dabei weiß ich, dass ich etwas sagen sollte, doch ich schaffe es nicht, die Wörter im Kopf zu formen. Anne kommt auf uns zugelaufen.
»Oh, ein Glück, da bist du ja!«, ruft sie und umarmt mich.
Ich drehe mich zu Magnus um, doch er ist schon verschwunden. Anne und ich gehen über den Parkplatz auf die *Hütte* zu. Vater und Goffa stehen davor und schlottern vor Kälte. Vaters Handy verleiht ihren Gesichtern einen unheimlichen blauen Schein.
»Hallo«, sage ich.
»Seit 'ner halben Stunde versuchen wir, dich zu erreichen!« Vaters Stimme steht kurz vor der Explosion.

»Ich musste mal raus«, erwidere ich leise. »Den Kopf sortieren.«

Goffa wirkt besorgt.

»Ja, ja.« Vater spuckt aus. »Kannst zu Hause weitersortiern.«

Erschrocken blicke ich zu Anne.

»Spielen wir das zweite Set nicht mehr?«, frage ich.

»Dein Abgang hat für Aufbruchsstimmung gesorgt«, sagt sie. »Also habe ich die Truppe nach Hause geschickt.«

Ein paar Schüler*innen drängen aus der Doppeltür der *Hütte*, mit ihnen weht irgendein irischer Folksong in die Nacht, bevor die Tür wieder zuschlägt. Scheint ganz so, als wäre die Party noch nicht vorbei, aber in meinem Kopf ist sie es.

»Okay«, sage ich und schaue Vater an. »Dann lass uns zusehen, dass wir nach Hause kommen.«

Anne lächelt zögernd und umarmt mich erneut.

»Können wir noch mal sprechen, bevor du abreist, Torleif?«

»Klar«, sage ich.

Doch als ich auf den Rücksitz des roten Nissans sinke, weiß ich tief in mir, dass das nicht passieren wird.

Vater ist schweigsam. Goffa dagegen ist in Anbetracht der Umstände lächerlich gut drauf.

»Erinnerst du dich noch an Røstad? Von dem habe ich dir mal erzählt.«

Er dreht sich im Sitz um, um mich anschauen zu können.

Ja, würde ich am liebsten rufen, klar erinnere ich mich an Gunnar M. A. Røstad, Goffas liebster Geigenbauer, aber wie soll der uns bitte helfen? Der Typ ist seit annähernd achtzig Jahren tot! Aber ich traue mich nicht, das zu sagen, denn Vaters Augenbrauen ziehen sich zusammen wie zwei Gewitterwolken über dem Gråfjell, also nicke ich lieber nur.

»Er hatte eine wunderbare Fiedel für den großen Lorentz Hop angefertigt. Aber dieser Hop war ein fürchterlicher Draufgänger. Seine Glanznummer war es, die Fiedel über den Kopf zu halten, fast auf dem Rücken. Und einmal stolperte er dabei und fiel auf die Fiedel. Røstad fluchte, dass es nur so krachte, schimpfte, Hop verdiene überhaupt keine Fiedel – und dann, am nächsten Tag, setzte er sich mit dem Leimtopf in die Werkstatt und reparierte sie. Er machte einen neuen Deckel und ein neues Griffbrett, und als er fertig war, war die Fiedel wieder ein wahrer Augenschmaus.«

Goffa lächelt uns zu.

»Das ist schön«, sage ich.

Meine Stimme ist so kraftlos wie ein Akkordeon mit löchrigem Blasebalg.

Vater lenkt das Auto in die Zufahrt. Draußen ist es finster wie tief unten in einem Sack. Nach dem langen Anstieg kommt er auf dem alten Hof vor der Scheune zum Stehen.

Goffa müht sich mit dem Gurt ab.

»Brauchste Hilfe?«, brummt Vater plötzlich. »Oder kommste klar, bis die vom Pflegedienst da sind?«

»Ich schaff das schon«, sagt Goffa und klettert aus dem Auto.

Seine James-Dean-Locke schwingt ihm ins Gesicht, als er sich umdreht. Vater und ich bleiben im Auto sitzen und schauen ihm nach, wie er auf unsicheren Beinen auf das Holzhaus zuschwankt. In der guten Hand trägt er den Geigenkoffer mit der malträtierten Fiedel, er schiebt die Tür mit dem Ellbogen auf. Erst da legt Vater den Rückwärtsgang ein und fährt langsam vom Hof.

»Warste unten am Fluss?«

Ich zucke zusammen. Er wirft mir einen prüfenden Blick zu, bevor er das Auto den letzten steilen Anstieg hochquält. Und genau wie bei Tallak vorhin meine ich einen Schatten des Elchs in seinem Blick zu sehen. Unsicher. Ängstlich.

»Als du vorhin im Wald warst, mein ich.«

»Nein«, lüge ich.

»Tallak hat erzählt, dass du letzten Freitag dort warst.«

Tallak, du Verräter, denke ich. Vater konzentriert sich auf den kurvigen Weg. Plötzlich tut er mir leid. Schließlich war er es, der mich damals gefunden hat. Ich selbst habe keine Erinnerung daran, aber Anne hat es mir erzählt. Dass er sie angerufen hat, völlig aufgelöst. Dass er mich über den Rücken geworfen hat wie einen Kartoffelsack, mich dann ins Auto geschleppt und mit mir ins Krankenhaus gefahren ist. Leichte Unterkühlung, stand in dem Arztbrief, der später per Post kam. Hätte ich ein paar Stunden länger auf dem Felsen gelegen, ich hätte sterben können.

»Hätt dich nicht bitten dürfen, nach Hause zu kommn.«

Seine Stimme ist jetzt düster. Ein kleiner Schluchzer entfährt ihm, dann reißt er sich zusammen und fährt die letzten Meter auf den Hof.

»Vater«, sage ich.

Er reagiert nicht. Stellt stattdessen den Motor ab und zieht die Handbremse an. Dann greift er nach dem Tabak, den er unter der Sonnenblende festgeklemmt hat.

»Nee«, sagt er und rollt sich mit energischen Handbewegungen eine Zigarette. »Nix von alldem wär passiert, wärste anner Schule geblieben!«

Kaum ist die Zigarette fertig, zündet er sie auch schon an.

»Das ist mein Fehler, Torleif.«

Er öffnet die Fahrertür und pustet den Rauch hinaus. Frost hat sich auf den Boden gelegt. Der Mond hängt klar wie eine unbenutzte Zielscheibe über uns.

»Geh schon rein«, sagt er leise. »Ich muss meinen Kopf noch 'n bisschen klarkriegen.«

Das Haus fühlt sich leerer an als jemals zuvor. Tallak scheint wirklich mit seiner Tanzpartnerin nach Hause gegangen zu sein, denn als ich reinkomme, ist es völlig still. Ich schüttele die Schuhe von den Füßen. Habe keine Energie, den Mantel aufzuhängen, lasse ihn zu Boden gleiten, dann gehe ich die Treppe hoch in den ersten Stock. In meinem Zimmer hänge ich als Erstes das Handy ans Ladegerät. Ich öffne Insta, um zu checken, ob Horimyo geantwortet hat. Hat er nicht. Ich versuche es noch mal bei Kim. Nichts.

Ich will mich gerade aufs Bett legen, als mir auffällt, dass irgendeine weiße Schmiere an einem meiner Hosenbeine klebt. Na toll, denke ich, das fehlt mir echt noch, dass meine einzige saubere Hose den ganzen Weg zurück ins Internat nach Bier stinkt. Ich knibble an dem Fleck. Es ist kein Bier. Es ist Harz.

Von einem Augenblick auf den anderen fühlt es sich an, als stünde Mama vor mir, in ihrem gestreiften T-Shirt und in Jeans. Es war an dem Tag, als der Regen uns überrascht hatte. In unserem letzten gemeinsamen Sommer. Als wir aufbrachen, brannte die Sonne auf uns herab, doch wir waren noch nicht halb ums Dorfzentrum rum, als sich der Himmel öffnete. Wir suchten unter einer Kiefer am Wegesrand Schutz. Regentropfen, so groß wie Schrotkugeln, schlugen auf den Rollsplit. Mama guckte mich an, und ich dachte: Wann ist sie so alt geworden?

»Hast du schon mal Kaugummi aus Harz gemacht?«, fragte sie und knibbelte ein Stückchen vom Baum ab.

Ich wusste damals schon, dass sie nicht mehr lange bei uns sein würde.

»Gomma hat mir beigebracht, das perfekte Harz dafür zu finden. Als wir im Wald unterwegs waren, weil Goffa Schwarzerle für die Geigen brauchte, hat sie es mir gezeigt. Es darf nicht zu frisch sein, dann ist es nämlich zu klebrig, und wenn es zu hart ist, machst du dir die Zähne kaputt. Es muss so sein wie das hier. Genau richtig.«

Vergnügt kaute Mama auf der hellgelben Kugel herum. Der Regen floss in kleinen Bächen seitlich am Weg entlang. Meine Hose war völlig durchnässt, das T-Shirt ebenfalls. Mit den Fingerspitzen befühlte ich das Harz, das zäh aus dem Stamm drang. Seine Oberfläche war hart, aber im Inneren war es weich. Ich brach ein Stück ab und schob es mir in den Mund. Es schmeckte wie der Gin, den Stig-Rune seiner Mutter geklaut hatte. Scharf und nach ätherischem Öl. Aber nachdem ich ein wenig darauf herumgekaut hatte, bekam es dieselbe Konsistenz wie das Kaugummi aus dem Supermarkt. Graue Wolken sammelten sich über dem Wald. In der Ferne grollte der Donner. Ich war so nass, dass es nasser nicht ging, und doch wollte ich für immer hierbleiben. Wir teilten nur selten solche Stunden. Mama und ich, zu zweit.

»Du weißt, dass ich dich liebe«, sagte sie plötzlich.

Ihre Augen quollen über.

Ich war nicht imstande, etwas zu erwidern, spürte, wie das Harzkaugummi im Mund immer größer wurde.

»Du weißt, dass ich dich liebe, nicht wahr, Tøllef?«
»Klar, Mama«, murmelte ich. »Klar weiß ich das.«
Dann umarmte sie mich. Fest.

»Das ist das Einzige, was mich am Sterben wütend macht. Dass ich meinen Jungs nicht mehr sagen kann, wie sehr ich sie liebe. Ihr verdient, das immer wieder zu hören. Jeden Tag aufs Neue.«

Ich weiß nicht, wie lange wir so standen. Ich weiß nur, dass ich später bereut habe, es nicht gesagt zu haben: Ich liebe dich auch, Mama. Das tue ich immer noch. Das werde ich immer tun.

Ich erwache vom Geräusch des Regenplätscherns in der Dachrinne. Draußen vor dem Fenster ist es genauso grau wie in meinem Kopf. Bald sind die Herbstferien vorbei. Gott sei Dank. Ich freue mich darauf, morgen in den Bus zu steigen und nie, nie, nie wieder zurück nach Alt-Säckingen zu kommen. Ich angle nach dem Handy auf dem Boden. Vielleicht hat Horimyo mir inzwischen geantwortet? Und ich hoffe darauf, dass Kim angerufen hat. Ich muss ihm unbedingt alles erzählen. Wenn es jemanden gibt, der die letzten 24 Stunden meines Lebens dechiffrieren kann, dann er. Aber keine verpassten Anrufe. Keine Nachrichten. Ich öffne Snapchat. Rada hat mindestens tausend Snaps von Philip geschickt. Aus lauter Verzweiflung checke ich sogar meine E-Mails. Nichts außer jeder Menge Spam, außerdem eine Mail von Vegard, der anmahnt, dass nicht alle ihre Hausarbeiten vor den Ferien eingereicht haben.

Was ist nur los?

Hat Kim meine Nachrichten nicht bekommen?

Ist er sauer auf mich?

Oder hat er keine Lust mehr, mein Homorakel zu spielen?

Ich setze mich im Bett auf. Meine Klamotten sind irgendwie klamm, nachdem ich darin geschlafen habe, aber das ist mir egal. Ich gehe runter, schalte die Kaffeemaschine an und starre auf den Vorhang aus Regen vor dem Küchenfenster.

Ein paar Minuten später kommen Vater und Tallak in die Küche.

An der Art, wie Vater ihm etwas zuflüstert, erkenne ich, dass sie schon gesprochen haben, bevor sie runtergekommen sind.

»Morgn«, sagt Tallak.

»Hallo«, erwidere ich, gucke unsicher von einem zum anderen.

»Tja.« Vater räuspert sich. »Was haltet ihr davon, wenn wir heute mal Mamas Sachen durchgehn?«

»Aber ...«, ich stocke, »ihr wolltet doch zur Jagd?«

Tallak seufzt und verschränkt die Arme vor der Brust.

»Ja«, sagt Vater. »Am Vormittag wolln wir in die Berge, aber bis Mittag sinn wir zurück. Unn dann könnten wir doch noch 'n bisschen aufräumen? Was meinste, Tallak?«

Tallak steht noch immer auf der Türschwelle und wippt leicht auf den Zehenspitzen.

»Klar«, sagt er. »Gern.«

Vater nickt zufrieden.

»Unn zum Amdessen machen wir Tacos. Wie früher?«

Unter seinen buschigen Augenbrauen wirft Vater mir einen Blick zu, um zu sehen, was ich davon halte. Und ich kann mich nicht daran erinnern, jemals zuvor gelächelt zu haben, wenn wir drei allein sind.

»Gut«, sagt Vater.

Dann holt er das Brot aus dem Brotkasten. Tallak gießt den Kaffee in die Thermoskanne. Das Frühstück ist eigentlich ganz gemütlich, bis Tallak anfängt, über gestern zu sprechen.

»Aber«, nuschelt er, den Mund voller Brot mit Erdnussbutter. »Warum hat'n Stig-Rune deine Fiedel zertrümmert? Nur wegen dieser Homo-Sache? Oder war da noch was anderes?«

Nur wegen dieser Homo-Sache, denke ich. Damit fasst er echt mein ganzes Leben zusammen. Ich beiße mir auf die Wange, um nicht mit etwas herauszuplatzen, das ich hinterher bereuen werde.

Tallak mustert mich prüfend.

»Warste nich letzte Woche nach der Party mit bei ihm? Und da war noch alles okay?«

Und dann ist die Sache mit Lise und ihrer Freundin passiert. Scheiße, das hatte ich fast vergessen. Endlich ein Hetero-Ticket aus dem elenden Chaos.

»Ja«, sage ich. »Aber ich hab zwei minderjährige Mädels nach Hause gefahren.«

Zum ersten Mal schaut Vater mir ins Gesicht.

Auf Tallaks Miene erscheint eine skeptische Falte.

»Nach Hause gefahren«, sagt er. »Seit wann hast'n du 'nen Führerschein?«

»Goffa hat mir Geld für ein Taxi gegeben.« Ich versuche, mir nichts anmerken zu lassen und ganz normal mein Brot weiterzuschmieren. »Und es war nicht okay, dass sie die Mädels mit in den Keller genommen haben. Die waren nicht älter als Ingrid.«

Vater nickt.

Aber Tallak kratzt sich übertrieben heftig am Kopf.

»'n paar Weibchen sinn also der Grund dafür, dass ich gestern 'nen Typen umgeboxt hab?« Jetzt hebt er die Stimme.« »Kapierste eigentlich, dass mich das meinen Job kosten kann?«

Seine Finger zucken.

»Oh«, mache ich und fühle mich, als wäre ich wieder fünf.

Mit einem Ruck steht Tallak auf.

»Da wär's ja fast besser, du wärst wirklich homo. Dann hätt ich wenigstens 'n richtigen Grund gehabt, dem Typen eine zu verpassn.«

Damit stapft er die Treppe hoch und wirft seine Zimmertür hinter sich zu. Vater und ich sitzen da und schweigen. Lange. Bis auf das unablässige Ticken der Uhr in der Stube ist nichts zu hören. Tallaks Worte hallen in meinen Ohren nach: »Da wär's ja fast besser, du wärst wirklich homo.« *Fast.* Dieses Wort bedeutet eine Menge, denke ich.

Da steht Vater auf, räuspert sich und sagt: »Dein Bruder hat's nicht so gemeint.«

Wie hat er es denn dann gemeint?, würde ich am liebsten fragen. Er hat also nicht behauptet, dass ich homo bin? Er wollte mich nicht damit verletzen, dass er mich homo genannt hat? Die Gedanken rasen durch meinen Kopf.

»Geh du mal ruhig rüber zu Goffa, Sohn«, sagt Vater. »Ich red mit Tallak.«

Zuerst will ich protestieren. Nein, möchte ich sagen. Wir diskutieren das jetzt aus. Aber etwas in mir sträubt sich dagegen, wie immer, wenn ich mit Vater rede. Ich schaffe es einfach nicht, auszusprechen, was ich aussprechen will. Also gehe ich in den Flur, schnappe mir meinen Mantel, der zuoberst auf einem Haufen Schuhe liegt.

Auf dem halben Weg die Treppe hoch bleibt Vater stehen.

»Sie wär stolz auf dich gewesen«, sagt er.

Ich ziehe meine Schuhe an.

Vater geht weiter.

»Das bezweifle ich stark«, murmele ich vor mich hin, während ich die Haustür hinter mir zuziehe.

Zum ersten Mal, seit ich wieder nach Hause gekommen bin, zögere ich, zu Goffa zu gehen. Ich fürchte mich vor dem Anblick der Geige. Vater und Tallak gegenüber kann ich lügen. Bei Goffa geht das nicht. Manchmal fühlt es sich sogar so an, als würde er direkt in meinen Kopf schauen.

Mit der Hand an der Türklinke zur Werkstatt bleibe ich stehen.

Atme konzentriert ein und aus.

Unten am Hang keckert ein Rabe.

Verdammt noch mal, denke ich, wenn jemand die ganze Sache sortiert bekommt, dann Goffa, und dann gehe ich rein. Er sitzt auf seinem Bürostuhl an der Werkbank. Den Lichtkegel der gelben Lampe hat er wie ein Spotlight auf den Geigenkoffer gerichtet. Ich erkenne sofort, dass er die Einzelteile der Meisterfiedel in Augenschein nimmt.

»Hallo«, sage ich.

Ich traue mich nicht, ihn direkt anzuschauen.

»Bist spät dran heute«, sagt Goffa, ohne den Blick vom Geigenkoffer zu nehmen.

»Entschuldige.«

Da guckt er mich seltsam an.

»Du hast keinen Grund, dich zu entschuldigen«, brummt er. »Komm lieber her und hilf mir altem Knacker.«

Eigentlich hätte ich auf den Anblick vorbereitet sein müssen, der sich mir bietet. Schließlich habe ich die Geige gestern gesehen, aber in Goffas unbarmherzig hellem Arbeitslicht ist das Gemetzel noch deutlicher. Die Geige ist völlig hinüber. Der Stimmstock hat die Decke durchdrungen, der Steg ist gebrochen und die Saiten kräuseln sich so sehr, als hätte sie jemand angezündet. Mein Körper beginnt zu beben. Alles Schlimme, was jemals passiert ist, steigt wieder in mir hoch. Und diesmal schaffe ich es nicht, die Gefühle zurückzuhalten. Ich fange an zu weinen. Nein, ich heule. Anders kann man es nicht nennen. Wenn Trauer eine Stimme hätte, würde sie genau so klingen.

»Entschuldigung. Ich hätte die Fiedel niemals mit in die *Hütte* nehmen dürfen. Was hab ich mir nur dabei gedacht? Das ist alles meine Schuld.«

Die Wörter strömen nur so aus meinem Mund.

»Ich krieg das schon wieder hin, Tøllef.« In seinen großen Augen glänzen Tränen. »Ich krieg das hin.«

»Wie denn? Du bräuchtest schon einen Zauberstab oder Cinderellas Mäuse, um die Geige zu reparieren. Und dein Arm ist auch noch nicht wieder gut.«

»Ach, pfeif drauf«, sagt Goffa.

»Ich hätte die Geige in der Pause wegräumen sollen.« Ich starre angestrengt auf meine Schuhe. »Wenigstens das hätte ich tun sollen. Ich kenne Stig-Rune doch.«

Goffa schweigt.

Lange.

Dann sagt er plötzlich: »Hans Børli hat mal was Schönes gesagt.«

Goffa räuspert sich, er lässt den Blick durch den Raum schweifen, als müsste er die Wörter einsammeln, die er sucht.

»In einer kleinen Dorfgemeinschaft gehört nicht viel dazu, dass die anderen dich für *nicht ganz dicht* erklären. Da reicht schon ein bisschen mehr Intelligenz als der Durchschnitt.«

Jetzt schaut er mich an.

»Lass diese Hinterwäldler nicht dein Leben bestimmen. Lass diese verstimmten Fiedeln, Stig-Rune, Arvid, die mit Müh und Not zur Hausmusik taugen, nicht den Ton deines Lebens angeben.«

Ich muss noch mehr weinen. Schon wieder.

Aber Goffa sitzt einfach nur da.

Streicht mir mit der guten Hand über den Rücken.

»Hab ich dir schon mal von Annar erzählt?«, fragt er nach einer Weile.

Ich wische die Tränen mit dem Pulloverärmel weg.

»Annar?«

Goffa legt den Kopf schief und guckt mich an.

»Annar Nystøyl, der Bruder meines Vaters?«

Ich schüttle den Kopf.

»Annar war ein sehr begabter Rosenmaler. So gut sogar, dass man ihn 1937 einlud, zur Gestaltung des norwegischen Pavillons für die Weltausstellung in Paris beizutragen.«

Goffa richtet sich auf.

»Und hier im Dorf war er nur dafür bekannt, dass er bei Kriegsausbruch nicht zurückkam. Sie haben ihn als Landesverräter betrachtet.«

Goffa schüttelt den Kopf.

»Dabei war Annar einfach nicht für Kriege gemacht, und für Dörfer auch nicht. Er war ein echter Künstler. Du erinnerst mich an ihn.«

Ich schaue ihn überrascht an.

»Hast du ihn mal getroffen?«

»Ja«, sagt Goffa. »Ein einziges Mal. Er kam zur Beerdigung meines Vaters. Den ganzen Tag über hat er kaum was gesagt, aber abends kam er zu mir in die Werkstatt und erzählte von seinem Leben. Und dabei hat er die Kiste bemalt, die bei euch zu Hause unter der Treppe steht.«
Goffa lacht.
»Wein, Weib und Gesang?«, frage ich.
»Njaaa, an Frauen war er nicht so interessiert.«
Goffa wirft mir einen vorsichtigen Blick zu.
Ich hole tief Luft.
Suche seinen Blick.
Er weiß es.
Goffa weiß es.
Und da atme ich vorsichtig aus.
»Ich glaube, ich bin in Horimyo verliebt.«
»Das hab ich verstanden«, sagt Goffa leise. »Und ich bin immer noch von dem überzeugt, was ich damals im Krankenhaus gesagt hab. Du darfst nie aufhören, der zu sein, der du nun mal bist.«
»Danke«, murmele ich.
Aber Goffa wischt es weg.
»Da gibt es nichts zu danken. Jeder muss so sein dürfen, wie er ist. Und lieben dürfen, wen er lieben will. Ich verurteile niemanden.«
Und da werfe ich mich ihm um den Hals. Wir umarmen einander. Lange. Dann setze ich mich und betrachte die arme Geige.
»Ein Glück, dass er seine Wut an der Fiedel und nicht an dir ausgelassen hat«, brummt Goffa düster.
Er hat seine gute Hand auf meine Hände gelegt und drückt sie. Seine großen Augen sind rot, ich kann sehen,

dass ihm fast die Tränen kommen. Ich beiße mir auf die Wange und senke den Blick. Langsam ist es genug Heulerei für einen Tag, denke ich.

»Du solltest hier weg«, sagt er. »Mach es wie Annar. Und wenn du nach Paris ziehst. Oder nach Japan. Ist doch sinnlos, dein Talent ans Dorf zu verschwenden.«

Er klappt den Deckel des Geigenkoffers zu und klopft leicht mit der Faust darauf.

»Sigrun sagt, ich muss die Motorik meiner Finger trainieren. Das hier ist das perfekte Projekt.«

Er lacht leise. Da muss ich ebenfalls lachen. Besser, wir lachen, als zu weinen. Auch wenn ich mir sicher bin, dass Goffa und ich beide wissen, dass die Geige verloren ist.

Nach dem Mittagessen kommt Tallak rüber, um mich abzuholen. Schweigsam laufen wir zum neuen Hof hoch. Vater steht auf der Scheunenrampe und guckt zu uns runter. Der Nissan steht schon parat, mit einem riesigen Anhänger dahinter. Obwohl Tallak so drauf ist wie immer und Vater Vater ist, fühle ich mich zehn Kilo leichter als am Morgen. Goffa weiß, dass ich schwul bin, und findet es in Ordnung. Und ich bin nicht mal der erste Schwule in der Familie. Das war Annar. Annar Nystøyl. Bevor ich später ins Bett gehe, werde ich ihn googeln. Wir sind aus demselben Holz geschnitzt, denke ich.

»So«, sagt Vater, als wir auf seiner Höhe sind.

Er wischt sich die Handflächen an seiner Jeans mit den Farbflecken ab.

»Packen wir's?«

Er schaut von Tallak zu mir. Wir nicken. Und dann gehen wir rein. Erst kann ich kaum etwas erkennen, das Licht der kleinen Lampe auf dem Scheunenboden ist im Kontrast zum Tageslicht nicht mehr als eine Funzel. Der Geruch nach gammligem Heu und Katzenpisse beißt in der Nase. Tallak öffnet die Luken, und erst da sehe ich die Berge von Umzugskisten und Müllsäcken auf dem Holzboden. Ich atme ein.

»Ui«, entfährt es mir.

»Ich weiß«, sagt Tallak.

Vater sagt gar nichts, geht nur resolut auf den Haufen zu und öffnet einen der Kartons.

»Sie hatte echt so viel Zeug?«, frage ich. »Ich erinnere mich irgendwie nur an die Dr.-Martens-Stiefel und ihre schwarze Lederjacke. Und an die Kameratasche, die immer im Flur stand.«

Tallak schaut zu Boden.

Vater hustet kurz.

»Nach der letzten Chemo hat se nicht mehr ganz so viel bestellt. Se hat so schlecht geschlafen, weißte? Tja, da hat se sich die Nächte in Onlineshops vertrieben.«

Ich gehe zu Vater rüber. Er zieht eine blaue LP aus dem Karton, die ich sofort wiedererkenne. *Blue* von Joni Mitchell. Wäre Kim hier, er wäre begeistert.

»Flohmarkt?«

Vater schaut mich an, um sich zu vergewissern.

»N-nein«, mache ich.

Und dann wühle ich tiefer in der Kiste. Diverse Klassiker kommen zum Vorschein. Sogar eine Dolly-Parton-Platte, die ich noch nie zuvor gesehen habe.

»Was willst'n damit?«, fragt Tallak.

Anscheinend sind jetzt alle Luken offen, denn inzwischen steht er direkt hinter mir. Ich schwitze, obwohl ich mich kaum bewegt habe. Aber dann denke ich: Was würde Kim sagen?

»Hören, Mann«, sage ich. »Ist doch klar.«

»Kannste auch bei Spotify runterladen.«

»Das ist nicht dasselbe.«

Er schüttelt den Kopf.

»Lasst einfach mich die Platten sortieren, okay?«
Vater und Tallak nicken.

Sie gehen zu dem Haufen mit den schwarzen Müllsäcken. Ich suche mir einen leeren Karton und lege die blaue Platte vorsichtig hinein.

Keine Ahnung, was ich vor Augen hatte, als Vater vorgeschlagen hat, ihre Sachen auf dem Scheunenboden zu sortieren. Dass ich mich Mama nah fühlen würde? Dass die Aktion uns drei auf magische Art und Weise zusammenschweißen und die Risse zwischen uns glätten würde? Alles wieder heil machen?

Der Tod ist so endgültig.

Es ist nicht so wie im Film. Mama hatte es nicht eilig mit dem Sterben. Im Gegenteil, sie war ziemlich mit dem Leben beschäftigt. Bis sie eines Tages plötzlich weg war. Und hier stehen wir nun. Zweieinhalb Jahre später. Ihre Sachen sind noch hier, aber der Mensch, der sie mit Leben gefüllt hat, der Mensch, der sich in diesem Chaos zurechtfand und der dem ganzen Kram Sinn gab, ist fort. Ich seufze, greife nach der Dolly-Platte und lege sie in meine Kiste.

Erst als ich mich bis zu dem Karton mit den Band-Shirts vorgearbeitet habe, spüre ich plötzlich einen Kloß im Hals. Mein Blick fällt auf das weit aufgesperrte Maul eines blauen Wolfs auf einem T-Shirt, das so aussieht wie Vaters, nur kleiner. Dann stoße ich auf das Bob-Dylan-Shirt, das ich damals als Vorlage genutzt habe, um das Porträt von ihm als Geschenk zu ihrem Fünfzigsten zu zeichnen. Vielleicht gibt es auch das T-Shirt vom Bon-Iver-Konzert in Vega noch? Mein Herz rast. Ich wühle in der Kiste, finde es aber nicht.

»Habt ihr was weggeschmissen?«, frage ich.

Vater kommt mit einem Stapel CDs in den Armen auf mich zu.

»Nee«, sagt er. »Glaub nicht.«

Tallak hebt den Kopf aus einem Karton voller Dunkelkammerchemikalien. »Warum?«

»Ich frag mich, was aus dem Bon-Iver-Shirt geworden ist.«

Plötzlich ist Tallak verdächtig mit dem Paketklebeband und seinem Karton beschäftigt.

»Keine Ahnung.« Vater verschwindet über die Scheunenrampe.

Ich schaue zu Tallak, doch der verschließt den Karton und folgt Vater. Also gehe ich zu den restlichen schwarzen Müllsäcken rüber. Ich öffne sie. Sie sind voller alter Jeans. Ich ziehe alle heraus und betrachtet sie, wie sie da auf dem Scheunenboden liegen. Vielleicht haben sie einen Teil ihrer Kleidung im Krankenhaus vergessen? Ich seufze, dann stopfe ich die Jeans zurück in die Säcke. Ich schnappe sie mir, gehe über die Scheunenrampe zum Nissan und werfe sie auf den Anhänger. Es fühlt sich irgendwie gut an, dass der Haufen immer größer wird. Ich muss an die dicken Amerikaner in der Aufräum-Reality-Soap denken, die Rada letzten Herbst auf Netflix geguckt hat, wie sie vor Freude weinten, wenn sie das mit dem Aufräumen geschafft hatten. Was sagt diese japanische Ordnungs-Guru-Frau noch mal immer? *Kiss and let go!*

Ich drehe mich um, vergewissere mich, dass Vater und Tallak wieder auf dem Weg in die Scheune sind, dann beuge ich mich hinab und küsse einen der schwarzen Säcke. Er schmeckt scharf nach Plastik. Ohne dass ich so recht weiß, wieso, muss ich plötzlich an Horimyo denken. Vermutlich sollte ich ihn auch gehen lassen. Doch mein Herz sieht das anders, es hämmert immer noch heftig. Da ist irgendein Misston, aber ich weiß nicht, woher er kommt.

Als ich alle Müllsäcke mit Klamotten rausgetragen habe, gehe ich zu Vater und Tallak rüber. Vater ist außer sich, weil er seine Hellbillies-CD-Sammlung wiedergefunden hat. Und Tallak will einen Stapel Fotos haben, die Mama für eine Reportage über das Country-Festival in Seljord gemacht hat. Ich nicke, will, dass mein Bruder sieht, dass ich großzügig und bereit zu teilen bin, damit es später okay ist, dass ich das Bon-Iver-Shirt haben will, wenn ich es denn endlich finde. Und die schwarze Kameratasche, die will ich auch. Wenn ich diese beiden Sachen bekomme, bin ich endlich zufrieden. Aber Vater besteht darauf, dass ich mir auch die Bücher angucke. Schließlich habe ich sechs Kartons voller Bücher, Platten und mit Mamas altem Plattenspieler.

»Dann fahr ich das Zeug mal zu Torunn vonner Blaskapelle«, sagt Vater und klopft auf das Zeug auf dem Hänger. »Fangt ihr schon mit den Tacos an?«

»Jepp«, sagt Tallak.

»Klar«, sage ich.

Und so gehen wir ins Haus, während Vater das alte Auto startet. Tallak holt die Zutaten aus dem Kühlschrank. Ich angle die Weizentortillas, die Nachos und das Soßenpäckchen aus dem Küchenschrank. Dann stehen wir beide da und starren auf die Avocados. Früher hat Mama immer die Guacamole gemacht und sie schmeckte jedes Mal himmlisch.

»Äh«, mache ich. »Kannst du Guacamole?«

Tallak schüttelt den Kopf.

»Ich auch nicht«, sage ich. »Aber Rada hat ein mega Rezept aus dem Internet.«

Ich greife automatisch an meine Hosentasche, in der normalerweise mein Handy steckt, dann fällt mir ein, dass ich es heute Morgen in meinem Zimmer vergessen habe.

»Zwei Sekunden«, sage ich und stürze die Treppe hoch.

Das Handy liegt da, wo ich es vermutet habe. Immer noch keine Antwort von Kim, aber ich habe eine neue Follower-Anfrage bei Insta. Wilhelmina. Schnell mache ich die App wieder zu und rufe die Seite mit vegetarischen Rezepten auf, die Rada beinahe wie eine Bibel verehrt. Genau, da ist ja das Rezept. Ich verlasse mein Zimmer und überquere den Flur. Die Tür zu Tallaks Raum steht offen. Etwas auf dem Klamottenhaufen neben seinem Bett erregt meine Aufmerksamkeit. Dieses Graublau kommt mir irgendwie bekannt vor. Ich schiebe die Tür ganz auf und gehe rein. Ich sehe es sofort: Es ist das Bon-Iver-T-Shirt. Im Zimmer riecht es nach altem Bettzeug und Lügen. Ich drehe mich um mich selbst, um zu checken, ob er noch mehr versteckt. Über dem Stuhl am Schreibtisch hängt ihre Lederjacke, und vor dem Schrank steht die schwarze Kameratasche von Domke. Sie ist voller Angelzubehör und stinkt. Da explodiert etwas in mir. Etwas, das schon lange vor sich hin geschwelt hat.

Ich schnappe mir die Sachen und stürze runter zu Tallak.

Er ist gerade dabei, das Hackfleisch anzubraten.

»Hast du nicht behauptet, du wüsstest nicht, wo das Bon-Iver-T-Shirt ist?«

Er hackt auf die Hackfleischklumpen ein.

Schweigt.

Gibt die Fertigmischung und Wasser in die Pfanne.

»Und was willst du mit der Lederjacke? Du hast viel zu breite Schultern dafür. Und warum, verdammt noch mal, hast du die Fototasche für deinen Angelkram genommen?«

»Weil Fotografieren nix für Kerle ist«, sagt er nach einer kleinen Pause.

»Was hat das mit der Sache zu tun?«

»Bin schließlich nicht homo«, sagt er.

Da sehe ich schwarz. Ich kapiere erst hinterher, als meine Hand scheiß wehtut, dass ich Tallak echt geschlagen habe. Er hält sich die Nase. Seine grünen Augen werden dunkel. Und dann stürzt er sich auf mich. Die Küchenstühle kreischen, als wir zu Boden gehen. Ich versuche, den Angriff abzuwehren, aber er hält meine Arme fest.

»Ich hab's so satt, dass du denkst, du bist der Einzige, der trauert«, zischt er.

Sein Gesicht ist so nah, dass Spucketröpfchen auf meiner Stirn landen.

»Bist einfach abgehauen, du feiger Sack! Einfach abgehauen!«

Das Weiße in seinen Augen ist jetzt rot gesprenkelt.

»Was meinste'n, wie's war, hierzubleiben? Mit Vater allein? HÄ?«

Er hebt den Arm zum Schlag.

Ich kneife die Augen zu.

»Hey!«, höre ich plötzlich Vater brüllen.

Das Gewicht meines Bruders lässt nach. Erst da traue ich mich, wieder hinzusehen. Vater hat Tallak von mir runtergezogen. Ich stehe auf. Meine Knie zittern, sosehr ich auch versuche, sie zur Ruhe zu zwingen.

»Kann man euch nich ma fünf Minuten allein lassen, ohne dass ihr euch anne Gurgel geht?«

Vater schaut von Tallak zu mir.
Tallak senkt den Blick.
Ich tue es ihm nach.
»Verdammt noch mal«, sagt Vater.
Dann geht er ins Wohnzimmer, legt eine Hellbillies-CD ein und dreht voll auf. Er hat die Nase voll. Doch bald darauf kommt er zurück und schneidet Zwiebeln. Tallak macht mit dem Hackfleisch weiter und ich kratze das Innere aus den Avocados. Meine Hand schmerzt noch immer, aber ich sage nichts.
Die Tacos schmecken okay. Doch obwohl ich mich genau ans Rezept gehalten habe, ist die Guacamole nicht halb so gut wie die von Mama.

Am nächsten Morgen fährt Vater mich und die sechs Kartons zur Bushaltestelle. Ich stochere mit der Zehenspitze im Kies, während er auslädt.
»Tja«, sagt Vater, als er den letzten Karton unter der Überdachung des Bushaltestellenhäuschens absetzt. »Haste Geld fürs Ticket?«
»Jepp«, sage ich.
Ich halte mein Handy mit dem Ticket drauf hoch.
»Tja, dann isses 'n frühes Weihnachtsgeschenk«, sagt er.
Sekunden später vibriert mein Handy.
»Danke.« Ich betrachte die 500 auf dem Display.
Vater sieht aus, als wollte er noch etwas sagen, doch dann wendet er sich stattdessen den Kartons zu, prüft, ob er sie ordentlich gestapelt hat. Erneut rühre ich mit der Fußspitze im Kies.
»Wann fährst du wieder raus?«, frage ich.
Ich ertrage das Schweigen nicht, das zwischen uns in der

Luft hängt. Nicht jetzt. Nicht nach all dem, was passiert ist. Ich wünsche mir, dass die Zeit schneller vergeht, der Bus soll kommen und mich mitnehmen. Mich aus diesem Gespräch retten. Aus dem Dorf. Aus all den Gedanken, die durch meinen Kopf kreisen.

»Dienstag inner Woche.«

Ich schaue zu Vater hoch. Sein Blick folgt zwei Raben, die Richtung Gråfjell davonfliegen. Sie krächzen miteinander, wie es nur Raben können.

»Ah ja«, sage ich.

»Ja, nachdem ich vier Wochen freihatte, muss ich wieder zwei Wochen ran.«

Er beobachtet immer noch die Raben.

Was ist das eigentlich mit Vögeln und dem Tod? Insbesondere schwarze Vögel. Nachdem Gomma gestorben war, behauptete Goffa lange, eine Amsel, die auf dem Hof nach Würmern pickte, wäre ihre Reinkarnation. »Oh, Bjørg, bist du das?«, sagte er immer. Seine Überzeugung hielt so lange an, dass Vater schon befürchtete, er wäre verrückt geworden. Ehrlich gesagt war mir das damals auch in den Kopf gekommen. Doch in dem Frühjahr, in dem Mama starb, fiel mir ein Rabe auf, der stets allein im Wald unterwegs war. Er rief so traurig in der Dämmerung. Raben leben in Schwärmen, aber dieser war allein. Und ich erinnere mich, wie ich dachte, das müsse daran liegen, dass er seine Mutter verloren hatte. Die Erinnerung lässt mir einen Schauder über den Rücken laufen.

»Frierste?«, fragt Vater.

Ich schüttle den Kopf.

Zum Glück kommt in diesem Moment der Bus.

»Tja, ich fürchte, ich muss los.«

Vater umarmt mich ungelenk. »Wir telefoniern am Sonntag!«

Ich nicke und strecke den Arm aus, damit der Busfahrer weiß, dass ich mitwill.

Vater verschwindet über den Parkplatz in Richtung von Geirs Kneipe.

»Mein Gott«, sagt der Fahrer, der ausgestiegen ist. »Ziehst du um?«

»So was in der Art«, erwidere ich und mache mich daran, die Kartons einzuladen.

In dem Moment, in dem ich einsteige, ruft Kim an. Sobald ich dem Fahrer mein Ticket gezeigt habe, drücke ich auf den grünen Hörer.

»Was war los?«, frage ich.

»Ich war im Gefängnis!«, ruft er.

»Hä?«

»Na ja, so hat es sich jedenfalls angefühlt. Mama hat uns zum Relaxen voll das niedliche kleine Spa an der Küste gebucht. Tja, ich war so lange relaxt, bis sie uns beim Check-in gebeten haben, unsere Handys in so einer Box an der Rezeption einzuschließen. Es war ein Digital-Detox-Wochenende!«

Kims Stimme ist dramatisch hoch.

»Was für ein Mist«, sage ich.

Ich lasse mich in der Busmitte nieder, auf einem leeren Zweier ohne direkte Nachbarn.

»Und das Schlimmste war, dass es da einen verdammt heißen Typen gab. Ich hab das ganze Wochenende über gerätselt, ob er Single ist. Tinder war ja nicht.«

Kim seufzt laut.

Im Hintergrund höre ich seine Mutter lachen.

»Jetzt erzähl mal, was bei dir war«, sagt er. »Als ich mein Handy endlich wiederhatte, waren mindestens tausend verpasste Anrufe von dir drauf. Aber ich hab nur noch deinen letzten Snap sehen können, den mit der zerstörten Geige.«

Ich schaue mich im Bus um, vergewissere mich, dass mich auch wirklich niemand kennt. Dann beginne ich zu erzählen. Zuerst vom Kuss mit Horimyo im Wald. Von dem, was im Blockhaus passiert ist, von Wilhelmina, die mich im Pub geküsst hat. Von der Schlägerei zwischen meinem Bruder und Stig-Rune. Der zerstörten Geige. Und dass ich nicht mehr mit Horimyo gesprochen habe, nachdem er aus der *Hütte* gestürmt ist. Dann erzähle ich auch noch von Annar, Urgroßvaters Bruder, der vermutlich ebenfalls schwul war. Und zum Schluss von der Sache mit Tallak.

Nur vom Fluss sage ich kein Wort.

Das packe ich nicht.

Und außerdem gibt es so viel anderes zu erzählen.

»Oh Lord«, stöhnt Kim, als ich fertig bin.

»Ich glaube kaum, dass Gott mir helfen kann!«

Kim lacht, aber es klingt irgendwie flach. Es schwingt eine Dissonanz mit. So, als wenn Decke und Boden einer Geige nicht ganz aufeinander abgestimmt sind.

»Und du hast immer noch nichts von Horimyo gehört?«

Ich öffne schnell den Posteingang bei Insta, checke, ob nicht vielleicht doch wie durch ein Wunder eine Antwort von ihm eingegangen ist.

»Nein«, sage ich. »Ist aber auch egal. Ich hab echt nichts mehr in Alt-Säckingen zu suchen. Und ich will auch nicht mehr zurück.«

Mein Herz schmerzt, als ich das ausspreche.

»Das verstehe ich«, sagt Kim. »Aber ...«

Ich knibble an einem kleinen Loch in meiner schwarzen Jeans.

»Ja?«

»Warum hast du so getan, als wolltest du was von Wilhelmina?«

Ich starre aus dem Fenster. Oben auf dem Gråfjell liegt schon Schnee. Der Winter steht vor der Tür.

»Ich mein, selbstverständlich war es überhaupt nicht in Ordnung von Stig-Rune, dich zu outen. Was für ein Hohlkopf! Aber wenn du nun schon A gesagt hast, warum dann nicht auch B?«

»Ich ...«

Doch ich habe keine gute Antwort. Denn im Grunde ist es nur ein Gefühl, das Gefühl, dass es für Vater und Tallak nicht okay wäre. Es hat was mit dem zu tun, was sie gesagt haben. »Da wär's ja *fast* besser, du wärst wirklich homo.« Tallaks Tonfall, in dem er das gesagt hat. Vater, wie er murmelte: »Er hat's nicht *so* gemeint.« Diese verdammten Wörter. Und das, was dahintersteht.

»Wenn Goffa mit deiner Queerness klarkommt, meinst du nicht, dein Vater und dein Bruder könnten sich auch dran gewöhnen?«

Am Ende des Satzes macht Kims Stimme einen Hüpfer.

»Nein«, sage ich. »Glaub ich nicht.«

Da wird Kim still.

»Sorry«, sage ich. »Ich bin gerade nicht in der Stimmung, so viel zu reden. Wir sehen uns im Internat, ich bin gegen sechs da. Und du?«

»Sechs peilen wir auch an«, meint er. »Mama und ich fahren bei McDonald's vorbei, falls dir nach Junk Food ist.«

»Unbedingt!«, sage ich. »Bringst du mir ein Hamburger-Menü mit? Und einen Erdbeermilchshake?«

»Oh Mann, du bist so vanilla.« Kim lacht.
Und dann legt er auf.

Der Bus hat die Berge verlassen. Draußen fliegt Nadelwald vorbei. Für ein unbedarftes Auge wirkt das vielleicht idyllisch. Märchenwald und so. Doch in Wahrheit sterben dem Wald die Wurzeln weg. Der Borkenkäfer legt seine Eier unter die Rinde, und wenn es genügend Käfer sind, zerstören sie die Wurzeln und der Baum stirbt. Selbst wenn auf den ersten Blick alles gut aussieht, braucht es nur einen Sturm, und schon fallen die Baumriesen. Denn die Quälgeister sind in der Überzähl, im Wald und anderswo.

Nachdem ich vor der Schule aus dem Bus gestiegen bin, bleibe ich einen Moment lang stehen und schaue mich um. Es riecht nach nassem Asphalt und irgendetwas anderem, das ich nicht zu fassen bekomme. Es riecht, wie es in der Stadt immer riecht. Weit entfernt höre ich den Zug abfahren. Wenn zu Alt-Säckingen das Krächzen der Raben in der Dämmerung gehört, gehört das Dröhnen des an- und abfahrenden Zugs zur Stadt.

In dieser Sekunde hupt hinter mir ein Auto.

Ich zucke zusammen.

Kurz habe ich Angst, dass jemand aus dem Dorf hinter dem Bus hergefahren ist, um mich zusammenzuschlagen. Mein Herz schlägt schneller und ich balle die Fäuste. Aber dann streckt Kim den Kopf aus dem Fenster.

»Hey, was hängst du denn hier rum?«

Seine Mutter ist schon dabei, auszusteigen.

»Und wie wollen Sie diese ganzen Kartons allein in Ihr Zimmer schaffen, Mister?« Sie nimmt mich in die Arme und drückt mich kurz, bevor sie eine der Kisten hochhebt.

»D-danke«, stammle ich überrascht und greife ebenfalls nach einem Karton.

Wir stopfen alles auf die Rückbank ihres winzigen Nissan Leaf, dann fahren wir die paar Meter bis zur Schule.

Nach der Woche zu Hause fühlt es sich beinahe surreal an, wieder im Internat zu sein. Normale Leute. Nein, keine normalen, aber meine. Bunte Menschen, farbenfrohe. Denen ist es egal, ob du queer bist oder nicht, Hauptsache, du bist nett.

»Ihr könnt die Kartons hierhinstellen«, keuche ich, als wir auf dem Flur vor meinem Zimmer angekommen sind.

Kims Gesicht ist so pink wie der Jogginganzug seiner Mutter. Er setzt die beiden Kartons, die er getragen hat, ab und sinkt zu Boden.

»This body ain't made for manual work.«

»Na komm, stell dich nicht so an.« Seine Mutter lacht. »Warst du das nicht, der mit Crossfit anfangen wollte?«

»Niemals nie«, erwidert er.

Seine Mutter wuschelt ihm durch die roten Locken.

»Es ist jedenfalls nicht schwer zu erraten, wer von euch auf dem Schauspielzweig ist.«

»Das musst du gerade sagen«, meint Kim beleidigt und schiebt ihre Hand weg. Er rappelt sich hoch. Seine Mutter zwinkert mir nur zu und lacht. Ich lächle zurück, doch gleichzeitig zieht sich mein Magen zusammen. In solchen Momenten vermisse ich sie am meisten. Wenn ich mit meinen Freund*innen und deren Müttern zusammen bin. Dann erinnere ich mich daran, wie fies ich manchmal zu Mama war. Heute würde ich alles dafür geben, wenn sie mir durch die Haare wuscheln würde. Hört sich albern an, ist aber wahr.

»Genug der Zärtlichkeit«, sagt Kims Mutter.

Kim nickt.

Sie umarmt uns beide kurz.

»Dann sehen wir uns Weihnachten, Jungs?«

Ich schaue noch mal zu ihr hoch, forme ein »Danke« mit den Lippen. Sie drückt mich leicht, ich bemerke, dass ihre Augen feucht sind.

»Ja, ja«, sagte Kim und fuchtelt mit den Händen, wie um sie zu verscheuchen. Er hat den Kopf schon in dem Karton mit den Platten versenkt. »Ich schick dir später einen Snap, ja?«

Es ist eine ziemliche Puzzelei, die riesigen Kartons in mein kleines Zimmer zu stopfen. Aber schließlich ist es geschafft. Den Großteil des Fensters haben wir zugestellt, aber da ich meist ohnehin die Jalousie unten lasse, ist das halb so wild. Ich lege den Geigenkoffer obenauf.

»Oh my God! *Blue* von Joni Mitchell auf Vinyl! Das ist aber nicht das Original, oder?«

Ich schüttle den Kopf.

»Weiß ich nicht. Auf jeden Fall ist sie alt.«

Kim tut so, als würde er gleich in Ohnmacht fallen. Er bewundert die Platte, während ich meine Tasche und die Tüte mit dem Essen von McDonald's reinhole. Ich lasse mich aufs Bett fallen und öffne die Schachtel. Beiße in meinen Burger.

»Okay«, sagt Kim und setzt sich auf meinen Schreibtischstuhl. »Wie oft hast du Insta auf der Fahrt gecheckt? Hundert Mal? Tausend?«

Ich schlucke.

Den ganzen Tag über hab ich versucht, die Sache wegzuschieben. Ich habe getan, als wäre es nicht so schlimm, als bedeute es nichts. Aber jedes Mal, wenn ich an ihn denke, werde ich ganz kribbelig. Horimyo.

»Komm schon.« Kim stupst mich mit dem Fuß an. »Hat er endlich geantwortet?«

Ich ziehe das Handy aus der Hosentasche und scrolle durchs Menü.

Die kleine rote Eins, die anzeigt, dass sich was auf Insta getan hat, leuchtet mir entgegen. Mein Herz überspringt einen Schlag. Rasch setze ich mich auf.

»Was ist los?«, quiekt Kim.

Ich tippe mehrfach daneben, bevor ich es schaffe, die App zu öffnen. Eine neue Nachricht. Ich drücke auf das kleine Papierflugzeug und sinke in mich zusammen. Von Wilhelmina. Ich bringe es nicht mal über mich, sie zu lesen, werfe nur das Handy von mir und lasse mich wieder aufs Bett fallen.

Kim hebt mein Handy auf.

»Ui«, macht er. »Der Preis für den besten Bart aller Zeiten geht an die Augenbrauen aus Bærum.«

Ich versuche zu lachen, aber es bleibt mir im Hals stecken.

»Soll ich für dich antworten?«

Ich stürze mich auf mein Telefon.

»Nein!«

»Hallo?«, beschwert sich Kim. »Irgendwer muss ihr sagen, dass du queer bist. Es ist scheiße, das nicht zu tun.«

Da steht plötzlich Rada in der Tür, die Hände in die Seiten gestemmt. Das riesige Holzfällerhemd reicht ihr bis über die Knie.

»Feiert ihr eine Party ohne mich?!«

Sie sieht grimmig aus, aber Kim springt vom Stuhl auf und umarmt sie so fest, dass es schon beim Zusehen wehtut.

»Oh Lord«, sagt er. »Du glaubst nicht, was Torleif in Alt-Säckingen erlebt hat!«

Und dann erzählt er Rada alles. Sie sitzt mucksmäuschenstill da und hört zu, bis Kim zu der Sache mit Wilhelmina kommt.

»Was?«, ruft sie. »Du hast sie einfach an dich gezogen und geküsst?«

»Jaaa«, sage ich.

»Hallo«, meint Kim. »Sie hat ja drum gebeten, so, wie sie sich backstage an Torleif rangeschmissen hat.«

Rada guckt skeptisch.

»Das klingt, als würde sie auf dich stehen.«

»Njaaa«, mache ich. »Vielleicht. Du kannst ja mal die Nachricht lesen, die sie mir auf Insta geschrieben hat.«

Ich reiche ihr mein Handy.

Rada liest schnell.

»Torleif«, sagt sie ernst. »Das Mädel steht auf dich. Es gehört sich nicht, das zu ignorieren oder, schlimmer noch, ihr falsche Hoffnungen zu machen.«

Kim will schon in meinem Namen protestieren, aber Rada lässt ihn nicht zu Wort kommen.

»Was ist eigentlich daraus geworden, dass du für dich einstehen willst? Und dich nicht länger von deinem Vater und deinem Bruder herumschubsen lassen? Das klingt ja, als wärst du auf direktem Wege back into the closet!«

Ihre braunen Augen schlagen Funken, wenn sie wütend ist. Ich wende den Blick ab, denn sie hat recht. Von der Sekunde an, als ich den ersten Fuß auf Alt-Säckinger Boden gesetzt habe, bin ich wieder zu dem geworden, der ich war, als ich vor zwei Jahren von dort aufgebrochen bin. Ich schäme mich.

»Aber«, wirft Kim ein.

Rana und ich schauen ihn an.

»Ich will ja nicht bitchy sein«, sagt er an Rada gewandt.

»Aber vielleicht kann man sich das besser vorstellen, wenn man selber queer ist?«

Da wirft Rada die Arme in die Luft.

»Es geht hier aber nicht um sexuelle Orientierung«, sagt sie, »sondern darum, kein Arschloch zu sein.«

Kim verdreht die Augen.

»Nur weil Wilhelmina etwas zu forsch war und Torleif hinter der Bühne geküsst hat, macht sie das noch lange nicht zu Freiwild.«

»Klar, Rada«, sagt Kim. »Du bist Feministin! Wissen wir.«

Mit einem Ruck steht Rada auf.

»Ich dachte, wir wären alle Feminist*innen«, sagt sie. »Jedenfalls du, Torleif, wo deine Mutter eine so bahnbrechende Fotografin war.«

Ich starre zu Boden.

Die Scham brennt hinter meinen Lidern.

Rada geht in den Flur.

»Ich hab euch übrigens Baklava von meiner Bako mitgebracht. Aber ich glaube, das ess ich lieber alleine!«

Damit wirft sie die Tür hinter sich ins Schloss.

Kim beißt sich auf die Lippe.

Ich rutsche in eine liegende Position und verberge den Kopf unter dem Kissen.

»Sollen wir *RuPaul's* gucken?«, fragt Kim. »Uns mit ein bisschen Drag trösten?«

Ich hebe das Kissen vom Gesicht und nicke. Dabei denke ich, dass ich der glücklichste Mensch der Welt bin, weil ich so einen Freund hab.

In der Nacht träume ich wieder von Mamas Beerdigung.

Wir saßen in der Kirche. Erste Reihe. Alle vier, dabei hätte sich normalerweise keiner von uns zu irgendeinem Anlass freiwillig in die erste Reihe gesetzt. Mein Konfirmationsanzug spannte an den Schultern. Die Kirche roch, wie Kirchen nun mal riechen, nach alter Farbe und schlechtem Atem. Aber heute hatte sich irgendetwas Süßliches daruntergemischt. Erst als wir den Sarg anhoben und ihn hinaustrugen, begriff ich, dass es der Duft der Lilien auf dem Sargdeckel war. Dann standen wir draußen. Am Grab. Auf der Schnellstraße donnerten die Lkw vorbei. Die Pastorin erzählte irgendwas von Leben und Tod.

Ich biss mir so fest auf die Wange, dass ich Blut schmeckte.

Ich würde verdammt noch mal nicht heulen, wenn weder Vater noch Tallak eine Träne verdrückten.

Goffa ließ längst laufen.

Ich werde davon wach, dass ich friere. Ich ziehe die Decke enger um den Körper. Aber es hilft nicht. Hab ich gestern vergessen, das Fenster zu schließen? Mein Körper ist steif und träge, als ich mich aus dem Bett quäle. Ich fühle mich, als wäre ich 118 Jahre alt, schleppe mich zum Fenster, doch es ist geschlossen. Die Lüftungsklappe an der Wand ebenso. Auf dem Weg ins Bad schlagen meine Zähne aufeinander. Das Licht dort ist viel greller als zu Hause, das hatte ich ganz vergessen, und das Gesicht, das mir aus dem Spiegel entgegenblickt, ist nicht gerade ein Bild für die Götter. Rote Augen. Ein durchsichtiger Tropfen unter der Nase.

Uff!

Wenn ich eins wirklich gar nicht brauchen kann, dann eine Erkältung, denke ich und schnäuze mich. Ich will einfach nur, dass alles wieder normal ist. Will mit Vegard Geige üben, den Kompositionsunterricht bei Sigvart hassen und überhaupt mit dem Strom schwimmen.

Um sicherzugehen, lege ich die Hand auf die Stirn.

Jepp, Fieber.

Ich öffne die Tür des Spiegelschranks, greife nach der Paracetamolpackung, lege mir zwei Tabletten auf die Zunge und spüle sie mit einem Schluck Wasser aus dem Hahn herunter. Dann putze ich mir die Zähne, um den Tablettengeschmack loszuwerden, stolpere aus dem Bad und lege mich wieder hin.

Was Rada gesagt hat, kreist durch meinen Kopf. Wie auf Repeat. *Es geht darum, kein Arschloch zu sein.* So sieht sie mich also? Womöglich sehen mich ALLE so? Wilhelmina bestimmt. Für sie bin ich der zerstreute Gastdozent, der völlig verwirrende Signale aussendet, sie schließlich vor allen anderen in der *Hütte* küsst und nun nicht auf ihre Nachrichten antwortet. Klassisches Arschloch-Verhalten, kann man nicht anders sagen.

Aber findet Anne auch, dass ich ein Arschloch bin?

Vielleicht. Ich hab ihr versprochen, sie anzurufen, bevor ich fahre. Hab ich nicht getan. Und dann denke ich an die vielen, vielen Nachrichten, die sie mir geschickt hat, seit ich in die Stadt gezogen bin. Glückwünsche zum Geburtstag. Weihnachtsgrüße. *Frohes Neues, Torleif! Ich bin mir sicher, dieses Jahr wird deins! Hab dich lieb. Anne.* Plötzlich habe ich einen üblen Geschmack im Mund.

Es gibt jede Menge Leute, von denen ich WEISS, dass sie mich für ein Arschloch halten: Stig-Rune, Tallak, vielleicht sogar Affe.

Aber Vater?

Ich sehe seinen unruhigen Blick unter den buschigen Augenbrauen vor mir. Was wollte er gestern noch sagen, an der Bushaltestelle?

Es ist egal.

Tatsache ist, dass alle ganz verschiedene Eindrücke von mir haben. Ein kleines Stück von mir. Nur ein einziges Puzzleteil von dem, was Torleif Tjønnstaul ausmacht. Was für ein Mensch bin ich, wenn alle Teile aneinanderliegen und man einen Schritt zurücktritt, um das Ergebnis zu betrachten?

Ich schlucke.

Eine eisige Welle fährt in meinen Körper, ich ziehe mir die Decke über den Kopf.

Hat Horimyo deshalb nicht auf meine Nachricht geantwortet? Weil sich das letzte Puzzleteil zusammengefügt hat, als ich Wilhelmina geküsst habe? Vielleicht gefällt ihm das Bild, das entstanden ist, nicht.

Wenn Mama fotografierte, fokussierte sie die Kamera stets auf die Augen der Person. Denn sie war sich sicher: Ein Porträt hat nur eine Seele, wenn es gelingt, den Blick des Menschen einzufangen. Die Augen verraten die Persönlichkeit. Immer. Was Mama wohl von meinen Augen gehalten hätte, frage ich mich und kneife sie zu.

Zum zweiten Mal an diesem Morgen werde ich wach, als jemand an meine Tür hämmert.

»Jaa?«, murmele ich und setze mich auf.

»Ich bin's«, sagt Kim.

Ich schäle mich aus der Bettdecke und schlüpfe in eine Jogginghose, die auf dem Boden liegt. Meine Haut glüht nicht mehr ganz so sehr, aber meine Bewegungen sind immer noch träge. Als ich endlich die Tür öffne, kommt mir das Licht im Flur zu hell vor. Blinzelnd stehe ich in der Türöffnung.

»Na«, sagt er. »Willst du mich hier wie einen von den Zeugen Jehovas vor der Tür warten lassen oder darf ich rein?«

Er wippt mit einem Tablett mit Mittagsessen in den Händen.

Kürbissuppe mit Brot und drei Portionen heiße Schokolade.

»D-danke«, stammle ich und trete zur Seite.

Entschlossen tritt Kim ins Zimmer. Er stellt das Essenstablett auf den Schreibtisch, schiebt die Jalousie hoch und öffnet einen Fensterflügel.

»Mama sagt immer, wenn man krank ist, braucht man was Warmes im Bauch. Und kalte, frische Luft!«

Ich lasse mich zurück aufs Bett fallen und ziehe mir die Decke um die Schultern.

Der Windzug von draußen lässt die blassen Vorhänge flattern.

»Woher wusstest du, dass ich nicht fit bin?«

Kim verdreht die Augen.

»Wenn du auf keinen der zehn Snaps reagierst, die man dir schickt, und nicht zu Astrid in die Norwegischstunde kommst, muss man nicht unbedingt Raketenwissenschaftler sein, um zu kapieren, dass du krank bist.«

»Verdammt.« Reflexartig suche ich in der Tasche der Jogginghose nach meinem Handy, aber dann fällt mir ein, dass ich es über Nacht geladen habe.

»Chill mal«, winkt Kim ab. »Ich habe mir eine kleine Lüge einfallen lassen und behauptet, dass du gestern schon Husten hattest, Astrid weiß also Bescheid.«

»Danke.« Ich lächle ihm zu.

Er setzt sich auf den Schreibtischstuhl und schwingt ein paarmal vor und zurück. Der Stuhl gibt ein trauriges Klagen von sich, das mich sofort an den Bürostuhl in Goffas Werkstatt erinnert. Ich seufze.

»Was ist?«, fragt Kim.

Ich schüttle den Kopf, mag jetzt nicht über die Sache mit

der Geige sprechen. Ich schaffe es kaum, auch nur daran zu denken.

»Iss deine Suppe, bevor sie kalt wird«, meint Kim.

Auf einmal erinnert er mich sehr an seine Mutter. Als hätte er ihren professionellen Krankenschwesterblick übernommen.

»Okay«, sage ich. »Aber dann musst du das Fenster schließen. Gleichzeitig essen und mit den Zähnen klappern geht nämlich schlecht.«

»No stress, princess«, sagt er und streckt sich danach.

Ich schüttle die Decke ab, hole mir einen Kapuzenpulli aus dem Schrank und nehme auf dem Weg zurück ins Bett die Suppenschale mit.

Kim zieht sein Handy aus der Tasche. Er grinst kurz, bevor er es wieder weglegt. Ich kenne dieses Grinsen. Es ist sein Rada-hat-ein-witziges-GIF-geschickt-Grinsen. Automatisch angle ich mein eigenes Handy vom Boden und schaue darauf. Kim hat recht, er hat mir wirklich volle zehn Snaps geschickt. Aber nichts von Rada. Esse ich stattdessen also einen Löffel Suppe. Sie ist kalt. Aber nicht so kalt wie der Stein, der wieder in meinem Magen wächst.

»Soll ich dir Wasser für den Kakao aufsetzen, bevor ich gehe?« Kim schaut mich fragend an.

»Ja, danke, Kumpel«, sage ich.

Aber meine Stimme klingt so flach, dass sie an eine schlecht gepflegte Geige erinnert.

Eine Geige mit gebrochenem Stimmstock, die nie wieder dieselbe sein wird.

An diesem Abend gehe ich zum ersten Mal seit über zwei Jahren allein zum Kiwi-Supermarkt. Ich warte absichtlich bis halb elf, bevor ich losgehe, damit auch sicher niemand aus dem Internat dort ist, und ziehe die Kapuze besonders weit in die Stirn. Der Laden ist so leer wie um diese Zeit wohl immer. Woher soll ich das wissen? Normalerweise gehen Rada, Kim und ich montags gegen sechs einkaufen. Gleich nach dem Abendessen, vor Radas Hot-Yoga-Stunde im Fitnesscenter, damit wir alles fürs erste Binge-Watching-Event der Woche zusammenhaben, wenn Rada gegen acht aus der Dusche kommt.

Ich muss schlucken.

Die Erkältung hat meinem Hals ziemlich zugesetzt, aber nicht nur deshalb fällt mir das Schlucken schwer.

So eine Scheiße. Was, wenn Rada nicht mehr mit mir befreundet sein will? Wenigstens hab ich Kim. Oder? Vielleicht findet er ja auch, dass ich ein Arschloch bin? Ich habe immer noch nicht auf seine Snaps reagiert, bringe es einfach nicht fertig.

Ich gehe zu den Fertiggerichten rüber, pfeffere zwei Packungen Tomatensuppe in den Einkaufswagen. Die asiatischen Nudelboxen sind im Angebot, also nehme ich davon auch noch drei mit. Schließlich schnappe ich mir noch einen Sechserpack Eier aus der Kühltheke und ein Weißbrot aus der Angebotsecke. Außerdem gönne ich mir eine Flasche Johannisbeersirup von Lerum, den hat Mama uns immer gemacht, als Tallak und ich klein waren. An der Kasse fällt mein Blick auf die Hustenbonbons. Die rot-weiß-schwarze Tüte mit den Bonbons von Doc leuchtet mir entgegen, als hätte jemand extra für mich einen Scheinwerfer darauf gerichtet. Seit Mamas Tod habe ich sie kein einziges Mal gekauft. Aber nachdem ich mir sogar *Felefeber* zurückerobert habe, werde ich es ja wohl schaffen, Hustenbonbons zu kaufen. Schnell greife ich nach einer Tüte und werfe sie zuvorderst aufs Band, damit ich mich nicht in letzter Sekunde umentscheiden kann. Dann gehe ich zurück zum Internat. Ich schlüpfe in warmes Wollzeug, putze die Zähne und stecke mir meine Ohrstöpsel in die Ohren. Ich suche *Felefeber* auf Spotify und stelle es auf Repeat, dann öffne ich die Bonbontüte. Die Bonbons riechen, wie sie immer gerochen haben. So, wie Mama gerochen hat.

Und dann liege ich da und weine in mein Kopfkissen, bis ich einschlafe.

Am Tag darauf geht es mir noch schlechter. Über das Schul-Intranet informiere ich Vegard: *Immer noch krank*. Dann logge ich mich schnell wieder aus, bevor er mir nachher noch eine aufmunternde Nachricht schickt, dass sie mich vermissen und sich freuen, wenn ich bald wieder gesund am Unterricht teilnehme, oder so. Das ist doch Bullshit. Alles ist Bullshit. Niemand vermisst ein Arschloch. Das hat Rada glasklar gemacht.

Den restlichen Tag verbringe ich im Bett.

Kim klopft nach dem Mittagessen.

»Ich hab jetzt Magen-Darm!«, rufe ich, obwohl das gar nicht stimmt.

Zum Glück vertreibt ihn das.

Ich bin nicht dazu aufgelegt, mit jemandem zu sprechen.

Kein Arschloch ist das jemals.

Der Mittwoch verläuft genauso.

Der Donnerstag wird zum Freitag. Der Freitag zum Samstag. Draußen vor dem Internat ist es neblig. In meinem Kopf ist es neblig. Bald weiß ich nicht mehr, welcher Tag eigentlich ist. Nur, dass ich kaum mehr Tütensuppe und Johannisbeersirup habe.

Ich habe angefangen, *Gilmore Girls* zu gucken. Mama hat die Serie geliebt. Als ich klein war, habe ich Vater und sie einmal belauscht. Es war spät am Abend, ich hätte längst schlafen sollen, aber ich schlief nicht, sondern hatte mich an ihre Schlafzimmertür herangeschlichen. Sie lagen im Bett und unterhielten sich.

»Wenn er ein Mädchen wäre, hätte er es so viel leichter«, sagte Mama.

»Schwachsinn!«, brummte Vater. »Tøllef ist'n Junge und damit Schluss.«

»Ja, aber für Mädchen ist es leichter, anders zu sein.«

»Anders?«

»Ja, anders ... halt ein bisschen speziell.«

»Komisch meinste?«

Mama seufzte.

»Tøllef ist nicht wie die anderen Jungs. Das weißt du doch.«

Vater schnaubte.

»Der Jung hockt zu viel drin am warmen Ofen und hört Geigenmusik. Oder er sitzt am Computer. Er könnt sich mal 'ne Scheibe von seinem Bruder abschneiden.«

»Nein«, sagte Mama da. »Lass das. Du darfst die beiden nicht vergleichen, Jarle. Das ist ungerecht.«

»Du hast ihn mit 'nem Mädchen verglichen!«

»Ach, Jarle, du verstehst es nicht.«

»Heut Abend war 'n Kranz ummen Mond«, sagte Vater. »Du weißt, was das heißt.«

»*I smell snow!*«

»Was?«

»Das sagt Lorelai von den *Gilmore Girls* immer, wenn es Winter wird«, erklärte Mama.

»Deshalb wünschst du dir, dass Tøllef 'n Mädchen ist!«, sagte Vater. Seine Stimme klang erstaunlich fröhlich. »Dann haste jemanden, der mit dir *Gilmore Girls* guckt.«

Sie lachten.

Und danach wurde es still im Elternschlafzimmer.

Doch in meinem Kopf pulsierte es.

Ich glaube, das war das einzige Mal, dass ich Mama wirklich gehasst habe.

Keine Ahnung, ob ich das Gespräch vergessen oder verdrängt hatte. Jetzt ist die Erinnerung jedenfalls wieder da. Der Gedanke, der mich jahrelang gequält hat. Wäre es leichter gewesen, ein Mädchen zu sein? Hätte ich mich dann besser ins Rudel eingefügt? Wäre es leichter gewesen, Kind zu sein, erwachsen, alt zu werden? Und sich zwischendurch zu verlieben, abgewiesen zu werden, zu heiraten, sich vielleicht sogar scheiden zu lassen, bevor man in einem Sarg landet und zwei Meter unter der Erde zum Verrotten zurückgelassen wird, während die Sattelschlepper über die Schnellstraße donnern.

Ich weiß es nicht.

Vielleicht wäre es als Mädchen leichter gewesen, sich in Jungs zu verlieben. Klar wäre es das. Und Vater hätte leichter akzeptiert, dass aus mir kein Jäger werden wird.

Trotzdem weiß ich nicht.

Ich als Mädchen?

Die Vorstellung, sich wie Lise und ihre Freundinnen vor Typen wie Stig-Rune in Acht nehmen zu müssen, ist nicht besonders verlockend. Und Wilhelmina zu sein, auch nicht.

Mist.

Ich hab ihr immer noch nicht geantwortet.

Falls noch Zweifel daran bestanden haben, dass ich ein Arschloch bin, die sind Geschichte.

Ich klicke mich zu ihrer Nachricht auf Insta und lese: *Hi! Ich wollte nur hören, wie es dir geht. Und was ist mit der Meisterfiedel? Meld dich gern, wenn du mal wieder zu Hause bist, dann können wir einen Kaffee trinken gehen.*

Dahinter folgt ein gelbes Herz.

Hmmm.

Sie klingt jedenfalls nicht besonders wütend.

Aber das ist sicher nur eine Frage der Zeit.

Schließlich ist es schon eine Woche her, dass sie mir geschrieben hat, bemerke ich jetzt.

Warum muss das Leben auch so verdammt kompliziert sein?!

Am selben Abend ruft Vater an. Erst da kapiere ich, welcher Tag ist. Sonntag. Er ruft ja immer sonntags an. Nach dem Abendessen. Vor den Nachrichten.

»Hallo«, sagt er.

»Hallo«, erwidere ich.

»Haste die Kartons gut zum Internat gekriegt?«

»Ein Kumpel hat mir geholfen.«

»Gut«, sagt Vater.

Dann wird es still. Lange.

Ich höre, dass er raucht, denn er hält das Telefon immer so, dass die Rauchwolke auf das Mikrofon trifft.

»Wie geht's Goffa?«, frage ich, um die Stille zu brechen.

»Ja, ja«, sagt Vater. »'s wird. Letztens hat er inner Werkstatt gehockt und mit so kleinen Hanteln trainiert.«

Ein Stich im Bauch, als er die Werkstatt erwähnt.

Die malträtierte Geige blitzt vor meinen Augen auf.

»Gut.« Ich beiße mir auf den Daumennagel.

»Oben anner Alm, da hat Terje gestern 'nen Riesenbullen erwischt«, erzählt Vater. »Dreihundert Kilo, mindestens. Hat drei Quads gebraucht, das Fleisch wegzufahren. Ewig her, dass wir das letzte Mal so 'n großes Tier ausn Bergen geholt ham.«

Ich denke an den Elch am Hang unterhalb von Goffas Haus. Hoffentlich lebt er. Hoffentlich haben Tallak und die anderen Jäger ihn noch nicht aufgespürt. Dieser Elch und ich, wir sind aus demselben Holz geschnitzt. Wir leben in gefährlicher Nähe zu Leuten, die uns nichts Gutes wollen. Wir haben uns daran gewöhnt, dass wir uns verstecken müssen. Mit der Umgebung verschmelzen. Denn wenn wir nicht vorsichtig sind, werden wir enttarnt. So einfach ist das.

Übelkeit steigt in mir auf.

»Vater, mir geht's nicht so gut«, murmele ich. »Ich glaube, ich muss auflegen.«

»Krank?«

»Nee, nur ein bisschen erkältet.«

»Ah so.«

Eine weitere Rauchwolke trifft das Telefon. Ein fieses Knistern in meinen Ohren.

»Dann gute Besserung.«

»Danke«, sage ich. »Tschüss!«

Ich bekomme die Sache mit dem Elch nicht aus dem Kopf. Und nachdem mir das *Gilmore Girls*-Gespräch meiner Eltern wieder eingefallen ist, habe ich keine Lust mehr auf die Serie. Ich schaue zum Geigenkoffer rüber. Seit meiner Rückkehr habe ich noch kein einziges Mal gespielt. Sofort bekomme ich ein schlechtes Gewissen. Ich stehe auf, gehe zum Koffer, öffne ihn, mustere meine Geige. Die Geige, die mir gehört, seit ich mich erinnern kann. Goffa hat mir damals eine Schülergeige gebaut, die habe ich bis zur ersten Klasse gespielt. Dann habe ich diese Geige bekommen, seitdem war sie meine. Ich weiß, es ist eines der besten Instrumente, die Goffa je gebaut hat. Doch gegenüber der Meisterfiedel meines Ururgroßvaters verblassen alle anderen.

Vorsichtig streiche ich über die G-Saite.

Sie ist zu tief.

Niedergestimmt, genau wie ich.

Ich habe keine Kraft zum Stimmen.

Krieche stattdessen zurück ins Bett, lege den Kopf aufs Kissen. Schon wieder.

Ich wache von einem energischen Klopfen auf. Drei feste Schläge gegen meine Tür. Kim ist es nicht, das weiß ich sofort. An dem Licht, das sich seinen Weg an den Rändern der Jalousie entlang ins Zimmer sucht, erkenne ich, dass Morgen sein muss. Ich rapple mich auf, gehe zur Tür. Doch dann halte ich inne. Verdammt, so kann ich doch niemandem gegenübertreten! Ich habe seit mindestens fünf Tagen nicht geduscht und erinnere mich nicht mal daran, wann ich mir zuletzt die Zähne geputzt habe.

»Torleif?«

Vegards Stimme ist ruhig.

Ich räuspere mich, strenge mich an, noch erschöpfter zu klingen, als ich bin.

»Jaa?«

»Wie geht es dir?«

»Immer noch krank«, sage ich und zwinge ein Husten hervor. Es klingt falsch. Irgendwie too much.

»Aha«, macht Vegard.

Ich höre ihm an, dass er mir nicht glaubt.

»Du bist schon ziemlich lange krank. Meinst du nicht, du solltest mal mit der Schulkrankenschwester sprechen? Nicht, dass du Antibiotika brauchst.«

»I-ich kann beim Hausarzt anrufen«, schlage ich vor, dabei erinnere ich mich gerade gar nicht, ob ich hier schon einen neuen habe.

»Ja«, sagt Vegard.

Er scheint immer noch nicht überzeugt.

»Aber vergiss die zehn Prozent nicht, ja? Auf so was achten sie in der ersten Runde der Aufnahmeprüfung für die Musikhochschule!«

Ich seufze.

Natürlich vergesse ich das nicht. Allen, die in den vergangenen Jahren die Oberstufe durchlitten haben, ist die verdammte Fehlstunden-Regel eingebrannt. Eines Tages werde ich völlig senil im Altersheim hocken und mein komplettes Leben vergessen haben – aber das mit den verfluchten zehn Prozent werde ich immer noch wissen.

»Klar«, sage ich.

»Gut«, meint Vegard. »Dann hoffe ich, dass es dir bald besser geht. Wir vermissen dich im Unterricht.«

Plötzlich fühlt es sich an, als herrschte Durchzug im Zimmer. Die Aufnahmeprüfung zur Musikhochschule! Jedes Jahr im Oktober veröffentlichen sie alle Infos dazu auf der Website. Oktober, das ist jetzt! Das gibt's doch nicht, dass ich so doof bin! Die Fahrt nach Hause in den Herbstferien hat mich nicht nur um Jahre zurückgeworfen, sie hat mich auch das Wichtigste überhaupt vergessen lassen. Dass ich die Aufnahmeprüfung schaffen muss. Rasch gehe ich ins Bad, putze mir die Zähne. Doch alle Zahnpasta der Welt kann den üblen Geschmack aus meinem Mund nicht vertreiben. Er überträgt sich auf meinen kompletten Körper. Als würde ich von innen heraus zerfallen, hier und jetzt, während ich mich im Spiegel betrachte. Ich bin nicht besser als die morschen Kiefern im Wald. Ich bin genauso infiltriert und voller Mist wie sie. Und im Gegensatz zu ihnen kann ich das nicht auf den Borkenkäfer schieben. Ich bin selbst schuld. Der Felsvorsprung am Fluss zieht mich stärker an als seit Langem. Aber hier in der Stadt gibt es keinen Fluss, nur einen See. Und ich bin nicht so entschieden wie Virginia Woolf, die sich die Steine in ihre Taschen stopfte.

Da klingelt plötzlich mein Handy.

Es ist Anne.

Ich spucke den Schaum aus.

Drücke auf den roten Hörer. Manchmal frage ich mich, ob Anne ein Torleif-Radar hat, das jedes Mal lospiept, wenn es mir schlecht geht. Denn irgendwie bringt sie es fertig, immer dann anzurufen, wenn ich tief unten in einem schwarzen Loch stehe. Trotzdem habe ich gerade keine Kraft, mit ihr zu reden. Erst muss ich duschen und mit der Schulkrankenschwester sprechen, ich rufe sie heute Abend zurück. Bevor ich mich doch noch umentscheiden kann, trete ich entschlossen in die Dusche und drehe das Wasser auf. Ich dusche lange, auch wenn mich gerade nicht mal eine heiße Quelle warm bekäme.

Plötzlich meine ich Mamas Stimme im Kopf zu hören.

»Oh, jetzt hast du es vermasselt, Tøllef!«

»Ja«, flüstere ich.

Das warme Wasser wäscht die Tränen weg.

»Das sieht dir gar nicht ähnlich.«

»Nein.« Ich senke den Blick.

Wie ein großes Marshmallow verschließt die Seife den Abfluss.

»Aber was soll ich denn tun?!«

»Sprich mit ihnen!«

»Mit wem denn?«, rufe ich.
Doch ihre Stimme ist verschwunden.
Ich stelle das Wasser ab.
Betrachte mich im Spiegel. Mein Kopf ist rot wie ein frisch gekochter Krebs. Sprich mit ihnen, denke ich. So, wie ich Mama kenne, findet sie sicher, ich sollte mit Anne anfangen. Dabei ist es das, was am meisten schmerzt.
Neben Horimyo, natürlich.
Und Kim, und Rada ...

Auf dem Flur bleibe ich kurz stehen. Lausche. In der Schule ist es absolut still. Die erste Stunde ist noch im Gange und die Mittagspause meilenweit entfernt. Nicht, dass ich mir vorstellen könnte, in einem Raum voller Leute zu sitzen. Aber ich will auch nicht zur Krankenschwester. Ich weiß eh, wie dieses Gespräch ablaufen wird. Also gehe ich raus, folge dem schmalen Pfad, der von der Schule zum See führt. Dunst hängt noch über der Stadt, doch in all dem Grau sieht es so aus, als würde es bald heller werden, im Licht liegt eine Wärme, die ich lange nicht gesehen habe.
Ich setze mich auf eine Bank und blicke aufs Wasser.
In diesem Moment ruft Anne wieder an.
Ich bin kurz davor, dranzugehen.
Aber dann fällt mir wieder ein, was Rada gesagt hat, *back into the closet*, kaum dass ich wieder zu Hause war. Und ich überlege, ob Wilhelmina Anne wohl erzählt hat, dass ich ihr nicht geantwortet habe. Und schon ist alles wieder so schwierig.
Ich schiebe das Handy zurück in die Tasche.
Ziehe die Jacke enger um mich herum.
Zwei Stockenten schwimmen an Land. Sie watscheln die

paar Meter auf mich zu. Schauen mich an und quaken nach Essen. Ich weiß nicht mehr, ob es Kim war oder Rada, die mir das erzählt hat, jedenfalls gibt es offenbar queere Enten. Ich überlege, ob sie von den anderen gejagt werden oder ob es für die Gruppe okay ist, dass sie anders sind. Die Enten verlieren rasch das Interesse an mir, watscheln weiter und picken im Gras herum. Das ist immer noch grün, dabei haben wir schon Mitte Oktober.

Ich greife wieder nach meinem Handy.

Es ist bald halb elf.

Wenn ich den Schleichweg am Schwimmbad nehme, schaffe ich es, vor der Mittagspause einzukaufen. Dann kann ich mich zurück in mein Zimmer schleichen und einen Plan für die restliche Woche fassen.

Aber als ich nach dem Einkauf zurück zum Internat komme, sitzt Anne vor meiner Tür. Sie stützt sich auf den gesunden Arm und springt auf. Ihr roter Mantel wirbelt um ihre langen Beine.

»Anne«, sage ich und lasse die Plastiktüte zu Boden gleiten.

»Tja, wenn der Berg nicht zum Propheten kommt, muss der Prophet eben zum Berg kommen.«

Sie lacht und nimmt mich in den Arm.

Da fange ich an zu weinen.

»Torleif, Torleif, Torleif«, flüstert Anne. Sie streicht mir über den Rücken. »Was ist denn nur passiert?«

»I-ich weiß nicht«, stammle ich und wische mir die Tränen mit dem Jackenärmel weg.

»Pass auf.« Anne hält mich an den Schultern von sich weg. »Du bringst jetzt diese Tüte in dein Zimmer und dann gehen wir beide zum Mittagessen zu *Kåre*. Klingt das nach einem Plan?«

Ich nicke.

Schnell schließe ich mein Zimmer auf und räume die Sachen weg. Und bevor ich es richtig begreife, sind Anne und ich auch schon zwischen den niedrigen Holzhäusern zur Studikneipe im Zentrum unterwegs. Die Sonne hat es endlich geschafft, den Nebel zu vertreiben, und der Asphalt glitzert, als läge eine Schicht Blattgold darüber.

»Ich habe letzte Woche viel an dich gedacht«, sagt Anne und blinzelt in die Sonne. »Und mir Sorgen gemacht, weil ich nichts von dir gehört habe. Na ja, und dann habe ich mitbekommen, dass Trond ohnehin in die Stadt wollte, also hab ich ihn gefragt, ob er mich mitnimmt.«

Ich schlucke.

Annes Augen sind wie ein Lügendetektor. Und als sie die Hand auf meinen Arm legt, so wie sie es früher gemacht hat, wenn sie gefragt hat, wie es Mama geht, löst das einen Erdrutsch in mir aus.

»Es tut mir leid«, sage ich leise. »Ich hatte nicht die Kraft, dich anzurufen.«

»Wegen der Sache in der *Berghütte*? Oder ist da noch etwas anderes?«

Ich halte die Luft an. Spüre, wie sich die Tränen wieder hinter den Lidern sammeln.

»Also, nicht dass ich damit sagen will, das wäre eine Kleinigkeit gewesen. Ich bin mir sicher, alle, die dort waren, haben den Schmerz gespürt, als die Geige zu Bruch ging.«

Ich schaffe es nicht, die Schwärze in mir noch länger zurückzuhalten. Sie zwängt sich hinaus, aus meinen Augen, der Nase und dem Mund.

»Ich habe alles kaputt gemacht«, schluchze ich.
»Oh, Torleif«, sagt Anne. »Komm her!«
Sie bleibt stehen und nimmt mich in den Arm.
»Rada hält mich für ein Arschloch. Horimyo sicher auch. Und Vater und Tallak und Wilhelmina auch, jede Wette. Alle halten mich für ein Arschloch.«
Anne drückt mich, fest, fest.
»Um Wilhelmina würde ich mir an deiner Stelle keine Sorgen machen.« Sie lacht. »Aber wer ist diese Rada, und weshalb glaubst du, dass sie das denkt?«
Ich erzähle ihr von den Herbstferien im ersten Oberstufenjahr. Dass ich endlich Leute kennengelernt habe, die mich mögen, wie ich bin. Von den Weihnachtsferien, die wir im ersten Jahr bei Rada und ihrer Familie verbracht haben, und im zweiten bei Kim und seiner. Dann berichte ich von meiner Rückkehr vorletzten Sonntag. Und was Rada davon hält, dass ich Wilhelmina geküsst habe.
Anne nickt. Wir gehen am leer stehenden Kino vorbei und setzen unseren Weg entlang des Sees Richtung Kulturzentrum und Kirche fort. *Bei Kåre* liegt direkt vor uns. Anne legt die Hand an den Türgriff. Eine melancholische Glocke kündigt uns an, als wir das kleine dunkle Bistro betreten. Es duftet süß nach Kardamomwaffeln. Zwei Frauen mit schwarzen Brillen und asymmetrischen Frisuren sitzen auf den Barhockern am Fenster. Zum Glück ist es hinten, wo die Sofas stehen, leer.
»Aber ...«, sagt Anne, nachdem wir uns gesetzt haben, »... kennen Rada und Kim deine Geschichte?«
»Du meinst, das mit Mama?«
»Ja«, sagt sie. »Und ...?«
»Der Fluss«, sage ich.

»Ja, dass du versucht hast, dir das Leben zu nehmen.«
Ich schlucke.
Wenn sie es so formuliert, klingt es gleich viel dramatischer.
»Nein, von der Sache am Fluss wissen sie nicht.«
»Ach?«
»Wir haben einen Pakt«, erkläre ich. »Wir reden nicht über den Mist aus unseren früheren Leben.«
Anne guckt mich an, als hätte ich gerade behauptet, die Erde sei eine Scheibe.
»Torleif«, sagt sie. »Was glaubst du denn, wofür Freunde da sind? Wenn man nicht mal mit seinen Freunden über alles reden kann, mit wem denn dann? Also, versteh mich nicht falsch, Leute, die alles Miese in ihrem Leben wieder und wieder durchkäuen, sind kaum zu ertragen. Aber dass es dir so schlecht ging, dass du am liebsten gestorben wärst, ist eine große Sache. Und es ist wichtig, dass du so was nie wieder tust! Wenn deine Freunde deine Geschichte kennen, können sie dir helfen. Ich glaube, es war Marilyn Monroe, die so etwas sagte wie: Wer nicht mit mir klarkommt, wenn es mir schlecht geht, hat mich auch nicht verdient, wenn ich auf dem Höhepunkt bin.«
Ich sitze einfach nur da und staune.
Es ist das erste Mal, dass Anne Marilyn Monroe zitiert.
»Bleib ruhig sitzen und lass es sacken, ich besorge uns schon mal Kaffee. Ich nehme einen schwarzen. Du?«
»Einen Cappuccino, bitte«, sage ich.
Annes Worte hallen wie ein Echo durch meinen Kopf. Sie ist wirklich gut darin, die Dinge ins rechte Licht zu rücken. Warum habe ich das selbst noch nie so gesehen? Hat das vielleicht mit der schwierigen Zeit zu tun, damals, als

ich mit Stig-Rune und den anderen befreundet war? Damit, dass ich, gewissermaßen schon bevor wir dem Sandkasten entwachsen waren, gelernt hatte, dass es am klügsten ist, den Mund zu halten? Oder steckt was anderes dahinter? Ich erinnere mich ganz genau daran, wie erleichtert ich war, als Kim mich eines Abends fragte, ob ich queer sei. Es war, als hätte ich einen schweren Rucksack voller Schulbücher abgesetzt. Endlich. Habe ich den anderen Teil von mir deshalb für mich behalten? Die Schwärze. Das Schwere. Hatte ich Angst, es könnte zu viel für sie sein? Habe ich gedacht, sie würden nur den hellen Teil meiner Persönlichkeit mögen?

Anne kommt zurück, in der gesunden Hand ein Tablett mit den Kaffeetassen, die Speisekarte unter den Gipsarm geklemmt.

»Danke«, sage ich und hoffe, sie versteht, dass ich damit nicht nur den Kaffee meine.

Da schaut sie mich mit warmem Blick an und sagt: »Ich habe ihr versprochen, auf dich aufzupassen, Torleif. Das hier ist Teil dieses Versprechens.«

Bei diesem Mittagessen esse ich mehr als in der kompletten letzten Woche. Ein riesiges Sandwich mit Hühnersalat. Eine Waffel mit Erdbeersoße und saurer Sahne. Dazu trinke ich zwei Tassen Cappuccino und drei Gläser Wasser. Ich fühle mich wie eine generalüberholte Geige. Anne erzählt von ihrem neuen Assistenten, Jan, in den sich Wilhelmina vom Fleck weg verknallt hat. Als ich das höre, geht es mir etwas besser, aber ich will ihr trotzdem schreiben und mich entschuldigen. Und sei es nur, um den Arschloch-Stempel loszuwerden.

Anne begleitet mich zurück zum Internat.

»Versprichst du mir, mit Rada und Kim zu sprechen?«

»Ja.« Ich umarme sie.

Als ich die Tür hinter mir zuziehe, geht es mir besser als seit Langem. Ich schaue auf mein Handy. Es ist Viertel nach zwei. In einer Stunde und fünfzehn Minuten haben Rada und Kim Schulschluss. Ich öffne unseren Gruppenchat. Dort war es letzte Woche ziemlich ruhig.

Hi, schreibe ich. *Sorry, dass ich mich so ewig nicht gemeldet habe. Können wir uns später in der Bib treffen?*

Dann drücke ich auf Senden. Mein Herz dröhnt wie eine Marschtrommel.

Kims Name taucht in Grün unten auf dem Display auf.

The prodigal son returns, schreibt er. Aber dahinter folgt ein zwinkerndes Emoji.

Dann poppt Radas Name auf.

Ich beiße mir auf den Daumennagel.

Klar, schreibt sie. *Aber können wir uns vor dem Abendessen treffen? Wir schreiben morgen Spanisch und ich habe seit den Ferien noch so ungefähr gar nicht gelernt.*

Erleichtert atme ich aus.

Immerhin hat keiner von ihnen das A-Wort benutzt.

Perfekt, schreibe ich. *Gleich nach der Schule?*

Okily, dokily, schreibt Kim.

Rada antwortet mit ihrem Ninja-GIF.

Da atme ich endlich bis tief in den Bauch durch.

Okay, sage ich zu mir selbst. Das war der erste Teil der Etappe. Jetzt muss ich es ihnen nur noch erzählen.

Ich entdecke Rada, sobald ich die Bibliothek betrete. Sie hat die Füße in den schwarzen Militärstiefeln unter das lilafarbene Holzfällerhemd gezogen und steckt mit der Nase tief in dem Buch, das vor ihr auf dem riesigen Sitzsack liegt.

Ich beiße mir kurz auf die Lippe, dann gehe ich zu ihr.

»Es tut mir leid, dass ich ein Arschloch war«, sage ich.

Rada blinzelt mich an.

»Okay«, sagt sie verwirrt. »Ist schon in Ordnung?«

Da kommt Kim auf uns zugelaufen.

»Wer ist gestorben?«, fragt er und guckt von Rada zu mir.

»Niemand.« Ich räuspere mich. »Aber es gibt etwas nicht so Schönes, das ich euch erzählen muss.«

Rada schlägt das Spanischbuch zu und stellt die Beine

auf den Boden. Kim setzt sich neben sie auf den Sitzsack. Mit einem Mal fühlt es sich an, als wäre ich nicht in einer Bibliothek, sondern in einer Sauna. Ich schwitze, ziehe die Jacke und den Wollpulli aus. Denk an Anne, rede ich mir gut zu, und an Marilyn Monroe. Wenn die ihren eigenen Rat befolgt hätte und selbst etwas netter zu sich gewesen wäre, hätte sie vielleicht keine Überdosis genommen.

»Ich hab euch doch von Mama erzählt?«

Rada zieht die Augenbrauen zusammen, Kim nickt.

Was habe ich mir eigentlich dabei gedacht, mich hier mit ihnen zu verabreden? In der Bibliothek. Es ist viel zu still. So still, dass ich meine eigenen Gedanken hören kann, und Kim und Rada sicher auch.

»Na ja ...« Ich huste. »Es gibt da etwas, das ich euch nicht erzählt habe. Nämlich, dass ich in dem Frühjahr versucht habe, mir das Leben zu nehmen.«

Ich betrachte meine Hände.

»What?«, macht Rada. »Warum hast du uns das nicht früher gesagt?«

Ich schaue sie an.

Sie hat die Augen weit aufgesperrt.

»Na ja, das ist nicht gerade der beste Opener.« Ich versuche zu lachen. »Hi! Ich bin suizidal, und wer bist du?«

Rada schnaubt.

Aber Kim kommt zu mir rüber und umarmt mich. Seine roten Locken kitzeln mich an der Wange.

»Außerdem ging es mir schon viel besser, als wir uns im Herbst kennengelernt haben. Den Sommer über war ich regelmäßig bei einem Psychologen und im ersten Herbst am Internat hab ich noch fast jede Woche mit ihm telefoniert. Letztes Jahr konnte ich ja sogar das Cipralex absetzen.«

»Daran erinnere ich mich«, sagt Kim. »Aber ich dachte, dabei ging es nur um die Sache mit deiner Mutter, um den Krebs und so?«

Ich schüttle den Kopf.

»Ich schätze, ich wollte der Sache nicht so viel Platz einräumen. Hierherzukommen war, wie eine andere Welt zu betreten. Die Schwärze verschwand nach und nach. So wie damals habe ich mich nicht mehr gefühlt, bis ich diese Ferien nach Hause gefahren bin. Da war ich wieder ein paarmal am Fluss, wo ...«

Meine Stimme bricht wie bei einem Zwölfjährigen mitten im Stimmbruch und ich senke den Blick. Schlucke schwer.

»Scheiße«, flüstert Rada. »Und dann sage ich dir als Erstes, dass du ein Arschloch bist.«

Sie stürzt sich auf mich und drückt mich so fest, dass es wehtut.

»Sorry!«

Ich drücke ebenso fest zurück. Radas Umarmungen sind fast so gut wie Annes. Sie haben eine ganz eigene Intensität.

Ich spähe zu ihr hoch.

»Wir sind immer noch Freund*innen, oder?«

»Klar«, sagt sie und lehnt sich ebenfalls an mich. Es tut unglaublich gut, Schulter an Schulter zwischen seinen besten Freund*innen zu sitzen. Und zum ersten Mal überhaupt zu wissen, dass sie wirklich alles an mir mögen. Das ganze bunte Puzzle, das Torleif Tjønnstaul ergibt.

»Ich hab trotzdem verstanden, dass ich ein Arschloch war«, sage ich. »Gegenüber Wilhelmina und gegenüber Horimyo.«

Kim lacht laut auf.

»Was für eine fantastische Überleitung, du Dulli!«

»Hallo, ich wollte halt nicht alles auf Rada schieben. Sie kann schließlich nichts dafür, dass ich mich eine Woche lang eingemauert und nichts als Fertiggerichte gegessen hab.«

Jetzt lachen beide. Bis auf eine frisch gestimmte Geige gibt es wohl kein besseres Geräusch als das Lachen der beiden, nachdem ich einen Witz gerissen habe.

Am Abend bin ich ungewohnt ruhig. Ich schiebe die Jalousie hoch und schaue aus dem Fenster. Es ist Halbmond. Frost liegt über der Wiese und glitzert im Licht der Straßenlaterne. Da fange ich an, die Kartons auszuräumen, die immer noch mitten im Zimmer stehen. Die erste Platte, die mir in die Hände fällt, ist Joni Mitchells *Blue*. Ich nehme sie hoch. Sie riecht nach alten Büchern und leider nicht mal ein kleines bisschen nach Mamas Hustenbonbons. Trotzdem lege ich sie auf den Schreibtisch und hieve den Plattenspieler aus dem Karton. Ich stelle ihn ins Bücherregal und verbinde ihn mit der Stereoanlage. Dann nehme ich die Platte aus ihrer Hülle, öffne die Plexiglasabdeckung des Plattenspielers. Ich setze die Nadel an. Ein gemütliches Knistern ertönt, ein bisschen so, als wenn Goffa seinen kleinen Kachelofen mit Kienholz anfeuert. Doch kaum erklingt das seltsame Solo des Appalachian Dulcimer von *All I Want*, fühle ich mich in Mamas Toyota zurückversetzt. Immer, wenn wir zum Wandern rausfuhren, spielte sie diesen Song. Ihre Stimme, die nie ganz traf, wenn sie versuchte, den Höhen zu folgen, in die sich Jonis Melodie schraubte. Bisher habe ich nie groß über den Text nachgedacht, so gesehen ist es, als würde ich das Lied zum ersten Mal hören. Eine Möglichkeit, frei zu sein – ist das nicht etwas, wonach wir alle streben, im Grunde unseres Herzens?

Nacheinander räume ich die Platten in mein Bücherregal, während ich den verdrehten Strophen dieser Hippie-Tante lausche, zu der meine Mutter eine fast religiöse Beziehung hatte. Ich fühle mich so sehr wie ich selbst wie lange nicht mehr. Ich denke an das Gespräch mit Anne bei *Kåre*. Die Aussprache mit Rada und Kim. Was mir jetzt noch bevorsteht, ist, mich bei Wilhelmina und Horimyo zu entschuldigen.

Ich falte den leeren Karton zusammen, lasse mich dann aufs Bett fallen und öffne Insta. Aus reinem Reflex drücke ich auf die Lupe, die Suche öffnet sich und sein Name taucht an erster Stelle auf, ueda_kintsugi. Ein Ziehen im Bauch, als ich sein Profil öffne. Aber er hat nichts Neues gepostet. Nicht mal eine Story. Ich seufze. Ich rufe meine Nachrichten auf und finde die von Wilhelmina.

Hi!, schreibe ich. *Danke für deine liebe Nachricht.*
Ich streiche *liebe*.
Schreibe: *Ich wollte mich für das entschuldigen, was beim Folkemusikk-Pub passiert ist.*
Streiche: *wollte*.
Schreibe stattdessen: *muss*.
Ich bin queer.
Ich streiche *queer*, weil das heißen kann, dass ich trotzdem auch auf Frauen stehe.
Ich bin schwul. Aber ich habe mich im Dorf noch nicht geoutet.
Ich beiße mir auf den Daumennagel.
Wir können gern mal einen Kaffee zusammen trinken,

allerdings bezweifle ich, dass ich in der nächsten Zeit nach Hause komme.
Dann drücke ich auf Senden.
Eine Sekunde vergeht.
Zwei.
Sie hat die Nachricht gelesen.
Die drei Punkte hüpfen auf und ab.
Dann verschwinden sie.
Ich halte die Luft an.
Aber Wilhelmina antwortet nicht. Also wende ich mich wieder den Kartons zu und räume den nächsten aus. Dabei denke ich die ganze Zeit darüber nach, was ich Horimyo schreiben soll. Aber es ist, als litte ich plötzlich an Legasthenie. Die Buchstaben tanzen vor meinen Augen, und ich schaffe es nicht, sie zu Wörtern zu versammeln. Schon gar nicht zu Sätzen. Sich bei jemandem zu entschuldigen, den man verletzt hat, aber nicht gut kennt, ist das eine. Etwas ganz anderes ist es, sich bei jemandem zu entschuldigen, den man liebt. Das kostet viel mehr. Und ich bin gerade so was von pleite.

Dienstag haben wir wie gewöhnlich als Erstes Norwegisch. Astrid steht vorne am Pult und wirkt beinahe frisch. Sie muss ihre Haare in den Ferien schwarz nachgefärbt haben und die kleine runde Brille ist poliert. Hinter ihr an der Tafel steht in einer schnörkeligen Schreibschrift *Haugtussa*. Als alle auf ihren Plätzen sitzen und es ruhig geworden ist, deklamiert sie:

»O, würdst du mich mit Schnüren binden,

o, binden, bis die Sinne schwinden!

O, würdst du mich fest an dich ziehen,

dass ich könnt der Welt entfliehen!«

Ihre Stimme ist so fest wie das Dovre-Gebirge, während sie rezitiert, und alle in der Klasse hören gebannt zu.

»Weiß jemand, woher diese Zeilen stammen?«

Kims Hand schießt in die Höhe. »Valkyrien Allstars!«

Astrid lacht.

»Du hast recht, dass genau dieser Vers in einem der Songs auf ihrer ersten CD vorkommt, aber das Original liegt doch um einiges weiter zurück. Der Gedichtzyklus *Haugtussa* wurde bereits 1895 von dem norwegischen Autor und Sprachaktivisten Arne Garborg geschrieben.«

»Oh.« Kim senkt den Blick.

»Im Lauf des nächsten Monats wollen wir uns mit diesem Zyklus beschäftigen. Wir werden analysieren, wie Garborg Bilder aus der Natur benutzte, um die Kraft und Grausamkeit des Menschen zu beschreiben, alles geschildert aus dem Blickwinkel der hellsichtigen Figur Veslemøy. Ich habe euch einen Klassensatz mitgebracht, nehmt euch bitte später auf dem Weg in die Pause ein Buch mit.«

»Oh lala«, sagt Kim. »Ist das wie X-Factor anno 1895?«

Da lacht Astrid laut auf.

»Wenn es dir hilft, es so zu betrachten, Kim! Dann können wir es gern so nennen. Jedenfalls wird es ein wichtiges Projekt. Ich möchte, dass ihr alle den Zyklus bis Montag lest und einen Abschnitt auswählt, der euch besonders gut gefällt. Damit werdet ihr dann in einem interdisziplinären Projekt in Norwegisch und Kompositionslehre arbeiten. Es gibt nämlich einen Liederzyklus von Grieg, der zwölf der Gedichte umfasst, leider sind allerdings nur acht davon veröffentlicht worden. Aber dazu wird euch Sigvart mehr erzählen.«

Alle seufzen. Norwegisch und Kompositionslehre gehören zu den schwierigsten Fächern von allen, und eine Kombination aus beidem klingt ziemlich heftig. Dennoch lassen mich die Verse den restlichen Tag über nicht los. *O, würdst du mich fest an dich ziehen, dass ich könnt der Welt entfliehen!* Das erinnert mich an Horimyo. An den Kuss im Wald. An das, was im Blockhaus passiert ist. Sein Kiefernduft. Innerlich rufe ich: HORIMYO!

Nach Schulschluss schleppe ich Kim mit in die Bibliothek, um *Haugtussa* auszuleihen. Er blättert lustlos in dem Buch, das er von Astrid bekommen hat.

»Ich kapiere nicht, warum du das Buch unbedingt leihen willst.«

»Das hab ich immer mit Mama gemacht«, sage ich leise.

»Ah.« Er verstummt.

Ein seltsames Licht liegt über der Stadt. Die Wärme hat die Erde zum Dampfen gebracht, doch jetzt, wo es Abend wird, legt sich die Feuchtigkeit wie ein Schleier über die Hügel. Die Sonne steht als rote Kugel am Horizont. Sie erinnert mich an Horimyos Baumscheibe. An das Gold, mit dem er die Risse gefüllt hat. Mir kommt eine Strophe aus einem Leonard-Cohen-Song in den Sinn. Irgendwas mit einem Riss, durch den das Licht hereinbricht. Ich lächle vor mich hin.

»Was ist los?«, fragt Kim.

»Ich hab nur an Horimyo gedacht.«

»Oh my God«, sagt Kim. »Du bist ja echt lächerlich verknallt.«

Ich nicke.

Doch dann kommt mir der Wortnebel in den Sinn, aus dem ich mich nicht befreien konnte, als ich versucht habe, ihm zu schreiben.

»Du, Kim?« Ich räuspere mich.

»Jaa?« Er stößt die Tür zur Bibliothek auf.

Die Frau an der Ausleihtheke schaut auf und lächelt uns zu, aber wir gehen direkt weiter zu den Sitzgruppen hinten im Raum.

»Wie soll ich Horimyo bloß erklären, was passiert ist?«

Kim dreht seine längste rote Haarsträhne zwischen Zeige- und Mittelfinger.

»Hmm«, überlegt er. »Das ist echt nicht leicht. Und wie du gestern gesagt hast: Zu erzählen, dass du dir das Leben nehmen wolltest, ist nicht der beste Opener. Also, wenn man wie Rada und ich längst alle Seiten von Torleif ›der einsame Wolf‹ Tjønnstaul kennt, kommt man schon damit klar. Aber sonst ist es vielleicht ein bisschen too much?«

Ich muss lachen.

»Eben«, sage ich. »Vielleicht finden wir Inspiration in *Haugtussa*?«

Jetzt kichert auch Kim.

»Na ja, die Hoffnung stirbt zuletzt«, meint er.

Wir machen es uns auf dem riesigen Sitzsack bequem, auf dem wir gestern schon gesessen haben.

»Hol dir dein Buch, das Homorakel schaut unterdessen mal, welche Informationen es im unendlichen Internet findet.«

Ich nicke. Dann gehe ich langsam zurück zur Theke, lasse dabei den Blick über die immensen Bücherregale schweifen, die vom Boden bis an die Decke reichen. In der Bibliothek herrscht diese spezielle Ruhe, die ich liebe. Wenn wir früher im Ausland im Urlaub waren, hat Mama uns immer in besondere Bibliotheken geschleppt. Den *Schwarzen Diamanten* in Kopenhagen werde ich nie vergessen. Wie groß er war. Beinahe wie eine Kathedrale. Dort wäre unsere Schulbibliothek nur ein kleiner Veranstaltungsraum, aber diese Ruhe, die man sonst nirgendwo findet, gibt es auch hier. Die Bücher sind ein wenig wie Bäume in einem Wald; allein ihre Anwesenheit lässt mich freier atmen.

»Kann ich dir helfen?«

Ich fahre zusammen, drehe mich um und blicke ins Gesicht einer etwa fünfzigjährigen Frau, die gerade dabei ist, Romane von einem Rollwagen zurück ins Regal zu räumen.

»Äääh, ja«, sage ich. »Ich möchte *Haugtussa* ausleihen?«

Sie legt das Buch, das sie gerade in der Hand gehalten hat, auf dem Wagen ab und lacht.

»Oh«, sagt sie. »Ich kann mich gar nicht erinnern, wann das zuletzt jemand haben wollte. Ich fürchte, da muss ich im Magazin nachschauen. Ist es in Ordnung für dich, kurz zu warten?«

Ich nicke und gehe in Richtung Jugendbuchabteilung. Dort wird ziemlich viel Fantasy präsentiert. Ich greife nach einem Manga, aber ich habe es noch nie geschafft, ein Buch falsch herum zu lesen. Also stelle ich es zurück und verlasse die Abteilung. Als ich um die Ecke komme, stoße ich beinahe mit der Bibliothekarin zusammen.

»Es hat ein bisschen gedauert. Aber ich habe es gefunden.«

Sie streicht sich ein paar Spinnweben aus dem Haar.

»Super«, sage ich und krame mein Portemonnaie aus der Jackentasche.

Gemeinsam gehen wir zur Ausleihtheke, wo sie den Gedichtband mit einem Piepsen auf meine Karte bucht. Ich schlendere zurück zu Kim.

»So«, sage ich, als ich mich neben ihn auf den Sitzsack fallen lasse.

»Ich hab schon versucht, ein bisschen was zu lesen, aber die Sprache ist so was von altmodisch. Meinst du, das gibt's auch als Film?« In Kims Gesicht scheint Hoffnung auf.

»Glaub ich kaum«, sage ich. »Höchstens in Schwarz-Weiß.«

»Schnarch!«

Er lässt sich auf dem Sitzsack zurückfallen.

»An solchen Tagen wünschte ich, ich hätte Medien und Kommunikation gewählt, wie Rada.«

Ich lache. Nichts passt besser zu Kim als der Theaterschwerpunkt, schließlich liebt er es, im Scheinwerferlicht zu stehen.

»Okay«, sage ich. »Dann lass uns erst über die andere Sache reden. Hast du online gute Ausreden gefunden?«

Kim scrollt auf seinem Handy herum.

»Hm«, macht er. »Das bist alles irgendwie nicht du.«

Ich atme tief ein und lasse mich ebenfalls zurücksinken.

»Was für ein Mist«, sage ich. »Warum ist es eigentlich so schwer, sich zu entschuldigen?«

Plötzlich fällt mir etwas Schönes ein, das Mama mal zu mir gesagt hat, als ich klein war. Ich glaube, ich hatte gerade mit Tallak gestritten. Keine Ahnung, warum. Aber offenbar hatte ich angefangen, denn sie sagte: »Findest du nicht, dass *Entschuldigung* das schönste Wort der Welt ist? Es ist nämlich das einzige, das wie ein Radiergummi funktioniert und alles Böse wegradiert, was zwischen zwei Menschen gesagt wurde.«

Ich stehe auf.

Greife nach meinem Handy und tippe los.

Einfach so, ich schreibe das Erste, was mir in den Kopf kommt.

Hallo Horimyo, schreibe ich. *Ich weiß nicht, wie es dir in den letzten zwei Wochen ergangen ist. Bei mir war jedenfalls alles ziemlich schwierig.*

»Was machst du?«, fragt Kim.

»Psst, ich schreibe«, erwidere ich.

Es tut mir leid, dass ich Wilhelmina geküsst habe. Ich hatte plötzlich Angst. Angst, dass mein Vater und mein Bruder, eigentlich sogar das ganze Dorf, erkennen würden, wer ich wirklich bin. So. Jetzt habe ich es ausgesprochen. Ich weiß, dass ich feige war, aber ich habe mich vor meinem Vater und meinem Bruder noch nicht geoutet. Ich verstehe gut, wenn du nie wieder etwas mit mir zu tun haben willst. Alles Gute, Torleif.

Über den Rand des Handys brennen Kims Augen in meinem Gesicht.

Mein Daumen zittert, als ich die Nachricht abschicke.

»Puuuuuuuh.«

Ich schmeiß das Handy auf den Sitzsack.

Und mich gleich hinterher.

Kim greift nach meinem Handy und liest.

»Chapeau vor deiner Ehrlichkeit«, meint er.

Ich schaue ihn zweifelnd an.

Ich bereue jetzt schon, dass ich die Nachricht abgeschickt habe.

Da vibriert mein Telefon und mein Herz mit ihm, aber es ist bloß Rada, die fragt, wo wir verdammt noch mal bleiben, es gibt heute nämlich Meze in der Mensa.

In der Nacht schlafe ich nicht eine Sekunde. Und früh am nächsten Morgen bin ich so ruhelos und die Rumliegerei so leid, dass ich zum Fenster gehe und die Jalousie hochschiebe. Im Lichtschein der Straßenlaterne entdecke ich ein Reh. In hohen Sprüngen setzt es über den Bürgersteig davon. Ich muss wieder an den Elch denken. Vielleicht ist der Schlüssel zum Überleben, es einfach so wie er zu machen. Sich dort aufzuhalten, wo man weiß, dass man sicher ist. In das Waldstück direkt unterhalb von Goffas Haus gehen die Jäger nicht, es ist zu nah am Wohngebiet, sodass sie dort nicht mal schießen könnten, wenn ihnen der Elch direkt vors Gewehr liefe. Er ist klug und hat ein sicheres Versteck gefunden. Ich öffne das Fenster. Langsam erwacht die Stadt zum Leben. Das Geräusch von Reifen auf nassem Asphalt dringt zu mir hoch.

Wie spät es wohl ist?
Ich greife nach meinem Handy.
06:11 Uhr.
Da entdecke ich es.
Eine neue Nachricht bei Instagram.
Ich öffne die App, fast wie auf Autopilot, klicke auf das kleine Papierflugzeug oben in der Ecke. Mein Herz bleibt stehen. Eine neue Nachricht von Horimyo. Mein Mund wird trocken. *Lieber Torleif,* lese ich. *Ich weiß, wie schwer es ist, zu sich selbst zu stehen. Ich habe mich auch viele Jahre versteckt. Und ich hatte Freunde, die in den Aokigahara gingen und nie zurückkehrten. Aber an dieser Stelle im Leben bin ich nicht mehr, und ich hoffe, du verstehst, dass ich nicht dorthin zurückwill. Dein Horimyo.*

Es fühlt sich an, als wäre ein Blitz auf mich herabgefahren. BÄM, macht es. Und ein elektrischer Schlag schießt durch meinen Körper.
Ich renne zu Kims Zimmer, hämmere an seine Tür.
»Kim! Mach auf!«
Ich höre tapsende Schritte und einen Moment später geht die Tür auf. Die rosa Einhornpantoffeln passen zu der Schlafmaske, die er sich in die Haare geschoben hat. Er blinzelt mir entgegen.
»Was ist los?«, fragt er. »Brennt es?«
»Nein«, sage ich. »Horimyo hat geantwortet!«
Ich halte das Handy hoch, damit er es sehen kann.

»Ah.« Er lässt sich schwer aufs Bett fallen, vergräbt den Kopf im Kissen.

»Irgendwie hatte ich etwas mehr Begeisterung erwartet.«

»Die Energie, die es zur Begeisterung braucht, habe ich erst nach achteinhalb Stunden Schlaf«, erwidert er sauer. »In anderthalb Stunden können wir über Begeisterung sprechen, okay?«

Wortlos gehe ich zu seinem Schreibtisch, schalte die Kaffeemaschine an und lasse die Jalousie aufschnappen.

»Hey!«, grunzt er.

»Ich brauche die Begeisterung meines besten Freunds jetzt, klar?«, sage ich. »Das ist das erste Mal seit zwei Wochen, dass Horimyo ein Lebenszeichen von sich gibt.«

Kim dreht sich um und guckt mich an.

»Ich bin dein bester Freund?«

»Äh, ja«, mache ich. »Ich dachte, das wüsstest du?«

Kim setzt sich im Bett auf, reibt sich die Augen. Dann lächelt er reichlich müde.

»Ja«, sagt er. »Eigentlich wusste ich das. Aber es ist trotzdem schön, das ab und an zu hören. Machst du mir einen doppelten Americano?«

Ich fülle den Wassertank der Maschine auf, dann mahle ich die Bohnen in der kleinen Kaffeemühle in Kims Regal, fülle das Pulver in den Siebträger, setze ihn ein und drücke auf den Knopf. Die Maschine zischt und faucht wie eine alte Dampflok, aber schließlich ist der Kaffee fertig. Ich bringe ihn Kim ans Bett, feierlich nimmt er einen Schluck.

»Okay«, sagt er. »Am besten liest du mir die Nachricht vor, damit ich einen Eindruck bekomme, wie dieser Horimyo so ist.«

Ich räuspere mich. Und dann lese ich.

»Was ist Aogokikahara?«
»Woher soll ich das wissen?«, frage ich. »Aber kapierst du, warum ich dich wecken musste?«

Er nickt, wischt sich in einer schnellen Bewegung durchs Gesicht und schüttelt sich gewissermaßen die Müdigkeit ab.

»Es sei dir verziehen«, sagt er.

»Was mach ich denn jetzt?«

Kim schaut mir in die Augen, stellt den Espresso vorsichtig auf dem Nachttisch ab, dann kommt er zu mir rüber und umfasst meine Schultern. Schüttelt mich.

»Jetzt ist es an der Zeit für große Gesten«, flüstert er. »Horimyo hat geantwortet. Er hat klargemacht, dass er sich nicht verstecken will. Und er hat dir noch nicht komplett vergeben. Das müssen wir ändern.«

Kim schaut mich eindringlich an. Ich muss schlucken. Torleif aus Alt-Säckingen ist nicht der Typ für große Gesten, so viel weiß ich. Aber ich komme gar nicht dazu, zu protestieren, denn Kim hat sich schon das Handy geschnappt und facetimt Rada. Sie liegt schlangenartig verrenkt auf dem Boden und ist ganz rot im Gesicht.

»Du musst rüberkommen«, krakeelt Kim. »Horimyo hat endlich geantwortet!«

»Aber ich stecke mitten in einer 30-Tage-Yoga-Challenge«, japst sie.

»Scheiß auf Yoga«, ruft Kim. »Das hier ist wichtiger!«

Rada stößt gegen ihr Handy, eine Sekunde lang ist alles schwarz, bevor wir die Decke ihres Zimmers sehen. Dann erscheint wieder ihr verschwitztes und leicht genervtes Gesicht im Bild.

»Okay, ich komme«, sagt sie. »Ich muss nur noch schnell duschen.«

Dann legt sie auf. Kim klatscht in die Hände, reckt die Nase in die Luft und schnüffelt demonstrativ.

»Duschen ist keine schlechte Idee«, meint er. »Rendezvous in dreißig Minuten hier?«

»Rande-was?«

Kim verdreht die Augen und stürzt den letzten Schluck Kaffee runter.

»Monsieur, Sie müssen unbedingt Ihre Sprache aufschwulen. *Rendezvous* ist Französisch und bedeutet, dass man sich zu einer bestimmten Zeit an einem bestimmten Ort verabredet.«

»Ist ja gut«, sage ich, obwohl ich nicht so recht kapiere, was er damit sagen will. Aber ich muss ohnehin über das mit der großen Geste nachdenken. Ich spreche vielleicht nicht fließend Französisch, aber hinter dem Mond hab ich die letzten Jahre auch nicht gelebt. Jedenfalls habe ich genug Rom-Coms gesehen, um eine Idee davon zu haben, was Kim vorschwebt. Der Augenblick, in dem der Held zeigt, dass er gewillt ist, alles für seine große Liebe zu tun. Wie in der Szene in *Heartstopper*, als Nick plötzlich bei Charlie vor der Tür steht und sie sich im Regen küssen. Aber ich bin kein Held. Und mein Leben ist auch keine romantische Komödie.

Zurück in meinem Zimmer, springe ich sofort unter die Dusche. Ich wasche mich in Rekordtempo. Schnappe mir die erstbesten Klamotten aus dem Schrank, schlüpfe hinein und eile dann zu Rada und Kim zurück. Die beiden warten schon auf mich. Rada hat die Beine hochgezogen und trägt ein schwarzes Kapuzenkleid. Kim sitzt lässig auf dem Bett.

»Lass mal hören, was dein Loverboy geschrieben hat«, verlangt Rada.

Sie nippt an einem Espresso.

»*Lieber Torleif*«, lese ich. »*Ich weiß, wie schwer es ist, zu sich selbst zu stehen. Ich habe mich auch viele Jahre versteckt. Und ich habe Freunde gehabt, die in den Aokigahara gingen und nie zurückkehrten. Aber an dieser Stelle im Leben bin ich nicht mehr, und ich hoffe, du verstehst, dass ich nicht dorthin zurückwill. Dein Horimyo.*«

»Fuck, er hat echt Freunde, die sich im Aokigahara das Leben genommen haben«, sagt Rada.

»Was ist das?«, fragt Kim.

»Hallo?«, sagt sie. »Ihr kennt den berühmtesten Selbstmordwald der Welt nicht?«

Kim und ich schütteln die Köpfe.

»Egal«, sagt Kim. »Ich bin immer noch derselben Meinung wie vorhin. Go big or go home! Oder noch besser: Go big AND go home.«

»Hm.« Rada zögert. »Ihr dürft nicht vergessen, wie wichtig Stolz in Japan ist. Und Torleif hat Horimyo sehr verletzt. In Asien bedeutet es eine große Scham, bloßgestellt zu werden. Und Stig-Rune hat in der *Hütte* nicht nur Torleif geoutet. Das betraf ja auch Horimyo.«

»Klar, Frau Ethnologin«, schnappt Kim. »Aber was kann Torleif dafür, dass Stig-Runde ein Hohlkopf ist?«

»Nichts«, gibt Rada zu. »Aber genauso wenig, wie ich weiß, wie es ist, queer zu sein, weiß ich, wie man sich als Japaner in Norwegen fühlt. Und der Ehrenkodex in den asiatischen Ländern *ist* ein anderer als bei uns, mehr sag ich gar nicht.«

»Danke, Rada«, sage ich. »Du meinst also, ich sollte ihm antworten?«

»Meinetwegen kannst du ihm so viele Nachrichten schicken, wie du willst«, sagt sie und zwinkert mir zu.»Aber in einem bin ich Kims Meinung: Du solltest ihm beweisen, dass du es ernst meinst.«

»Aber wie?« Ich stehe auf.»Soll ich aus einer Torte springen und ihm meine Liebe gestehen?«

Da fängt Rada so an zu lachen, dass ihr der Espresso aus der Nase läuft.

»Au, au, au«, ruft sie und stürzt ins Bad.

Ich nutze die Gelegenheit, um unter vier Augen mit Kim zu sprechen, von Kumpel zu Kumpel.

»Ich hab schon kapiert, dass du meinst, ich soll mir irgendwas Großes einfallen lassen, um Horimyo zu zeigen, wie sehr ich ihn liebe, aber ich weiß nicht, ob ich das kann.«

Vorsichtig lasse ich mich auf seinem Schreibtischstuhl nieder.

»Es liegt am Dorf. Und an denen, die dort leben.« Ich schüttele mich.»Ich weiß auch nicht.«

Da fasst mich Kim bei den Schultern. Es ist das erste Mal, dass ich ihn so ernst erlebe.

»Ich weiß nicht mehr, ob ich dir das schon mal erzählt habe, aber in der sechsten Klasse gab es eine Phase, in der es mir richtig schlecht ging. Damals hab ich meine Haare gehasst, dass ich queer bin, ja sogar meinen Namen. Ich fand, das ist ein megapeinlicher Assi-Name. Kim heißt doch wirklich niemand, höchstens kleine Mädchen. Aber dann bin ich eines Tages in der Bibliothek auf ein Buch gestoßen.«

Er wirft die Arme hoch.

»Voll das Klischee, was? Der Outsider, der sich nirgendwo zu Hause fühlt, findet Zuflucht in Bibliotheksbüchern. Jedenfalls war das ausgerechnet am Geburtstag von Kim

Friele und sie hatten einen Thementisch zu ihr und ihrem Werk.«

Ich schaue ihn fragend an.

»Ja, ich weiß«, sagt er. »Geradezu tragisch, dass ich erst mit zwölf von ihr erfahren hab. Norwegens erste offene Homosexuelle. Okay, noch eine Frau namens Kim, aber hey, sie hat den Weg für alle geebnet, die nach ihr kamen, auch für uns. Ich hab mir also eins der Bücher geschnappt und mich damit in eine Ecke zurückgezogen. Und habe es in einem Rutsch durchgelesen. Ich glaube, es hieß *Die Kämpfe – Kim Friele im Porträt*. Ein Zitat hat sich in meinen Kopf eingebrannt, nämlich das hier: *Entschuldige dich niemals dafür, wer du bist – und sei kompromisslos im Kampf für die Anerkennung von Homosexualität und gegen Homophobie. Denn es ist genauso schlimm, zu 70 Prozent akzeptiert zu werden, wie gar nicht.*«

Kims Augen glänzen.

Ich sehe zu Boden.

Ich traue mich nicht, zuzugeben, dass ich noch nie von Norwegens erster geouteten Homosexuellen gehört habe und nicht mal wusste, dass sie eine Frau war.

Ich schäme mich.

Rada stolpert aus dem Badezimmer.

Hektisch reibt sie mit Klopapier an ihrem schwarzen Kleid herum.

»So ein Mist!«, sagt sie. »Das war mein letztes sauberes Kleid. Da werde ich den Abend wohl im Waschkeller verbringen müssen.«

Kim wischt sich schnell die Tränen weg.

»Was hab ich verpasst?«, fragt Rada.

»Nur Kims fantastischen Vortrag über Kim Friele.«

Ich gehe zu ihm rüber und drücke ihn, weil ich nicht weiß, was ich sonst tun soll. Immerhin habe ich mich aufgeführt wie das größte Arschloch überhaupt. Wie ein verdammtes feiges Arschloch. Aber ich hoffe wirklich, dass ich es wiedergutmachen kann. Dass nicht noch auf meinem Grabstein stehen wird: *Hier ruht Torleif Tjønnstaul. Der feigeste Kerl von ganz Alt-Säckingen.*

Wir gehen zusammen in die Mensa. Rada und Kim plappern gut gelaunt vor sich hin, während sich in meinen Kopf noch immer alles dreht. Die letzten Wochen waren ein einziges Chaos aus Gefühlen, Gedanken und Erkenntnissen. Ich gehe zum Frühstücksbuffet. Dort gibt es nichts, was es nicht gibt, von Porridge bis zu Smacks. Ich nehme mir ein Schälchen und fülle ein bisschen Müsli und Waldbeerjoghurt hinein, dann drehe ich mich zu dem großen Fenster, das nach Süden zeigt. Es hat die Form eines riesigen Regenbogens. Gerade geht die Sonne auf, anscheinend steht so ein klarer, schöner Herbsttag bevor, wie Mama sie geliebt hat. Aber wahrscheinlich hätte ihr nicht gefallen, dass ich mich verstecke, wie Horimyo es formuliert hat.

Ich setze die Schale ab.
Greife nach meinem Handy.
Öffne Insta.
Schreibe:
Es tut mir leid, dass Stig-Rune so viel Schlimmes gesagt hat. Und ich möchte nicht im Verborgenen leben. Ich will für mich einstehen. Frag Goffa. Er weiß es.
Ich beiße mir auf den Daumennagel.
Und dann unterschreibe ich mit *Dein Torleif*.

Und fühle mich erneut, als hätte ich an einen Stromzaun gefasst.

»Hey, kommst du, oder was?«, ruft Kim.

Und ich beeile mich aufzuschließen.

In der ersten Stunde haben wir Mathe, aber heute würde es unser Lehrer nicht mal schaffen, meine Aufmerksamkeit zu fesseln, wenn er einen knallgelben Anzug anhätte oder Cha-Cha-Cha tanzen würde. Alles, woran ich denken kann, ist meine Nachricht an Horimyo. Ob er sie schon gelesen hat? Auf dem Weg zur Norwegischstunde checke ich Insta. Noch nicht. Erst als wir im nächsten Klassenzimmer sitzen, komme ich zu mir. Wie immer ist das Kims Verdienst.

»Nun«, beginnt Astrid. »Hast du den X-Factor in *Haugtussa* gefunden, Kim?«

Alle lachen, doch das stört Kim kein bisschen, er reckt den Hals und antwortet selbstbewusst: »Ja, ich denke, ich kann ein Medium ins Garborg-Museum rufen, indem ich *Mot Soleglad* herausschmettere.«

»Touché«, sagt Astrid lachend.

Ich lache auch, ein wenig zu laut, denn plötzlich bleibt ihr scharfer Blick an mir hängen.

»Möchtest du uns etwas zu dem Gedichtzyklus erzählen, Torleif?«

Mir wird heiß.

»Äh ... nein«, murmele ich. »Ich hab's noch nicht geschafft, das Buch komplett zu lesen.«

»Nun gut«, sagt Astrid.

Sie wirkt nicht sonderlich beeindruckt.

»Du hast ja noch das Wochenende.«

Als Nächstes ist zum Glück Selbststudium im Hauptinstrument dran. Ich nehme die Geige mit in eine der schallisolierten Kabinen und rufe Anne an. Sie hat immer einen Rat für mich. Nach dem zweiten Klingeln hebt sie ab.

»Hallo, Torleif«, sagt sie. »Schön, von dir zu hören!«

»Hallo«, sage ich. »Ich hoffe, ich störe nicht?«

»Nein, nein.« Anne lacht. »Du störst nie.«

Ich muss lächeln.

»Wie war das Gespräch mit deinen Freunden?«, will sie wissen. »Wie heißen sie noch, Rahel und Kim?«

»Rada«, korrigiere ich sie. »Und es war gut. Also, ich weiß gar nicht, wieso ich es ihnen nicht viel früher erzählt hab.«

»Quäl dich nicht damit«, meint Anne. »Hauptsache, du hast es jetzt getan.«

»Ja«, sage ich. »Du hast recht.«

Es wird still zwischen uns. Ich brenne darauf, sie wegen Horimyo um Rat zu fragen, aber ich habe das Gefühl, erst etwas Small Talk machen zu müssen.

»Gestern habe ich Torleif senior besucht«, sagt Anne.

»Ah, wirklich? Wie geht's ihm?«

»Besser. Er kann mit seiner schlechten Hand schon wieder etwas hobeln.«

»Wow«, mache ich.

Das sind gute Nachrichten.

»Ja«, sagt Anne. »Er hat große Pläne, was die Reparatur der Meisterfiedel angeht. Er spricht sogar davon, sich einen Lehrling zu suchen.«

»Einen Lehrling? Goffa?«

Ich schaffe es nicht, meine Verwunderung zu überspielen. Ausgerechnet Goffa, der außer mir und ein paar ausgewählten Kund*innen nie jemanden in die Werkstatt lässt.

»Nicht zu glauben, was?«, erwidert Anne.
»Meinst du, es ist jemand, den wir kennen?«, frage ich.
»Nein. Er hat nicht gesagt, an wen er dabei denkt.«
»Das klingt ja geheimnisvoll.«
»Vielleicht musst du nach Hause kommen, um es herauszufinden.«
Ich lache beklommen.
»Am besten am 3. November«, schlägt Anne vor. »Da findet das nächste Folkemusikk-Pub statt.«
Nun lache ich laut. »Irgendwann reicht es mit Konfrontationstherapie!«
»Das musst du selbst entscheiden«, sagt Anne darauf.
Dann höre ich im Hintergrund, wie jemand an die Tür klopft.
»Entschuldige, Torleif«, sagt Anne. »Ich muss zu einem Meeting! Wolltest du noch etwas Bestimmtes?«
Ich hätte sie gern nach Horimyo gefragt, doch ich höre an ihrer Stimme, dass es der falsche Zeitpunkt ist.
»Ist schon gut«, sage ich. »Tschüss, Anne.«

Als ich zum Mittagessen komme, sitzen Rada und Kim da, wo wir immer sitzen. Rada isst Falafel und Kim mampft ein Pitabrot mit Kebab. Anscheinend ist Arabische Woche in der Mensa. Ich gehe zum Buffet und stelle mir einen Falafelsalat zusammen.

Als ich zu unserem Tisch komme, sagt Kim feierlich: »Jetzt habe ich eine halbe Stunde gegrübelt, wie du Horimyo und dem Rest der Welt möglichst spektakulär mitteilen kannst, dass du queer bist, Torleif.«

»Äääh«, mache ich. »Warum muss bei dir eigentlich immer alles spektakulär sein?«

Ich mag so ungefähr gar nichts am Wort *spektakulär*, schon gar nicht, wenn es sich auf mich bezieht.

Aber Kim plappert weiter: »In unserer Zeit ist es ziemlich spektakulär, achtzehn, queer und immer noch nicht geoutet zu sein. Du lebst schließlich nicht in irgendeiner irren patriarchalen Diktatur, in der Homosexualität unter Strafe steht! Außerdem hast du Horimyo verletzt, und um ihn zurückzugewinnen, musst du einiges auffahren.«

Kim ist mein bester Freund, natürlich ist er das. Aber manchmal neigt er dazu, zu vergessen, dass ich ich bin und nicht er. Für Kim ist es selbstverständlich, es von der höchsten Bergspitze und in die tiefsten Täler herauszuschreien, wenn er jemanden liebt. Er kennt keine Scham. Vielleicht wird man so, wenn man in der Stadt aufwächst? Vielleicht haben sich die Leute dort schon so daran gewöhnt, dass alle ständig verrückte Sachen machen, dass niemand sich mehr für irgendwas schämt. In Alt-Säckingen dagegen lässt die Scham es sich gut gehen. Und in meinen Körper brennt sie wie nie zuvor.

Und doch weiß ich selbst, dass ich mehr tun muss, als mich nur zu entschuldigen.

Immerhin habe ich Kim Friele, Best-Buddy-Kim und alle Queers in Norwegen im Stich gelassen, indem ich behauptet habe, nicht schwul zu sein.

Irgendetwas MUSS ich tun.
Aber was?

Nach dem Mittagessen haben wir Komposition bei Sigvart. Das ist eins der schwierigsten Fächer. Von der ersten Stunde an habe ich mich mit Noten schwergetan. Schließlich lernt man Volksmusik nach dem Gehör. Nicht mal der große Torgeir Augundsson brauchte Noten, wie Goffa immer sagt. Genauso wenig wie Lars Fykerud und die Fiedler, die Knut Dahle ausbildete. Anne liest Noten so flüssig wie andere einen spannenden Krimi, und ich weiß, wenn ich es nächstes Jahr auf die Musikhochschule schaffen will, MUSS ich das auch können. Deshalb sitze ich in Sigvarts Stunden immer ziemlich weit vorne und schreibe atemlos alles mit, was er sagt.

Aber heute ist alles ein einziger Nebel.

In der ersten Stunde schaffe ich es nicht, auch nur einen Satz zu notieren.

Stattdessen denke ich die ganze Zeit an Annes Vorschlag, in die *Hütte* zu kommen. Kann ich das? Dort auf der Bühne stehen? Vor Horimyo und den Leuten von der Akademie? Vor dem kompletten Dorf? Mein Herz klopft so laut, dass es alles andere übertönt. Es hat Angst, gebrochen zu werden. Ebenso als Feuerholz zu enden wie die Meisterfiedel.

»Torleif!«

Sigvarts Stimme durchbricht die Stille.

Ich schaue mich verwirrt um, alle außer mir haben schon den Raum verlassen. Offenbar habe ich als Einziger nicht mitbekommen, dass die Stunde um ist.
»Hmmm?«, frage ich. Hat er vielleicht noch etwas anderes gesagt, bevor ich meinen Namen wahrgenommen habe?
»Wie geht es dir?«, fragt er. »Vegard hat erzählt, dass du krank warst?«
Er rollt das R so sehr, dass es in den Ohren kratzt. Ich nicke.
»Bin noch nicht wieder ganz fit«, sage ich, und irgendwie stimmt das ja auch.
»Das habe ich mir fast gedacht, als das Hämmern deiner Tastatur aus der zweiten Reihe ausgeblieben ist.« Er schmunzelt. »Aber du denkst daran, dich bald für ein Gedicht zu entscheiden? Wir haben diese Woche ja noch Einzelunterricht, da können wir dann schon über die Noten und den Aufbau sprechen.«
»Ja, klar«, sage ich, obwohl mir der Kopf schwirrt.
»Gut.« Damit schiebt Sigvart seine Brille zurecht und geht.

Im Anschluss haben wir eigentlich Tanzunterricht, aber den schwänze ich heute und gehe lieber in die Bibliothek. Der Geigenkoffer schlägt mir in den Rücken. Als ich sehe, dass die Bibliothekarin, die *Haugtussa* für mich gefunden hat, Dienst hat, gehe ich gleich zu ihr. Bei ihr fühle ich mich sicher. Und dann frage ich sie, ob ich die Biografie über Kim Friele ausleihen kann, die, die Kim mir empfohlen hat. Ich ziehe mich mit dem Buch in die hinterste Ecke zurück, um nicht gestört zu werden.

Als ich durch bin, blicke ich auf. Schäfchenwolken haben sich wie ein brennender rosa Gürtel um den Horizont gelegt. Mama hat immer gesagt, Schäfchenwolken am Himmel sind ein gutes Zeichen. In der Bibliothek ist es mucksmäuschenstill. Ich nehme die Geige aus dem Koffer. Streiche über die Saiten. Stimme die G-Saite nach.

Und dann spiele ich *Felefeber*.

Ein bisschen für Mama, ein bisschen für mich und ein bisschen für Horimyo. Glaube ich jedenfalls.

Als ich den Bogen absetze, sehe ich, dass die Bibliothekarin auf mich zukommt. Oh nein, denke ich, vielleicht ist es verboten, in der Bibliothek zu spielen?

Aber ihre Augen sind feucht und ihre Stimme zittert, als sie sagt: »Das war das schönste Stück, das ich seit Langem gehört habe.«

»Danke«, sage ich und senke verlegen den Blick.

»Von wem ist das?«

»Annbjørg Lien.«

»Es war einfach nur ... wunderschön«, sagt sie und wischt sich übers Gesicht. »Danke!«

Dann geht sie.

Ich packe die Geige wieder weg.

Plötzlich ist es wieder, als hörte ich Mamas Stimme: »Das solltest du für Horimyo spielen!«

Ich schlucke.

Dann greife ich nach meinem Handy und rufe Anne an.

»Da hab ich aber Glück, Torleif, zwei Mal an einem Tag?«, sagt sie lachend.

»Anne.« Meine Stimme klingt eindringlich. »Kannst du mir bei was helfen?«

»Ja«, sagt sie. »Klar.«

Ich hole Luft.

»Ich komme nächste Woche zum Folkemusikk-Pub«, sage ich.

Kaum habe ich das ausgesprochen, schlägt mein Herz schneller.

»Das ist aber schön«, sagt Anne.

»Mal schauen«, sage ich. »Aber das ist noch nicht alles.«

»Okay«, macht sie.

»Ich möchte *Felefeber* spielen und das Stück Horimyo widmen.«

Mir ist zittrig, obwohl ich sitze.

»Oh, Torleif«, sagt Anne. »Wie wunderbar.«

Mir wird ein bisschen übel.

»Ja, nein, keine Ahnung«, stammle ich. »Irgendwas muss ich ja tun. Also, mehr, als es ihm nur zu sagen. Verstehst du?«

»Das ist eine gute Idee«, sagt Anne. »Aber wofür brauchst du meine Hilfe?«

»Kannst du deine Gruppe fragen, ob ich als Letzter auf die Bühne darf?«

»Klar«, sagt Anne. »Aber du könntest auch einfach selbst mit ihnen sprechen. Der letzte Expressbus kommt doch gegen sechs? Da hast du noch über eine Stunde, bis es losgeht.«

»Jaa.« Ich zögere.

Sehe Wilhelmina und die anderen Mädchen vor mir, wie sie tuscheln.

»Vielleicht könntest du vorher trotzdem schon mit ihnen sprechen? Für alle Fälle. Nicht, dass ich nachher umsonst komme.«

Ich höre Anne lächeln.

»Ist gut, Torleif«, sagt sie. »Ich frag sie morgen.«

»Gut.« Ich atme aus.

Doch dann habe ich plötzlich Stig-Runes höhnisches Lachen im Kopf. Wenn ich auf eine Sache verzichten kann, dann auf einen weiteren Gastauftritt von ihm.

»Eins noch, Anne! Kannst du versuchen, geheim zu halten, dass ich komme? Also, die Leute aus dem Kurs müssen es natürlich wissen, aber kannst du sie bitten, dass sie es nicht weitererzählen? Ich würde Horimyo gern überraschen.«

»Meine Lippen sind versiegelt«, beteuert Anne.

»Gut.« Ich lasse mich auf den Stuhl zurückfallen.

So gut wie in dieser Nacht habe ich schon lange nicht mehr geschlafen. Ich erinnere mich nicht mal, geträumt zu haben. Beim Aufwachen umfängt mich ein warmes, klares Gefühl. Wie einen Krieger vor dem Kampf. Ich nehme eine schnelle Dusche und ziehe das grüne Hemd an, bevor ich zum Frühstück in die Mensa gehe. Dort sitze ich und betrachte den Sonnenaufgang vor dem großen Fenster, während ich auf Rada und Kim warte. Nippe an einer Tasse grünem Tee. Kaffee brauche ich heute nicht. Ich bin auch ohne schon viel zu aufgedreht.

»Hi«, sage ich, als sie endlich kommen. »Ich hab mich entschieden, wie ich Horimyo sagen will, dass ich ihn liebe. Oder, na ja, eigentlich sogar dem ganzen verfluchten Alt-Säckingen!«

»Oh my.« Kim stellt seine Porridgeschale ab. »Auf diesen Moment habe ich gewartet.«

Rada nickt energisch.

»Keine Ahnung, ob ich euch das gestern schon erzählt hab, aber nächsten Freitag ist wieder Folkemusikk-Pub...«

»Uiiiih«, quietscht Kim.
»Psst!«, macht Rada. »Lass Torleif ausreden!«
Ich räuspere mich.
»Ich habe gestern noch mit Anne gesprochen und sie gefragt, ob ich den letzten Slot haben kann, um *Felefeber* für Horimyo zu spielen.«
»Ooh«, sagt Rada.
»Come here, you sweet-talker!«, quiekt Kim, und dann werfen sich mir beide um den Hals.
»Na, ist die Geste groß genug für dich, Kim?«, frage ich in die Umarmung hinein.
»Vergiss Kim«, sagt Rada bestimmt. »Das Wichtigste ist, dass es das Richtige für dich ist. Ist es das?«
Sie löst sich aus der Umarmung und mustert mich prüfend.
Mein Herz schlägt ein bisschen schneller als normal, das ist nicht zu leugnen. Aber es dreht nicht dermaßen durch, als wirbelte ein berauschter Hallingtänzer durch meinen Brustkorb, also wird es wohl in Ordnung gehen.
»Ja«, sage ich. »Das ist es.«

Die Norwegischstunde geht zum Glück schnell vorüber, weil wir an unseren Projekten arbeiten. Kim ist immer noch nicht fertig mit dem Buch, deshalb nutzt er die Zeit zum Lesen. Ich sollte das eigentlich auch tun, doch stattdessen sitze ich hauptsächlich herum und höre *Felefeber* auf Spotify. Wieder und wieder.
Danach gehen wir gemeinsamen zum Kompositionsunterricht.
»Oh my god, ich freu mich auf nächsten Freitag«, sagt er auf einmal.

Ich werfe ihm einen überraschten Blick zu. Hat seine Mutter ihn schon wieder ins Wellness-Hotel eingeladen?

»Oh«, sage ich. »Wo willst du denn hin?«

»Hallo?« Kim wirft die Arme hoch. »Nach Alt-Säckingen, ist doch klar!«

»A-aber«, stottere ich.

An ein Duett auf der Bühne der *Berghütte* hatte ich jetzt nicht gedacht, das würde Horimyo gegenüber auch falsche Signale aussenden. Also sage ich genau das.

Da lacht Kim laut los.

»Wir haben doch nicht vor, mit dir auf die Bühne zu gehen!«

»Wir?«

»Ja, Rada und ich. Du glaubst doch nicht, dass wir dich ohne Bodyguards zurück in dieses gottverlassene Dorf lassen? Letztes Mal bist du schließlich gerade noch so in einem Stück zurückgekommen. Wir können auf gar keinen Fall riskieren, dass diese homophoben Arschlöscher noch mal auf dich losgehen.«

Er öffnet die Tür zum Klassenzimmer. Kaum sind wir durch die Tür, umarme ich ihn heftig. Einfach nur, weil Kim Kim ist.

»Danke, Kumpel«, sage ich.

»Ja, ja, Leute«, schaltet sich Sigvart ein. »Genug der Bromance! Seht zu, dass ihr auf eure Plätze kommt.«

Wenn er so drauf ist, setzt man sich am besten gleich und fängt an mitzuschreiben. Sigvart doziert über Grieg und *Haugtussa*, aber ich bin viel zu aufgeregt, um aufzupassen. Ist es nicht verrückt, dass das Leben einen herumwirbelt wie beim Hallingtanz und plötzlich alles auf einmal passiert? Die letzten zwei Jahre waren ziemlich ruhig. Ich bin zur Schule gegangen. Habe Geige gespielt, mit Rada und Kim rumgehangen. Von einem Typen, dem es ziemlich schlecht ging, bin ich zu einem geworden, dem es ganz okay geht. Oder sogar okay plus, wie Kim sagen würde. Aber erst als ich Horimyo kennenlernte, habe ich verstanden, dass ich mehr brauche. Etwas Größeres. Jemanden, dem ich das Lied in meinem Herzen widmen kann.

In der Mittagspause antwortet Anne mir. *Ich habe mit dem Kurs gesprochen. Sie freuen sich, dass du kommst und Felefeber spielst (Wilhelmina auch!). Soll ich dich abholen? Ich kann dich bei Geir an der Kneipe einsammeln.*
Ich zeige Rada und Kim die Nachricht.
»Yeeeah!«, quiekt Kim.
»Djeeez Louise«, sagt Rada und hält sich die Ohren zu. »Ich kann echt keinen Tinnitus brauchen, ich will schließlich noch was hören, wenn Torleif für Horimyo spielt.«
Kim verdreht die Augen.
Super!, schreibe ich. *Und es wäre toll, wenn du mich einsammeln könntest. Hast du Platz für drei? Rada und Kim kommen mit.*
»Was schreibst du?« Kim reckt den Hals.
»Nur, dass Anne einen Gehörschutz mitbringen soll, wenn sie uns abholt, damit sie keinen Tinnitus kriegt.«
Kim und Rada lachen.
Erst in diesem Moment verstehe ich so richtig, was ich vorhabe. Ich werde auf die Bühne treten. In der *Berghütte*. Vor dem kompletten Dorf, hoffentlich abzüglich Stig-Rune und seinen Jungs, doch selbst wenn sie da sein sollten, kann ich keinen Rückzieher machen. Jetzt nicht mehr, nicht, nachdem alle aus Annes Kurs wissen, dass ich komme.

Nicht, wenn Kim und Rada im Publikum sitzen. Das ist unmöglich. Nun muss ich die Sache durchziehen.

Ich bin froh, dass sie da sein werden.

Klar bin ich froh.

Und trotzdem spüre ich einen gewissen Druck.

Also versuche ich, Mamas Stimme heraufzubeschwören. Ihre Stimme, die sagt: »Entweder es geht gut, oder es geht vorbei.«

Denn so ist es doch.

Aber was, wenn Horimyo inzwischen nicht mehr auf mich steht? Was, wenn er sich stattdessen in einen dieser hotten Typen mit Yogahose und Man Bun verknallt hat?

Was dann?

Ich strenge mich an, den dunklen Gedanken nicht zu viel Platz einzuräumen. Konzentriere mich lieber auf den Rhythmus meines Herzschlags. Denn in mir läuft *Felefeber* auf Repeat.

Ehe ich michs versehe, ist der 3. November da, und der Bus nach Alt-Säckingen fährt in einer halben Stunde. Ich stehe vor meinem Zimmer auf dem Flur. Als ich den Schlüssel ins Schloss schiebe und ihn umdrehe, zittert meine Hand. In sechs Stunden habe ich es geschafft, denke ich. In vier Stunden habe ich *Felefeber* für Horimyo und das restliche Publikum gespielt. In vier Stunden habe ich mich geoutet – *put myself out there*, wie Kim ständig sagt. Ich hole tief Luft, stecke den Schlüssel in die Tasche und mache mich auf den Weg zur Bushaltestelle. Der Himmel ist dunkel. Schwer. Ein typischer Novemberhimmel. Man kann unmöglich einschätzen, ob es regnen wird oder schneien.

Der Geigenkoffer schlägt mir in den Rücken.

Das erinnert mich an die Strecke zur Akademie und zurück, als ich das letzte Mal zu Hause war. Wenn ich an unser Haus denke, spüre ich den Stein im Magen. Und wenn ich an Vater und Tallak denke, auch. Ich versuche, die Wochen nachzuzählen, um rauszufinden, ob Vater zu Hause ist oder nicht. Als wir letzten Sonntag telefoniert haben, klang er, als riefe er aus der kleinen Blechbüchse von Bohrinsel an, oder täusche ich mich?

Ich spähe über den Schulhof.

»Hey, hey!«, ruft Kim. »Warte auf uns!«

Er läuft auf mich zu, seine Reisetasche über der Schulter und einen Make-up-Koffer in der Hand. Rada eilt hinter ihm her.

Mir wird ganz warm.

»Lächeln«, befiehlt Kim, als wir das Bushaltestellenhäuschen erreichen.

Er macht einen Snap.

»Weiß außer Anne noch irgendwer, dass wir kommen?«, will Rada wissen. Sie legt den Kopf auf Kims Schulter.

»Nur Anne und ihr Kurs«, erwidere ich.

»Nicht mal dein Goffa?«, fragt Kim.

»Nein«, sage ich. »Goffa weiß ja eh über mich Bescheid. Ich will Horimyo überzeugen.«

Es schmerzt in der Herzgegend, wenn ich seinen Namen ausspreche.

»Was ist mit deinem Bruder und deinem Vater?«, fragt Rada.

»Nein!«, sage ich.

Es gerät lauter, als ich beabsichtigt hatte, und Rada zuckt zusammen.

»Also, die sind heute nicht wichtig«, versuche ich zu erklären.

»Das stimmt.« Kims Stimme klingt wie die eines Lehrers. »Denk an die Ziellinie. Konzentrier dich auf Horimyo. Du machst das für ihn. Für ihn und für dich selbst.«

Rada nickt aufmunternd und endlich entspannen sich meine Schultern. Ich will nicht an Vater oder Tallak denken. Falls Vater überhaupt zu Hause ist, sind sie ohnehin bei der Jagd. Wenn das zwischen Horimyo und mir etwas Ernstes wird, kann ich es ihnen immer noch erzählen.

»Da kommt der Bus!«, ruft Rada.

Der weiße Expressbus ist nicht mehr ganz so weiß und kommt mit einem lauten Seufzen vor uns zum Stehen. Eine Gruppe Pendler*innen drängt sich aus der hinteren Tür und hastet weiter. Außer uns steigt niemand ein.
»In die Berge, ja, ja«, sagt der Fahrer und nickt mir zu, als ich ihm das Ticket auf meinem Handy zeige.
Rada und Kim folgen mir auf den Fersen. Der Bus ist beinahe leer, wir können uns auf drei Zweiern breitmachen. Wundert mich nicht. Wer fährt zu dieser Jahreszeit auch schon aus der Stadt raus? Auf der Grenze zwischen Herbst und Winter.
»Guckt mal«, sagt Rada plötzlich. »Es schneit.«
Weiße Perlenketten tanzen vor dem Fenster.
»Das ist ein gutes Zeichen«, meint Kim.
Das bringt mich zum Lächeln, denn so was hätte Mama auch gesagt. Vielleicht hat sie ja was mit dem Schnee zu tun, denke ich. Und während Rada und Kim anfangen, alles aufzuzählen, was sie sich zu Weihnachten wünschen, klinke ich mich aus. Ich betrachte die kleinen weißen Punkte, die auf dem Fenster landen, schmelzen und als Wassertropfen entlang der Gummidichtung verschwinden.

Vor der Kneipe wartet Anne in ihrem uralten schwarzen Volvo. Schnee wirbelt um ihren roten Mantel, dazu trägt sie eine dicke Wollmütze. Aber sie winkt mit ihrem Gipsarm und kommt uns lachend entgegen.
»Mein lieber Torleif«, sagt sie und umarmt mich.
Ihre Wärme ist ansteckend und mein Herz beruhigt sich.
»Danke, Anne«, sage ich.
»Nichts zu danken.« Sie schüttelt mich leicht. Doch ich kann sehen, dass ihr ebenfalls Tränen in den Augen stehen.

Zum Glück platzt Kim dazwischen, sonst hätte ich womöglich noch zu heulen begonnen. Wenn das nach meinem Auftritt passiert, okay. Aber ich hatte nicht vor, den anderen schon wieder mit rot geweinten Augen gegenüberzutreten. Ein bisschen Würde steht selbst dem ärmsten Tropf zu, wie Goffa immer sagt.

»Kim Walle.« Kim greift nach Annes Hand und schüttelt sie energisch. »Ich freue mich sehr, Torleifs Lehrerin kennenzulernen. Ist der von Armani?«

»Anne Dahle«, sagt sie lachend, während sie verwundert ihren Mantel mustert. »Nein, ich glaube nicht, ich habe ihn von meiner Mutter geerbt. Aber danke für das Kompliment.«

»Trotzdem ein schöner Schnitt.« Kim zwinkert ihr zu. »Klassische A-Linie.«

Rada entscheidet sich für eine normalere Begrüßung.

»Hallo«, sagt sie. »Ich bin Rada Marković.

»Schön, dich kennenzulernen, Rada«, sagt Anne.

»Hm, sollen wir los, statt hier herumzustehen?«, schlage ich vor.

Es fühlt sich nämlich an, als stünden wir mitten auf dem Präsentierteller. Fast kann ich hören, was Arvid und die anderen drinnen in der Kneipe sagen, und diese schiefen Töne kann ich gerade echt nicht brauchen.

»Du hast recht«, sagt Anne und öffnet die Fahrertür. Sie zieht an einem Griff und klappt den Sitz nach vorne.

»Steigt ein«, sagt sie und macht eine einladende Geste in Richtung von Rada und Kim.

»Das ist ja, als würde man in eine Zeitmaschine steigen«, amüsiert Kim sich über das uralte Auto. »Wir landen aber nicht im Jahr 1970, wenn wir gleich aussteigen?«

Anne lacht laut auf.

»Hallo?« mache ich und klettere neben Anne auf den Beifahrersitz. »Ist dir nicht aufgefallen, dass wir die Zeitmaschine längst hinter uns haben? In Alt-Säckingen steht die Zeit still. Die Leute hier denken immer noch, dass Schwulsein verboten ist.«

»Touché«, sagt Kim.

Da bemerke ich, dass Anne ihm im Spiegel zulächelt, und das macht mich ganz glücklich.

Die Fahrt von der Kneipe zur *Berghütte* ist holprig. Die Schlaglöcher sind noch weiter aufgebrochen und die Stoßdämpfer von Annes antiquarischem Auto haben schon bessere Zeiten gesehen. Bei jedem Hubbel habe ich das Gefühl, wir würden gleich abheben. Es ist schon viel zu dunkel, um den Gråfjell sehen zu können. Aber ich spüre seine Anwesenheit und das beruhigt mich auf eine merkwürdige Art und Weise.

»Torleif«, sagt Anne, als wir endlich vor dem Coop zum Stehen kommen. »Es gibt da etwas, das ich mit dir besprechen wollte.«

Sofort schlägt mein Herz schneller.

»Klar«, sage ich.

Ob ihre Klasse meine Bitte abgelehnt hat? Oder hat Horimyo sich in jemand anders verliebt? Oder was, wenn ...

»Was hältst du davon, wenn wir den Folkemusikk-Pub mit *Felefeber* beginnen, statt das Stück ganz ans Ende zu stellen?«

»Ähh.« Ich merke, dass ich zu schwitzen beginne.

»Das ist eine großartige Idee«, sagt Kim, bevor ich auch nur über den Vorschlag nachgedacht habe. »Dann kannst du dich den restlichen Abend entspannen. Was meinst du?«

Anne lächelt.

Entspannen, denke ich. Na, die Hoffnung stirbt zuletzt ...

»Ja ...« Ich kratze mich am Kopf. »Also, ich will deinen Leuten nicht die Show stehlen.«

Anne lächelt noch breiter.

»Das war Elines Idee!«

Sie steigt aus dem alten Auto und kippt den Sitz nach vorn. Kim und Rada klettern raus. Ich beiße mir auf die Lippe, dann steige ich ebenfalls aus. Es schneit unaufhörlich. Jetzt kann ich mich nicht mehr drücken, also folge ich Anne in die *Hütte*.

Wilhelmina ist die Erste, auf die ich dort treffe.

»Hallo«, sage ich.

Sie stürmt auf mich zu, und einen Moment lang habe ich Angst, sie könnte mir eine Ohrfeige verpassen, doch stattdessen umarmt sie mich heftig.

»Danke für deine Nachricht«, flüstert sie. »Die hat alles erklärt.«

Dann kommen die anderen dazu. Ich war so nervös wegen Horimyo, dass ich überhaupt nicht darüber nachgedacht habe, was ich zu ihnen sagen soll.

»Ich weiß ja nicht, was Anne euch erzählt hat«, beginne ich. »Jedenfalls geht es darum, dass ich mich in einen der anderen Gastdozenten verliebt habe, als ich letzten Monat hier war.«

Sie schauen mich überrascht an.

»Aber dann hab ich's richtig verkackt.« Ich lache.

Sie hören gebannt zu.

»Ich hab so getan, als wäre ich hetero, und außerdem war ich mega-unfair zu Wilhelmina.«

Eline und die anderen Mädchen wechseln verstohlene Blicke.

»Ist geklärt«, sagt Wilhelmina. »Er hat sich entschuldigt.« Sie legt mir einen Arm um die Schulter, als wollte sie das unterstreichen. Erst da sehe ich, dass die anderen lachen.

»Ist es denn echt okay für euch, wenn ich anfange?«, frage ich. »Ich will hundertprozentig sicher sein, dass alle einverstanden sind. Sonst machen wir es anders.«

Ein kleiner Teil von mir hofft, dass jemand Nein sagt. Dann könnte ich einfach rübergehen, an die niedrige Blockhaustür klopfen und Horimyo unter vier Augen sagen, was ich zu sagen habe.

Aber sie nicken nur.

»Du willst *Felefeber* von Annbjørg Lien spielen, oder?« Elines Stimme bricht die Stille.

»Ja«, sage ich und merke selbst, dass meine Stimme bebt.

»Alles von der Annbjørg ist geil!«, sagt einer der Oldies.

»Also, kein Ding, bin dabei!«

Auch die anderen nicken entschlossen.

Ich drehe mich zu Kim und Rada um. Kim strahlt so sehr, dass man glauben könnte, das Grinsen reiche einmal um seinen Kopf herum. Ich will ihm etwas zurufen, doch genau in dieser Sekunde blendet mich plötzlich ein starkes Licht. Ich blinzele zweimal, bevor ich überhaupt wieder etwas sehen kann. Dann verschwindet die Höhensonne Richtung Bühne.

»'schuldigung«, sagt eine Stimme aus dem Off. »Wir ham grad erst 'n neues Lichtsystem, sinn noch dabei, rauszufinden, wie man das Spotlight dimmt.«

Ich schirme mir mit einer Hand die Augen ab und blinzle der Stimme entgegen.

Da entdecke ich, dass Anne mich zu sich winkt.
»Torleif!«, ruft sie. »Sollen wir mal den Ton testen? Wenn du alleine spielst, ist das ja deutlich leiser als die dreizehn Hardangerfiedeln zusammen.«
Ich hole Luft.
»Okay«, sage ich. »Ist sicher nicht verkehrt.«
»Was?«, ruft Anne.
»Okay!«, brülle ich zurück.
Dann gehe ich an den Bühnenrand, stelle den Geigenkoffer genau dort ab, wo er auch an dem unglückseligen Freitag vor vier Wochen stand. Meine Hände zittern. Immer noch. Es hat mit diesem Dorf zu tun, mit den Leuten hier, dieser Bühne. Doch dann gebe ich meinen Gedanken eine andere Richtung, denn alle, die jetzt gerade hier sind, sind nicht so. Sie feuern mich an. Von Anne und Kim bis hin zu Wilhelmina. Und das bedeutet etwas. Denn was hat Goffa gesagt: »Lass diese verstimmten Fiedeln, die mit Müh und Not zur Hausmusik taugen, nicht den Ton für dein Leben angeben«?!
Ich spanne den Bogen.
Zupfe an den Saiten.
Und dann betrete ich über die kleine Treppe die Bühne und stelle mich mittendrauf.

Das Stück spielt sich fast von allein, kaum dass ich die Geige an den Hals lege. Ich lasse sie singen. Beinahe ist es, als würde ich zu einem anderen, dort auf der Bühne. Als enthüllte die Geige eine andere, wahrhaftigere Version von mir. Als würden ihre Töne die letzten schmerzhaften Knoten in meinem Inneren entwirren. Ich schließe die Augen und lasse es zu. Es ist seltsam, doch mit einem Mal überkommt mich eine große Ruhe. So wie vor ein paar Wochen im Bus, als ich Joni hörte. Das hier ist richtig.

Als ich fertig bin, stürmt Anne auf die Bühne. Sie ist mir schon um den Hals gefallen, bevor ich die Geige komplett abgesetzt habe.

»Oh, Torleif«, sagt sie und wischt sich die Tränen weg. »Wenn ihn dieser Auftritt nicht zum Schmelzen bringt, weiß ich auch nicht.«

Ich zupfe am Bogen herum.

»Wenn er denn überhaupt kommt ...«

»Ich habe heute beim Mittagessen mit ihm gesprochen und ihn inständig gebeten, heute Abend zu kommen.«

Anne klingt nun ernst. Ich nicke, ich glaube ihr, wenn sie das sagt. Kim kommt mit seinem Make-up-Pinsel auf uns zu.

»Auf deiner Stirn ist ein kleiner glänzender Fleck«, sagt er und pinselt wie ein Verrückter drauflos.

Anne lacht.

»Das reicht«, sage ich energisch.

»Ja, ja, ist ja gut.« Er wirft den Pinsel zurück in seinen Koffer. »Das Homorakel setzt sich brav auf seinen Platz und wartet ab, was passiert.«

Er springt von der Bühne und geht zu Rada.

»Komm her, Loverboy«, sagt Wilhelmina und schiebt ihren rechten Arm unter meinen linken. »Wir passen schon auf dich auf!«

Hinter der Bühne wartet der neue Aushilfs-Geigenlehrer, er heißt Jan und trägt Brille und Glatze.

»Ich hab heimlich zugehört.« Er lächelt. »Das klang großartig. Und überhaupt sehr mutig von dir.«

Ich nicke und bedanke mich. Dann gehe ich aufs Klo ganz hinten im Lokal und übergebe mich. Mit weichen Knien sinke ich auf den Klodeckel. Von wegen mutig, denke ich. Mein Mund schmeckt nach Galle, ich drehe das Wasser auf und spüle ihn so gut wie möglich aus. Plötzlich fällt mir ein, wann ich das letzte Mal so nervös war: bei meinem ersten Wettbewerb. Ich glaube, da war ich sechs. Und plötzlich habe ich das Echo von Mamas Stimme im Kopf: »Es ist ganz egal, ob du auf dem ersten oder dem letzten Platz landest, das Einzige, was zählt, ist, dass du auf die Bühne gehst und spielst. Es gibt genügend Leute, die nicht einmal *das* schaffen, und das sind die echten Verlierer.«

»Danke«, murmele ich vor mich hin.

Denn ich glaube, sie hätte es wichtig gefunden, das hier zu tun.

Als ich zurück in den Backstage-Bereich komme, unterbrechen die anderen ihre Gespräche.

»Alles okay mit dir?«, fragt Eline leise. Sie wirkt besorgt.

»Geht schon.« Ich lache.

Da kommt einer der Oldies auf mich zu, heißt er Arnstein? Er legt seine große Pranke auf meine Schulter und drückt sie.

»Hals- und Beinbruch, oder wie das heißt, aber kein Fiedelbruch diesmal, was?!«

Das bringt mich zum Lachen.

Danke, lieber Gott, dass du ausgerechnet diesen Kerl an die Akademie geschickt hast. Diesen Kommentar habe ich gebraucht.

Die Minuten rasen 19 Uhr entgegen. Inzwischen schneit es noch heftiger und im Licht der Straßenlaterne sieht es beinahe aus, als wirbele der Schnee nach oben, nicht nach unten. Vielleicht nehmen nicht alle Schneeflocken den gewöhnlichen Weg, denke ich. Vielleicht kommt es jedes Schaltjahr einmal vor, dass sich ein paar von ihnen losreißen und frei dahinschweben. Der Gedanke beruhigt mich, aber dann platzt die Kellnerin von letztens in den Raum, sucht irgendwas in einem Schrank. Zieht etwas heraus, das aussieht wie ein riesiger Stapel schwarzer Handtücher.

Dann knallt sie die Schranktür zu, schaut uns an und sagt: »Nu, seid ihr so weit?«

Die anderen nicken.

»Viel Glück«, sagt sie und verschwindet wieder im Wirtsraum.

Ich ziehe mein Handy aus der Manteltasche. Es ist fünf vor sieben. Ich versuche, so tief wie möglich einzuatmen und dann kurz innezuhalten. Checke wieder das Handy. Vier vor. Ich hole meinen Geigenkoffer, nehme die Geige heraus und streiche leicht über die Saiten. Die A-Saite ist ein bisschen zu tief und eine der Resonanzsaiten zu hoch. Vorsichtig drehe ich an den Wirbeln.

Da stürzt Kim in den Raum.

»Anne hat mir das Go gegeben!«, ruft er.

Die anderen stehen vom Sofa auf und schauen mich an. Ich presse die Fiedel eng, ganz eng ans Herz.

»Jetzt heißt es alles oder nichts«, sage ich.

Und dann trete ich auf die Bühne.

Das Licht der Scheinwerfer ist so viel stärker als das der sanften Glühbirne über dem Sofa backstage, dass ich kaum erkenne, wohin ich meine Füße setze. Aber ich steuere auf das Mikro zu.

»Ich widme dieses Stück Horimyo Ueda«, sage ich mit zitternder Stimme.
Im Pub ist es mucksmäuschenstill.
Das Blut rauscht mit hundert Dezibel durch meine Ohren.
Doch dann lege ich die Geige an mein Herz.
Lasse den Bogen auf die Saiten treffen.
Schließe die Augen.
Und spiele.
Es ist wie ein Déjà-vu. Die Töne strömen aus der Geige. Fallen. Stürzen. Dröhnen wie der Helvetesfossen im Frühjahr. Die Geige singt wie in meinem Traum vor den Herbstferien. Doch jetzt verstehe ich, weshalb der Klang so stark ist. Ich spiele das Stück, das schon mein Leben lang in meinem Herzen ist. *Felefeber.* Endlich traue ich mich, es herauszulassen. Mit einem Mal bin ich zurück in Goffas Werkstatt, erinnere mich, dass es dieses Stück war, mit dem ich gelernt habe, wie die Repeat-Taste an seinem CD-Player funktioniert. Das Cover mit dem Foto von Annbjørg Lien blitzt vor mir auf. Sie erinnert mich an Mama. Und mir wird ganz warm. Es ist richtig, so richtig. Und nicht einmal der Gedanke an die Beerdigung tut mehr weh. Denn nun verstehe ich, weshalb sie wollte, dass Anne ausgerechnet dieses Lied spielt. Es war ein letzter Gruß an mich. Ein letzter Wunsch, dass ich der Welt zeige, wer ich bin. Welche starken Töne aus mir herausströmen, wenn ich es nur zulasse.

Und während der letzte von ihnen verklingt, nehme ich innerlich Anlauf und rufe: »HORIMYO! ICH LIEBE DICH!«

Das Spotlight schweift über das Publikum. Es ist ganz still. Ich suche das Gesicht mit den dunkelsten Augen der Welt. Stattdessen treffe ich Tallaks grünen Blick. Da steht er, die Arme um die Frau gelegt, mit der er letztens getanzt hat, und neben ihm Vater mit den restlichen Jagdfreunden. Mir wird eiskalt. Horimyo, wo bist du? Ein leicht versprengtes Klatschen kommt von dem Tisch, wo Annes Kurs sitzt. Tallak zieht die Frau mit sich und geht, während Vater dasteht wie ein von Autoscheinwerfern geblendetes Tier. Anne gestikuliert heftig zu Kim, der am Lehrertisch sitzt.

LAUF, ruft mein Gehirn. LAUF!

Ich stürze von der Bühne, stoße beinahe mit Rada zusammen.

»Torleif!«

Ich schaffe es nicht, etwas zu erwidern, lasse nur die Geige in ihre Arme fallen, bevor ich zum Ausgang laufe. An der Tür hält Vater mich auf. Sein Blick ist unergründlich.

»Tøllef, ich ...«

Aber ich ertrage es jetzt nicht, das zu hören, was ich zu hören erwarte, ich will nur fort von all den Blicken. Tallak und diese Tänzerin stehen neben dem Nissan. Es sieht aus, als würden sie streiten. Sie ziehen mich magisch an.

»Ist schon okay, dass du homo bist«, faucht Tallak, als er mich entdeckt. »Aber musste das so verteufelt laut rausschreien?«

Seine Worte klingen wie Schüsse aus der Krag.
Homo.
Klack-klack!
Verteufelt.
Klack-klack!
Laut.

Klack-klack!

»Was ist bei dir eigentlich kaputt?«, ruft die junge Frau und schubst ihn von sich weg.

Er will nach ihr greifen, doch sie reißt sich los und geht. Als sie an mir vorbeikommt, sucht sie meinen Blick.

»'s war mutig«, sagt sie.

Dann verschwindet sie in der *Hütte*. Als sie durch die Tür huscht, höre ich, dass der Kurs einen von Goffas Walzern spielt. *Skogsdronninga*. Das Stück hat er zu Ehren einer Elchkuh geschrieben, die er einmal gesehen, aber nicht geschossen hat, weil er das Gefühl hatte, sie wäre die Königin des Waldes. Die Skogsdronninga. Und das bringt mich wieder zu dem Elch, den ich im frühen Herbst mehrmals gesehen habe. Der Gedanke beruhigt mich, während ich nun auf meinen Bruder zugehe.

»Doch«, sage ich. »Mir bleibt gar nichts anderes übrig, als verteufelt laut zu rufen, dass ich homo bin. Das macht ja sonst niemand in diesem Scheißkaff.«

Tallak steht einfach nur da und starrt mich an.

Da spüre ich plötzlich eine Hand auf meiner Schulter. Ich drehe mich um. Es ist Vater. Er sagt nichts und trotzdem spüre ich die Wärme seiner Hand. Tallak kickt einen Schneeklumpen weg, der vom Schmutzfänger gefallen ist. Dann seufzt er und setzt sich ins Auto. Vater drückt meine Schulter, steigt dann auf den Fahrersitz und dreht den Zündschlüssel.

Er nickt kurz, bevor sie davonfahren.

In derselben Sekunde kommt ein Auto mit quietschenden Reifen vor mir zum Stehen. Das Licht der Scheinwerfer ist beinahe so stark wie das auf der Bühne. Na toll, denke ich.

Kaum sind Vater und Tallak weg, kommen Stig-Rune und Arvid und schlagen mich zusammen. So ist das mit meinem Glück, es ist einfach nicht existent.

Doch als der Motor verklingt, ruft auf einmal eine bekannte Stimme: »Tolreif!«

Mein Herz setzt einen Schlag aus.

Nach einer Sekunde pocht es heftig weiter.

»Horimyo?!«

Ich laufe auf das Auto zu. Und erst da erkenne ich, dass es Goffas alter Land Cruiser ist. Horimyo steigt auf der Beifahrerseite aus. Er hat Schnee im Haar, doch in der Hand hält er einen Geigenkoffer.

»Ich habe mich sofort auf den Weg gemacht, als ich dich gesehen habe!«

Ich schaue ihn erschrocken an.

»Hä?« Ich gehe einen Schritt auf ihn zu.

»Neuerdings wird der Folkemusikk-Pub gestreamt«, sagt er lächelnd.

»Oooooh.«

Er lacht.

»Warum hast du mir nicht erzählt, dass du dieses Wochenende nach Hause kommst?«

Seine braunen Augen glänzen im Licht der Straßenlaterne wie Gold.

»Ich wollte dich überraschen.«

Er tritt einen Schritt näher.

Der Geigenkoffer trifft beinahe meine Knie.

Wir gucken einander an und lachen.

»Ich habe auch eine Überraschung für dich«, sagt er dann. »Aber dafür sollten wir reingehen.«

Mein Herz schlägt eine kleine Pirouette in der Brust.

»Aber erst ...«

Er räuspert sich.

Senkt den Blick in den Schnee, bevor er zu mir hochspäht.

»Bist du jetzt out? So richtig?«

»Ja«, sage ich. »Vater und Tallak wissen es, eigentlich ganz Alt-Säckingen!«

Im schummrigen Licht ist es schwierig, seinen Gesichtsausdruck zu deuten.

»Das ist gut«, sagt er. »Es bedeutet mir viel, das von dir zu hören. Und zu sehen, dass es wirklich so ist.«

Dann legt er den Geigenkoffer auf die Motorhaube des Land Cruisers und nimmt meine Hände in seine. Sie sind warm, warm wie der Boden unter den Kiefern am Hang über dem Haus an einem Sommertag.

Dann küsst er mich.

Und es fühlt sich an, als würde meine Brust zerspringen.

»Prächtig!«, ruft Goffa vom Fahrersitz. Schließlich schwingt er sich aus dem alten Wrack, kommt zu mir und Horimyo und umarmt uns beide. Als wir wieder reingehen, stoßen wir beinahe mit Kim und Rada zusammen. Es ist nicht zu übersehen, dass sie an der Tür gestanden und zugesehen haben, aber das macht nichts. Alles in mir ist hell. Leicht.

Als wir uns gesetzt haben, fällt mir plötzlich wieder ein, was Horimyo draußen auf dem Parkplatz gesagt hat.

»Hattest du nicht auch eine Überraschung für mich?«

Vorsichtig legt er den Geigenkoffer auf den Tisch.

»Nicht ich«, sagt er und schaut zu Goffa. »Wir!«

Langsam klappt er den Koffer auf.

Es glitzert golden, als er die Seide zur Seite schlägt, die

die Geige einfasst. Und dann dauert es noch eine Sekunde, bis ich begreife, um welche Geige es sich handelt. Es ist die Meisterfiedel. Ururgroßvaters Meisterfiedel. Auf ihrer Decke prangen nun goldene Rosen, es sieht beinahe aus, als hätte sie jemand mit Kintsugi neu zusammengesetzt.

»Wow«, sage ich. »Wie habt ihr das denn gemacht?«

»Keine große Sache, wenn man so fähige Hilfe hat«, brummt Goffa und nickt in Horimyos Richtung.

Ich schaue von einem zum anderen. Ich verstehe nicht, wie das möglich ist. Ich dachte, die Fiedel wäre für immer verloren. Immerhin ist der Stimmstock durch die Decke gebrochen. Also sage ich das.

»Ich hatte noch eine Decke in der Werkstatt, die lag eh rum, daher ...« Goffa feixt. »Und Leim habe ich wirklich mehr als genug. Ich musste mich also nur hinsetzen und die Arbeit tun.«

»Und die Rosen?«, frage ich. »Wie hast du die denn mit deinem schlechten Arm gemalt?«

»Die Rosen sind Horimyos Werk.«

Ich gucke ihn an. Ein kurzes Flackern in seinem Blick, doch dann greife ich nach seiner Hand und drücke sie. Fest. Fest. Und dann küsse ich ihn noch einmal.

»Na, du hast mich ja selbst zu ihm geschickt«, sagt er.

»Hä?«, frage ich.

»Du hast doch geschrieben, dass ich mit Goffa reden soll.«

Ich bin baff.

»Ich hätte nicht gedacht, dass du das so wörtlich nimmst«, sage ich.

»Bin heilfroh, dass du das getan hast, Horimyo«, brummt Goffa. »Wo ich doch schon so lang einen Lehrling gesucht habe. Einen besseren Mann hätte ich nicht finden können.«

Entschlossen klopft er Horimyo auf die Schulter.

In diesem Moment kommt die Kellnerin an unseren Tisch. Sie lächelt über das ganze Gesicht.

»Kann ich dem Helden und sei'm Tisch was anbieten?«

Goffa wedelt mit dem Portemonnaie.

»Bring uns den besten Sekt, den du auftreiben kannst, und vier Gläser dazu! Geht auf mich! Ja, und ich nehme was Alkoholfreies.«

»Woohoo, jetzt geht die Party ab!«, quietscht Kim und drückt Goffa stürmisch.

Rada guckt mich an und verdreht die Augen. Wir lachen. Nicht zu fassen, in der *Hütte* kann man lachen. Und zwar so richtig. Ein Lachen, das aus dem Bauch kommt. Eines, das durch den Körper braust wie Kohlensäure. Vor einem Monat hätte ich das noch nicht geglaubt. Und vor zwei Jahren auch nicht, wenn ich es mir recht überlege.

Ein Knistern in den Lautsprechern. Es kommt von Jan, dem Aushilfslehrer, der mit dem Mikrofon kämpft. Er blinzelt in das helle Bühnenlicht.

»Ja«, sagt er. »Ich weiß ja, wir sind hier ziemlich weit im Osten, aber bald ist ohnehin Pause, deshalb dachte ich, wir können mal ein bisschen frischen Wind reinbringen und was spielen, das nicht von hier ist, nämlich einen Rull aus Voss.«

Plötzlich glaube ich wieder Mamas Stimme zu hören. »Meinst du nicht, es ist an der Zeit, dass du es tust?« Ich denke gründlich nach. Was zum Teufel will sie damit sagen? Ich habe dem ganzen Dorf gezeigt, wer ich wirklich bin,

reicht das nicht? Doch als die Gruppe zu spielen beginnt, begreife ich, was sie meint. Der Rhythmus der Musik ist so eindringlich und gelassen wie in meiner Erinnerung, und ich würde nichts lieber tun, als zu tanzen. Als mit Horimyo zu tanzen. Eng, so eng, wie es geht. Während uns die Klänge der Fiedeln über die Tanzfläche treiben.
Ich räuspere mich.
Werfe Horimyo einen verstohlenen Blick zu.
»Magst du?«
Er lächelt.
»Ja, aber ich kann die Schritte nicht.«
Jetzt ist es an mir zu lächeln.
»Folg mir einfach«, sage ich.

Elin Hansson, geboren 1985, lebt auf einer kleinen Farm im ländlichen Norwegen. Früher hat sie als Fotografin gearbeitet, bevor sie anfing, Kinder- und Jugendbücher zu schreiben. Seit ihrem zehnten Lebensjahr spielt sie Hardangerfiedel.

Meike Blatzheim, geboren 1985, lebt im Bergischen Land und arbeitet als Lektorin, Autorencoach und Übersetzerin aus den skandinavischen Sprachen.

Sarah Onkels, geboren 1986, studierte Skandinavistik und Keltologie in Bonn, Köln und Turku. Sie übersetzt aus dem Finnischen und den skandinavischen Sprachen. Sie lebt bei Bonn.